Intelectual que merece esse nome é do contra. Seu compromisso deve ser com a inquietação, jamais com o apaziguamento. Onde se quer consenso, ela ou ele provocam desacordo. Apontam, sempre, a aberração na normalidade, a construção do que se quer natural. ◖ Nikole Hannah-Jones e Jason Stanley são americanos e têm muito o que dizer ao Brasil pelos temas que tratam – racismo e fascismo – e também, ou sobretudo, pela coragem de se posicionar sem rodeios no debate público. ◖ Jornalista experiente, Hannah-Jones concebeu e editou o especial *Projeto 1619*, que reuniu na revista do *New York Times* acadêmicos e escritores afro-americanos para marcar os 400 anos do início da escravidão no país. ◖ Ela demonstra por que, mais do que os chamados Pais Fundadores da nação, anônimos cidadãos negros, por muito tempo vilipendiados e perseguidos, deram e dão a real sustentação para a democracia americana, contaminada em seu nascimento por ideias escravocratas e pela defesa de privilégios. ◖ Professor de Yale, Jason Stanley pesquisa propaganda política. E não tem dúvidas de que o governo de Donald Trump replica, no seio de um regime democrático, métodos e valores do fascismo. Aliando argumentação sofisticada e contundência política, Stanley faz lembrar aos leitores brasileiros as coincidências entre Trump e o momento que vivemos. ◖ Igualmente livre de amarras corporativas e de compromissos com a mediocridade, que têm sido a tônica no debate brasileiro, Rodrigo Nunes faz para a **serrote** um lúcido diagnóstico do clichê mais repetido para descrever o Brasil de hoje: a polarização. Num país que se deslocou para a extrema direita, a prudência manda que não se qualifique qualquer reação contundente a esse movimento como uma radicalização no sentido oposto – todo lado, lembra ele, tem dois lados. ◖ O intelectual, como eu dizia, é aquele que faz da dissonância régua e compasso de sua atividade. ◖ O EDITOR

HISTÓRIA
4 Nikole Hannah-Jones / Robert Colescott
As raízes negras da liberdade

FASCISMO
30 Jason Stanley / Tomi Ungerer
A política do amigo e do inimigo

POLÍTICA
42 Rodrigo Nunes / Rodrigo Bivar
Todo lado tem dois lados

CLÁSSICO
68 Robert Louis Stevenson / José Damasceno
Uma apologia dos ociosos

LITERATURA
80 Elizabeth Hardwick / Irma Blank
Memórias, conversas e diários

ENSAIO VISUAL
96 Regina Parra
Bacante

ENSAIO
114 Anne Carson / Daniel Trench
O gênero do som

ARTE
138 Marguerite Yourcenar / Piranesi
O cérebro negro de Piranesi

VERBETES
170 Maria Esther Maciel / Veridiana Scarpelli
Brevíssima história natural das Marias

LITERATURA
188 Javier Marías / Andrei Roiter
Sobre a dificuldade de contar

SOCIEDADE
210 Tiago Ferro / Vanderlei Lopes
País esgotado ou o estorvo do futuro

As raízes negras da liberdade

Nikole Hannah-Jones

Sem os esforços idealistas, incansáveis e patrióticos dos norte-americanos negros, a democracia dos EUA seria bem diferente – e talvez nem fosse uma democracia

Meu pai sempre exibiu uma bandeira dos Estados Unidos em nosso jardim. A tinta azul da casa de dois andares estava eternamente descascando; a cerca, o corrimão da escada ou a porta de entrada mostravam uma perpétua necessidade de reparos, mas aquela bandeira nunca deixou de tremular como se fosse novinha em folha. Nosso terreno, que por decisão do governo federal não podia ser objeto de hipoteca, ficava na margem do rio que dividia o lado dos negros do lado dos brancos em nossa cidadezinha do estado de Iowa. Na extremidade do gramado, no topo de um mastro de alumínio, se alteava a bandeira que papai substituía tão logo apresentasse o menor sinal de esgarçamento.

Robert Colescott
George Washington Carver Crossing the Delaware: Page from an American History Textbook, 1975
© Estate of Robert Colescott/
AUTVIS, Brasil, 2020
Foto: Cortesia de Estate of Robert Colescott e Blum & Poe, Los Angeles/Nova York/Tóquio

Meu pai nasceu numa família de meeiros em uma fazenda de brancos em Greenwood, Mississippi, onde os negros, assim como seus ancestrais escravizados não muito tempo antes, se curvavam sobre plantações de algodão do escuro das primeiras horas da manhã até depois que o sol se punha. O Mississippi da juventude do meu pai era um estado submetido a um regime de *apartheid* que mantinha subjugada a população negra, quase majoritária, mediante atos de violência inimagináveis. Os moradores brancos do Mississippi lincharam mais negros que os de qualquer outro estado no país, e os brancos do condado onde papai nasceu lincharam mais moradores negros do que em qualquer outro condado do Mississippi, frequentemente por "crimes" como entrar num aposento ocupado por uma mulher branca, esbarrar numa moça branca ou tentar iniciar um sindicato de meeiros. A mãe de meu pai, bem como todos os negros em Greenwood, não podia votar, usar a biblioteca pública ou buscar emprego fora das plantações de algodão ou das casas dos brancos. Por isso, na década de 1940 ela pegou suas coisas e os três filhos pequenos para se juntar à torrente de negros sulistas que escapavam rumo ao Norte. Desembarcou de um trem da Estrada de Ferro Central de Illinois em Waterloo, Iowa, e viu suas esperanças de uma mítica Terra Prometida se despedaçarem ao se dar conta de que as leis da segregação racial, as chamadas Jim Crow *laws*, iam além da linha Mason-Dixon que demarcava a fronteira entre os estados do Norte e os do Sul escravagista.

Vovó, como a chamávamos, encontrou uma casa num bairro negro na parte leste da cidade, e arranjou o emprego que era considerado apropriado para mulheres negras onde quer que vivessem – limpar as casas dos brancos. Papai também lutou para encontrar alguma promessa naquela terra. Em 1962, aos 17 anos, ele se alistou no exército. Como muitos outros jovens, fez isso na esperança de escapar da miséria. Mas também por outro motivo, algo que era comum a todos os negros: papai imaginava que, se servisse ao país, este poderia, finalmente, tratá-lo como um cidadão.

O exército provou não ser sua via de escape. Foi preterido em várias oportunidades, sua ambição foi sufocada. Terminou dispensado em condições pouco claras e teve uma série de ocupações subalternas ao longo da vida. Como todos os negros da minha família, homens e mulheres, ele acreditava em trabalhar duro, mas, como todos os negros da minha família, homens e mulheres, jamais subiu na vida, por mais que trabalhasse.

Por isso, quando eu era jovem, aquela bandeira do lado de fora de nossa casa nunca fez sentido para mim. Como podia ele – tendo visto por experiência própria como seu país maltratava os norte-americanos negros, como se recusava a nos tratar como cidadãos plenos – exibir com orgulho a bandeira nacional? Eu não compreendia seu patriotismo. Aquilo me constrangia profundamente.

Na escola, eu tinha aprendido por osmose cultural que a bandeira não nos pertencia de verdade, que nossa história como povo havia começado com a escravidão e pouco tínhamos contribuído para aquela grande nação.

Aparentemente, do ponto de vista cultural, a coisa de que os norte-americanos negros mais podiam se orgulhar devia ser encontrada em nossa vaga conexão com a África, um lugar em que nunca estivéramos. O fato de meu pai sentir tanta honra em ser norte-americano era para mim um sinal de degradação, o reconhecimento de nossa subordinação.

Assim como a maioria dos jovens, eu achava que sabia muito, quando na verdade sabia tão pouco. Papai sabia exatamente o que estava fazendo ao hastear a bandeira. Sabia que a contribuição de nossa gente para a construção da mais rica e mais poderosa nação do mundo era indelével, que os Estados Unidos simplesmente não existiriam sem nós.

Em agosto de 1619, apenas 12 anos depois de os ingleses se instalarem em Jamestown, Virginia, um ano antes de os puritanos desembarcarem na Plymouth Rock e 157 anos antes de os colonos ingleses decidirem criar seu próprio país, os residentes de Jamestown compraram de piratas ingleses entre 20 e 30 africanos escravizados. Eles tinham sido roubados de um navio negreiro português que os tinha trazido à força de onde hoje é Angola. Os homens e mulheres que desembarcaram naquele agosto marcaram o início da escravidão norte-americana. Estavam entre os 12,5 milhões de africanos que seriam sequestrados de seus lares e trazidos acorrentados do outro lado do oceano Atlântico, na maior migração forçada da história humana até a Segunda Guerra Mundial. Cerca de dois milhões não sobreviveram à exaustiva travessia, conhecida em inglês como *Middle Passage*.

Antes da abolição do tráfico internacional de escravos, 400 mil africanos escravizados foram vendidos nos Estados Unidos. Esses indivíduos e seus descendentes transformaram as terras para as quais foram levados em algumas das mais bem-sucedidas colônias do Império Britânico. À custa de trabalho árduo, prepararam os campos para plantio em toda a região sudeste. Ensinaram os colonos a cultivar arroz. Plantaram e colheram algodão, que, no auge da escravidão, foi a matéria-prima mais valiosa do país, representando metade de todas as exportações norte-americanas e 66% da oferta mundial. Tornaram possíveis as fazendas de George Washington, Thomas Jefferson e James Madison, grandes propriedades que hoje atraem milhares de visitantes de todo o mundo encantados com a história da maior democracia do planeta. Fincaram os alicerces da Casa Branca e do Capitólio, assentando na cúpula deste último, com suas mãos cativas, a Estátua da Liberdade.[1] Carregaram nas

1. *Statue of Freedom*: estátua de bronze feita pelo escultor americano Thomas Crawford (1814-1857) e instalada em 1863 no alto do edifício do Capitólio, em Washington, que não se confunde com a Statue of Liberty, presente da França aos EUA, inaugurada na Liberty Island, Nova York, em 1886. [N. do E.]

costas os pesados dormentes das estradas de ferro que se espalharam por todo o Sul e contribuíram no transporte do algodão que eles colhiam para as tecelagens no Norte, alimentando a Revolução Industrial. Geraram vastas fortunas para os brancos do Norte e do Sul – em certo momento, o segundo homem mais rico do país era um "comerciante de escravos" de Rhode Island. Os lucros auferidos com o trabalho roubado dos negros ajudaram a jovem nação a pagar suas dívidas de guerra e financiaram algumas de nossas mais bem conceituadas universidades. Foi a incessante atividade de compra, venda, seguridade e financiamento de seus corpos e do produto de seu trabalho que fez de Wall Street um próspero conglomerado bancário e, de Nova York, a capital financeira do mundo.

Seria, no entanto, historicamente incorreto reduzir as contribuições das pessoas negras à imensa riqueza material criada por meio de nossa escravidão. Os norte-americanos negros também foram, e continuam a ser, fundamentais para a ideia de liberdade neste país. Mais do que qualquer outro grupo em sua história, desempenhamos, geração após geração, um papel vital: fomos nós que aperfeiçoamos esta democracia.

Os Estados Unidos são uma nação fundada tanto num ideal quanto numa mentira. Nossa Declaração de Independência, aprovada em 4 de julho de 1776, proclama que "todos os homens foram criados iguais" e "dotados por seu Criador de certos direitos inalienáveis". Mas os homens brancos que redigiram essas palavras não acreditavam que elas fossem válidas para as centenas de milhares de pessoas negras que viviam entre eles. "Vida, liberdade e busca da felicidade" não se aplicavam a nada menos que um quinto do país. Contudo, apesar de a eles terem sido violentamente negadas a liberdade e a justiça prometidas a todos, os norte-americanos negros confiavam de forma absoluta no credo norte-americano. Ao longo de séculos de resistência e protesto das pessoas negras, contribuímos para que o país estivesse à altura dos ideais de sua fundação. E não apenas para nós – as lutas das pessoas negras por seus direitos abriram caminho para a luta por todos os demais direitos, inclusive das mulheres e dos homossexuais, dos imigrantes e das pessoas com necessidades especiais.

Sem os esforços idealistas, incansáveis e patrióticos dos norte-americanos negros, nossa democracia hoje muito provavelmente seria bem diferente – talvez nem fosse uma democracia.

A primeira pessoa a morrer por este país na Revolução Americana foi um homem negro que não era livre. Crispus Attucks era um fugitivo da escravidão, e apesar disso deu a vida por uma nova nação em que sua própria gente só gozaria das liberdades inscritas na Declaração um século mais tarde. Os norte-americanos negros têm lutado em todas as guerras em que esta nação se engajou desde aquela primeira – hoje somos o grupo racial com maior probabilidade de servir nas forças armadas dos Estados Unidos.

Meu pai, um dos muitos norte-americanos negros que assim serviram, sabia o que eu levei anos para entender: que o ano de 1619 é tão importante para a história do país quanto o de 1776. Que os norte-americanos negros, tanto quanto aqueles homens esculpidos em mármore na capital da nação, são os verdadeiros "pais da pátria". E que ninguém merece mais aquela bandeira do que nós.

—

Em junho de 1776, Thomas Jefferson se sentou diante de sua escrivaninha portátil num quarto alugado em Filadélfia e escreveu aquelas palavras: "Consideramos estas verdades como autoevidentes, que todos os homens são criados iguais, que são dotados pelo Criador de certos direitos inalienáveis, que entre esses estão a vida, a liberdade e a busca da felicidade". Durante os últimos 243 anos, essa incisiva afirmação dos direitos fundamentais e naturais da humanidade à liberdade e à autogovernança tem sustentado nossa reputação global como uma terra de liberdade. Porém, enquanto Jefferson compunha suas palavras inspiradoras, um adolescente que jamais gozaria daqueles direitos e liberdades esperava ali perto para servir às necessidades de seu senhor. Seu nome era Robert Hemings, e ele era meio-irmão de Martha, esposa de Jefferson, filho do pai dela com uma mulher de quem ele era dono. Os escravocratas brancos costumavam escravizar seus filhos com mulheres negras. Entre os 130 cativos que labutavam em seu campo de trabalhos forçados, que ele batizou Monticello, Jefferson escolhera Hemings para acompanhá-lo a Filadélfia a fim de assegurar-se de todos seus confortos enquanto ele redigia o texto em que argumentava a favor de uma nova democracia baseada nos direitos individuais.

Naquela época, um quinto da população das 13 colônias sofria sob um sistema brutal de escravatura diferente de tudo que existira até então. A chamada escravidão *chattel* ou tradicional (baseada na propriedade) não era condicional, mas racial. A condição de escravizado era herdada e permanente, não temporária, de modo que gerações e mais gerações nasciam dentro do sistema e passavam seu status para os filhos. As pessoas escravizadas não eram reconhecidas como seres humanos, e sim como objetos que podiam ser hipotecados, comercializados, comprados, vendidos, usados como garantia de empréstimos, oferecidos como presente e descartados violentamente. Os colonos brancos, como Jefferson, sabiam que as pessoas negras eram seres humanos, porém tinham criado uma rede de leis e costumes espantosa tanto por sua precisão quanto por sua crueldade, a qual garantia que os escravizados nunca seriam tratados como tal. Como o abolicionista William Goodell escreveu em 1853: "Se alguma coisa que se baseia numa falsidade pode ser chamada de ciência, podemos acrescentar o sistema de escravatura norte-americana à lista das ciências mais rigorosas".

As pessoas escravizadas não podiam se casar legalmente. Eram proibidas de aprender a ler e de se reunir em grupos privados. Não tinham direito aos próprios filhos, que podiam ser comprados, vendidos e comercializados para outros lugares em leilões que incluíam móveis e cabeças de gado, ou em lojas que anunciavam "negros à venda". Os proprietários de escravos e os tribunais não respeitavam os relacionamentos de parentesco com mães, irmãos, primos. Na maioria dos tribunais, eles não eram reconhecidos do ponto de vista legal. Os donos podiam estuprar ou matar suas posses sem nenhuma consequência jurídica. As pessoas escravizadas não podiam possuir nada, legar nada nem herdar nada. Eram legalmente torturadas, inclusive as que trabalhavam para Jefferson. Podiam ser forçadas a trabalhar até morrer, o que acontecia com frequência, a fim de produzir maiores lucros para os brancos a quem pertenciam.

Não obstante, ao argumentar contra a tirania inglesa, um dos truques retóricos preferidos dos colonos era afirmar que *eles* eram os escravos – da Grã-Bretanha. Por tal duplicidade, enfrentavam críticas no país e no exterior. Como observou com ironia Samuel Johnson, um escritor inglês conservador que se opunha à independência norte-americana: "Como é possível que ouçamos os ganidos mais altos em favor da liberdade vindos dos donos de negros?".

Convenientemente omitido da mitologia da fundação da pátria é o fato de que uma das principais razões para os colonos decidirem declarar independência da Grã-Bretanha foi o desejo de protegerem a instituição da escravatura. Em 1776, a Grã-Bretanha se tornara profundamente dividida a respeito de seu papel na bárbara instituição que reformatara o hemisfério ocidental. Em Londres, eram ouvidos apelos crescentes para que se abolisse o tráfico de escravos. Isso afetaria negativamente a economia das colônias, tanto no Norte quanto no Sul. Resultavam dos lucros gerados pela escravidão a riqueza e a proeminência que permitiam a Jefferson, com apenas 33 anos de idade, e aos outros pais da pátria acreditar que poderiam se separar com êxito de um dos mais poderosos impérios do mundo. Em outras palavras, talvez nunca tivéssemos nos revoltado contra os ingleses se os fundadores da nação não houvessem compreendido que a escravidão lhes dava poder para tanto; ou se não houvessem acreditado que a independência era necessária a fim de assegurar a continuidade do sistema escravagista. Não é à toa que dez dos primeiros 12 presidentes desta nação foram proprietários de escravos, podendo-se argumentar que o país foi criado não como uma democracia, e sim como uma escravocracia.

Jefferson e os outros pais da pátria tinham plena consciência dessa hipocrisia. Por isso, no primeiro rascunho da Declaração de Independência, Jefferson tentou argumentar que ela não era responsabilidade dos colonos. Em vez disso, atribuiu a culpa ao rei da Inglaterra, que forçara os colonos relutantes a aceitar a instituição da escravatura, e caracterizou o tráfico de seres humanos como um crime. Entretanto, nem Jefferson nem a maioria de seus pares tencionavam abolir a escravidão – e, por fim, eliminaram aquela passagem.

Não há nenhuma menção à escravatura no texto final da Declaração de Independência. De maneira similar, 11 anos depois, quando chegou a hora de redigir a Constituição, seus formuladores cuidadosamente prepararam um documento

Knowledge of the Past Is the Key to the Future: The Other Washingtons, 1987
© Estate of Robert Colescott/
AUTVIS, Brasil, 2020
Foto: Cortesia de Sheldon Museum of Art, University of Nebraska-Lincoln, Olga N. Sheldon Acquisition Trust, U-6463.2015

que preservava e protegia a escravidão sem jamais usar tal palavra. Trataram de escondê-la por não desejarem entronizar de modo explícito sua hipocrisia nos textos em que reivindicavam a liberdade para o mundo. A Constituição contém 84 cláusulas. Como escreveu o historiador David Waldstreicher, seis lidam diretamente com as pessoas escravizadas e o sistema a que estavam subjugadas, e outras cinco têm implicações com respeito à escravidão. A Constituição protegeu a "propriedade" daqueles que escravizavam as pessoas negras; proibiu o governo federal de intervir para acabar com a importação de africanos escravizados por um período de 20 anos; autorizou o Congresso a mobilizar a milícia a fim de abafar insurreições dos escravizados; e obrigou os estados que tinham proibido a escravidão a devolver as pessoas negras que para lá tivessem escapado em busca de refúgio. Como muitos outros, o escritor e abolicionista Samuel Bryan expôs o embuste, dizendo da Constituição: "As palavras são obscuras e ambíguas; nenhum homem simples dotado de bom senso as usaria pois foram evidentemente escolhidas com vistas a ocultar da Europa que, neste país iluminado, a prática da escravidão tem seus advogados entre os homens que ocupam as mais elevadas posições".

Após a independência, os fundadores da pátria não mais podiam culpar a Grã-Bretanha pela escravatura. O pecado passou a ser da própria nação e, por isso, precisava ser sanado. Conforme afirmam os estudiosos atuais, o vergonhoso paradoxo de manter o regime escravagista num país baseado na liberdade individual levou a um endurecimento do sistema de castas raciais. Essa ideologia, reforçada não apenas pelas leis mas pela ciência e literatura racistas, sustentava que as pessoas negras eram subumanas, uma crença que permitia aos norte-americanos brancos conviver com sua traição. Segundo os historiadores do direito Leland B. Ware, Robert J. Cottrol e Raymond T. Diamond, no início do século 19 os norte-americanos brancos, estivessem ou não ligados à escravidão, "tinham um considerável investimento psicológico e econômico na doutrina da inferioridade das pessoas negras". Enquanto a liberdade era o direito inalienável das pessoas que se consideravam brancas, a escravidão e a subjugação constituíam a condição natural daquelas que possuíam qualquer gota discernível de "sangue negro".

A Suprema Corte cristalizou tal entendimento das leis com a decisão de 1857 no caso Dred Scott,[2] ao determinar que as pessoas negras, fossem elas escravizadas ou livres, provinham de

2. Dred Scott e sua mulher, Harriet, ingressaram na justiça americana por entender que, tendo vivido num estado em que a escravidão era proibida, poderiam ganhar a liberdade da família que os comprou. A batalha judicial culminou na decisão contra o casal e todos os escravizados. [N. do E.]

uma "raça de escravos". Isso as tornava inferiores às pessoas brancas e, consequentemente, incompatíveis com a democracia norte-americana. A democracia era para cidadãos, e a "raça negra", tal como estabelecido pela Corte, constituía "uma classe separada de pessoas" que os fundadores não haviam "considerado parte das pessoas ou cidadãos que compõem o governo", "não tendo quaisquer direitos que um homem branco esteja obrigado a respeitar". Tal crença, a de que as pessoas negras não eram apenas escravizadas mas pertenciam a uma raça de escravos, se tornou a fonte do racismo endêmico que até hoje não foi possível expurgar desta nação. Se as pessoas negras nunca poderiam ser cidadãs, se formavam uma casta à parte de todos os outros seres humanos, então não faziam jus aos direitos protegidos pela Constituição – e o "nós", na frase "nós, o povo", não era uma mentira.

—

Em 14 de agosto de 1862, meros cinco anos após as mais altas cortes do país terem declarado que nenhuma pessoa negra podia ser um cidadão norte-americano, o presidente Abraham Lincoln chamou um grupo de cinco respeitados homens negros livres para um encontro na Casa Branca. Era uma das primeiras vezes que pessoas negras entrariam na Casa Branca como convidadas. A Guerra Civil vinha sendo travada havia mais de um ano, e os abolicionistas negros, que pressionavam Lincoln cada vez mais para acabar com a escravidão, devem ter vivido dias de grande expectativa e orgulho.

A guerra não estava indo bem para Lincoln. A Grã-Bretanha contemplava a possibilidade de intervir em favor da Confederação, e ele, incapaz de recrutar novos voluntários brancos em número suficiente, foi obrigado a rever sua decisão de não permitir que norte-americanos negros lutassem pela própria libertação. O presidente estudava fazer uma proclamação em que ameaçava emancipar todas as pessoas escravizadas nos estados que haviam se separado da União caso eles não pusessem fim à rebelião. A proclamação também permitia que os antigos escravizados fizessem parte do exército da União e lutassem contra seus ex-donos. No entanto, Lincoln se preocupava com as consequências de uma medida tão radical. Assim como muitos norte-americanos brancos, ele se opunha à escravatura como um sistema cruel contrário aos ideais do país, porém também se opunha à igualdade das pessoas negras. Acreditava que elas constituíam uma "presença perturbadora" incompatível com uma democracia destinada apenas aos brancos. "Libertá-los e torná-los política e socialmente nossos iguais?", ele havia dito quatro anos antes. "Meus sentimentos não admitem isso. E, se admitissem, sabemos muito bem que os da grande maioria das pessoas brancas não admitirão."

Ao chegarem à Casa Branca naquele dia de agosto, os cinco homens foram recebidos pelo imponente Lincoln, acompanhado por um homem chamado James Mitchell, nomeado oito dias antes para o cargo, recém-criado, de comissário de emigração. Aquele seria o primeiro compromisso do novo funcionário. Após trocarem cortesias, Lincoln foi direto ao assunto: informou aos convidados que fizera o Congresso aprovar uma verba a fim de enviar as pessoas negras, uma vez libertadas, para outro país.

"Por que deveriam elas deixar este país? Talvez essa fosse a primeira questão a ser considerada", Lincoln lhes disse. "Vocês e nós pertencemos a raças diferentes. [...] A raça de vocês sofre muitíssimo, muitos de vocês sofrem, por viver entre nós, enquanto nós sofremos com sua presença. Em outras palavras, cada um sofre por seu lado."

É fácil imaginar o denso silêncio que se instalou naquela sala quando o peso do que o presidente acabara de falar tirou o fôlego daqueles cinco homens negros. Haviam transcorrido 243 anos desde que o primeiro de seus antepassados chegara àquelas terras, antes da família de Lincoln, muito antes de que a maioria das pessoas brancas insistisse que aquele país não era deles. A União não havia entrado na guerra para abolir a escravidão, e sim para evitar que o Sul se separasse; no entanto, muitos homens negros haviam se alistado para lutar. Os escravizados fugiam dos campos de trabalhos forçados, que gostamos de chamar de *plantations*, tentando participar na luta, servindo como espiões, sabotando os confederados, pegando em armas pela causa de Lincoln assim como pela deles próprios. E agora o presidente os culpava pela guerra: "Embora muitos homens engajados em ambos os lados não liguem para vocês de um modo ou de outro [...], sem a instituição da escravatura e a raça de cor como sua base, a guerra não teria existido", ele lhes disse. "Por isso, é melhor para ambos os lados que nos separemos."

Quando Lincoln terminou suas observações, Edward Thomas, o líder dos convidados, o informou, talvez secamente, que realizariam consultas com base em sua proposição. "Tomem o tempo que for preciso", disse Lincoln. "Não há pressa."

Quase três anos após o encontro na Casa Branca, o general Robert E. Lee se rendeu em Appomattox. No verão, a Guerra Civil estava encerrada e quatro milhões de norte-americanos negros de repente foram libertados. Contrariamente à opinião de Lincoln, a maioria não tencionava ir embora, no espírito de uma resolução contrária à colonização proposta algumas décadas antes numa convenção de líderes negros em Nova York: "Este é o nosso lar e este é o nosso país. Sob seu solo jazem os ossos de nossos pais. [...] Nascemos aqui e aqui morreremos."

O fato de os antigos escravizados não terem aceitado a oferta de Lincoln para abandonar estas terras é uma prova cabal de sua crença nos ideais que deram origem à nação. Como escreveu W.E.B. Du Bois: "Poucos homens cultuaram a liberdade com metade da fé inabalável com que o fizeram os negros norte-americanos durante dois séculos". Por muito tempo eles clamaram pela igualdade universal e acreditaram que, como disse o abolicionista Martin Delany, "Deus fez de um só sangue todas as nações que habitam a face da Terra". Libertados pela guerra, não buscaram se vingar de seus opressores como temiam Lincoln e muitos outros norte-americanos brancos. Fizeram o oposto. Ao longo do breve período da

Reconstrução, entre 1865 e 1877, os ex-escravizados se engajaram zelosamente no processo democrático. Com as tropas federais controlando a disseminada violência dos brancos, moradores negros do Sul abriram sucursais da Liga de Direitos Iguais – uma das primeiras organizações de direitos humanos do país – a fim de combater a discriminação e organizar os eleitores, que compareceram às urnas massivamente, elegendo outros ex-escravizados para cadeiras antes ocupadas por seus escravizadores. Pela primeira vez na história deste país, o Sul começou a se assemelhar a uma democracia, com norte-americanos negros eleitos para cargos locais, estaduais e federais. Cerca de 16 homens negros cumpriram mandatos no Congresso – dentre eles Hiram Revels, do Mississippi, o primeiro homem negro eleito para o Senado. (Demonstrando como esse período seria breve, Revels, assim como Blanche Bruce, foi também o último homem negro eleito para o Senado por quase 100 anos, até que Edward Brooke, de Massachusetts, assumisse sua cadeira em 1967.) Mais de 600 homens negros cumpriram mandatos nas casas legislativas dos estados sulistas, e outras centenas nas assembleias locais.

Esses parlamentares negros se uniram a membros brancos do Partido Republicano, alguns dos quais vindos do Norte, para redigir as constituições estaduais mais igualitárias que o Sul tinha conhecido até então. Ajudaram a passar leis fiscais mais equitativas e outras que proibiam a discriminação em matéria de transporte público e política habitacional. A maior conquista deles talvez tenha sido o estabelecimento da mais democrática instituição norte-americana: a escola pública. Antes da Reconstrução, no Sul não havia educação pública de fato. A elite branca mandava seus filhos para escolas particulares, enquanto os filhos das famílias negras ficavam sem instrução. Mas as pessoas negras recém-libertadas, que haviam sido proibidas de aprender a ler e escrever durante o regime escravagista, ansiavam por educação. Por isso, os legisladores negros lutaram com êxito por um sistema de escolas aberto a todos e financiado pelos estados – não apenas para os próprios filhos, mas também para os das famílias brancas. Os legisladores negros contribuíram igualmente para aprovar as primeiras leis regionais que tornavam o ensino obrigatório. A partir de então, as crianças sulistas, negras ou brancas, ficaram obrigadas a frequentar as escolas, tal como ocorria com seus pares no Norte. Nos primeiros cinco anos da Reconstrução, todos os estados sulistas haviam estabelecido em suas constituições o direito à educação pública para a totalidade das crianças. Em alguns deles, como a Louisiana e a Carolina do Sul, pequenos grupos de crianças negras e brancas, por um curto espaço de tempo, frequentaram a escola juntas.

Graças à liderança de ativistas negros e de um Partido Republicano empurrado para a esquerda pela flagrante renitência dos sulistas brancos, os anos que se seguiram imediatamente ao fim da escravatura registraram a mais ampla expansão dos direitos humanos e civis que esta nação conheceu. Em 1865, o Congresso aprovou a 13ª Emenda, tornando os Estados Unidos uma das últimas nações das Américas a declarar ilegal a escravidão. No ano seguinte,

Feeling His Oats, 1988
© Estate of Robert Colescott/
AUTVIS, Brasil, 2020
Foto: Albright-Knox Art Gallery/
Art Resource, NY

os norte-americanos negros, exercendo seu recém-conquistado poder político, forçaram os legisladores brancos a aprovar a Lei dos Direitos Civis, a primeira deste tipo a vigorar no país e uma das mais completas na matéria que já passaram pelo Congresso. Pela primeira vez, ela codificou a cidadania dos norte-americanos negros, proibiu a discriminação residencial e deu a todos os cidadãos do país o direito de comprar e herdar bens, fazer contratos e garantir sua execução, buscando reparações nos tribunais. Em 1868, o Congresso ratificou a 14ª Emenda, garantindo a cidadania a qualquer pessoa nascida nos Estados Unidos. Hoje, graças a essa emenda, todos os filhos de imigrantes da Europa, da Ásia, da África, da América Latina e do Oriente Médio aqui nascidos ganham cidadania automaticamente. A 14ª Emenda também ofereceu, pela primeira vez, garantia constitucional à igual proteção nos termos da lei. Desde então, quase todos os grupos marginalizados têm usado a 14ª Emenda em suas lutas por equidade (incluindo as recentes e bem-sucedidas defesas na Suprema Corte do casamento entre pessoas do mesmo sexo). Finalmente, em 1870, o Congresso passou a 15ª Emenda, garantindo o aspecto mais crucial da democracia e da cidadania – o direito ao voto – a todos os homens independentemente de "raça, cor ou condição prévia de servidão".

Durante esse breve momento conhecido como Reconstrução, a maioria do Congresso pareceu abraçar a ideia de que, das cinzas da Guerra Civil, poderíamos criar a democracia multirracial que os norte-americanos negros imaginaram, mesmo que os pais da pátria não o tivessem feito.

Mas durou pouco.

O racismo está enraizado no próprio DNA deste país, assim como a crença, tão bem expressa por Lincoln, de que as pessoas negras são um obstáculo à unidade nacional. Os muitos ganhos da Reconstrução despertaram uma forte resistência branca em todo o Sul, incluindo inimaginável violência contra os antigos escravizados, a supressão em larga escala do direito de voto e até mesmo, em alguns casos extremos, a derrubada de governos birraciais democraticamente eleitos. Diante de tal agitação, o governo federal decidiu que as pessoas negras eram a causa do problema e que, para o bem da unidade, deixaria que o Sul branco fizesse o que bem entendesse. Em 1877, o presidente Rutherford B. Hayes, a fim de garantir uma solução conciliatória com os democratas sulistas que lhe daria a presidência numa disputa questionada, concordou em retirar as tropas federais do Sul. Sem a presença desses soldados, os sulistas brancos rapidamente erradicaram os ganhos da Reconstrução. A supressão sistêmica de vidas negras foi tão severa que esse período, entre as décadas de 1880 e 1920/1930, ficou conhecido como o Grande Nadir, ou a segunda escravidão. A democracia não retornaria ao Sul por quase um século.

Por outro lado, os sulistas brancos de todas as classes econômicas, graças em grande parte às políticas progressistas e às leis que as pessoas negras haviam promovido, tiveram uma melhoria substancial em seu padrão de vida à medida que forçavam as pessoas negras a viver numa quase escravidão. Como lamentou Waters McIntosh, que havia sido escravizado na Carolina do Sul: "Os brancos pobres é que foram libertados pela guerra, não os negros".

Os pinheiros da Georgia iam ficando para trás enquanto o ônibus da Greyhound levava Isaac Woodard para sua casa em Winnsboro, Carolina do Sul. Depois de servir por quatro anos no exército durante a Segunda Guerra Mundial, onde ganhara uma medalha por bravura, ele havia recebido, naquele dia, uma dispensa honrosa do Camp Gordon, e seguia caminho para se encontrar com a esposa. Quando o ônibus parou diante de uma pequena farmácia uma hora antes de chegar a Atlanta, Woodard teve uma breve discussão com o motorista branco após perguntar se podia usar o banheiro. Cerca de meia hora mais tarde, o motorista parou de novo e disse a Woodard que desembarcasse do ônibus. Com seu uniforme impecável, Woodard desceu os degraus e viu que a polícia esperava por ele. Antes que pudesse falar, um dos policiais o golpeou na cabeça com um cassetete usando tanta força que ele perdeu os sentidos. Os golpes no crânio de Woodard foram tão violentos que, quando ele acordou na cadeia, não conseguia mais enxergar. As pancadas aconteceram apenas quatro horas e meia depois de sua dispensa do exército. Aos 26 anos de idade, Woodard estava cego.

Nada havia de extraordinário na pavorosa agressão a Woodard. Aquilo fazia parte da violência sistêmica posta em prática contra os norte-americanos negros depois da Reconstrução, tanto no Norte quanto no Sul. À medida que evaporava o espírito igualitário registrado após a Guerra Civil graças ao desejo de reunificação nacional, os norte-americanos negros, simplesmente por existirem, serviam como uma lembrança perturbadora dos defeitos desta nação. Os Estados Unidos brancos lidaram com tal inconveniente erigindo um sistema racial de *apartheid* implementado com extrema crueldade, que excluía as pessoas negras quase inteiramente da vida pública do país – um sistema tão grotesco que a Alemanha nazista mais tarde o usou como inspiração para executar suas políticas racistas.

Apesar das garantias de equidade inscritas na 14ª Emenda, a Suprema Corte, em sua histórica decisão no caso Plessy *v.* Ferguson, declarou em 1896 que a segregação racial dos norte-americanos negros era constitucional. Com a bênção da mais alta corte do país e nenhuma disposição, a nível federal, de defender os direitos negros, os estados sulistas começaram a aprovar, na virada do século 19, uma série de leis e códigos destinados a tornar permanente o sistema de casta racial da escravidão, negando às pessoas negras poder político, igualdade social e dignidade básica. Criaram testes de alfabetização para impedir que eleitores negros votassem, estabeleceram eleições primárias só com a presença de brancos. Pessoas negras foram proibidas de servir como jurados ou testemunhar nos tribunais contra um indivíduo branco. A Carolina do Sul proibiu os empregados brancos e negros de tecelagens de usar as mesmas portas. Oklahoma obrigou as empresas telefônicas a manter cabines segregadas. Memphis tinha estacionamentos separados para motoristas negros e brancos. Baltimore aprovou um decreto impedindo pessoas negras de se mudar para quarteirões em que mais da metade dos moradores fossem brancos, e brancos de se mudar para quarteirões em que mais da metade dos moradores fossem negros. A Georgia tornou ilegal que pessoas negras e brancas tivessem sepulturas contíguas no mesmo cemitério. O Alabama impediu pessoas negras de utilizarem as bibliotecas públicas, que eram financiadas com impostos cobrados também delas. Esperava-se que elas descessem da calçada a fim de deixar que as pessoas brancas passassem, devendo sempre se dirigir a elas tratando-as de senhor e senhora, embora o mesmo não acontecesse com as pessoas negras, independentemente da idade. No Norte, políticos brancos implementaram diretrizes que segregavam os moradores negros em comunidades onde escolas de nível inferior eram frequentadas apenas por alunos negros; havia piscinas públicas só para pessoas brancas, bem como dias especiais nas feiras dos condados para gente branca e gente "de cor"; muitas lojas se recusavam a servir aos clientes negros, ostentando cartazes nas vitrines que diziam "só para brancos". Estados como a Califórnia se uniram aos do Sul, impedindo que pessoas negras se casassem com brancas, enquanto os conselhos de escolas locais em Illinois e Nova Jersey criaram estabelecimentos de ensino segregados para crianças negras e brancas.

O sistema de castas foi mantido por meio de um virulento terrorismo racial. Veteranos de guerra como Woodard, especialmente aqueles com audácia suficiente para usar uniformes, tinham sido alvo, desde a Guerra Civil, de uma violência específica. Isso se intensificou durante as duas guerras mundiais, pois as pessoas brancas entenderam que, uma vez que os homens negros tivessem ido ao exterior e conhecido a vida fora da sufocante opressão racial dos Estados Unidos, era improvável que aceitassem serenamente a subjugação ao voltar para casa. Como disse o senador James K. Vardaman, do Mississippi, no plenário do Senado durante a Primeira Guerra Mundial, o retorno dos militares negros ao Sul "conduziria inevitavelmente ao desastre". Dar a um homem negro "ares de militar" e mandá-lo defender a bandeira faria com que ele chegasse "à conclusão de que seus direitos políticos deviam ser respeitados".

Muitos norte-americanos brancos viam o uso de uniformes das forças armadas por homens negros não como um gesto patriótico, e sim como uma exibição de perigoso orgulho. Centenas de veteranos negros foram surrados, aleijados, mortos a tiros e linchados. Gostamos de chamar aqueles que viveram durante a Segunda Guerra Mundial de "a melhor geração", mas isso nos permite ignorar o fato de que muitos dessa geração lutaram pela democracia em terras estranhas enquanto suprimiam brutalmente a democracia para milhões de cidadãos norte-americanos. No auge do terror racial neste país, os norte-americanos negros não foram apenas assassinados, mas também castrados, queimados vivos e esquartejados, com partes de seus corpos exibidas nas vitrines de lojas. Essa violência tinha como objetivo aterrorizar e controlar as pessoas negras, e, talvez igualmente importante, servia como um bálsamo psicológico para a supremacia branca: seres humanos não seriam tratados dessa forma. O extremismo da violência era um sintoma do mecanismo psicológico necessário para absolver os norte-americanos brancos do pecado original de seu país. A fim de responderem à pergunta sobre como podiam prezar a liberdade no exterior ao mesmo tempo que negavam a liberdade a toda uma raça em seu próprio país, os norte-americanos brancos recorriam à mesma ideologia racista que Jefferson e os pais da pátria tinham usado ao fundá-la.

Essa ideologia – a de que pessoas negras pertenciam a uma raça inferior, subumana – não havia simplesmente desaparecido com o fim da escravidão. Se os antigos escravizados e seus descendentes tivessem uma educação formal, se prosperássemos nos empregos ocupados por pessoas brancas, se nos destacássemos nas ciências e nas artes, então desmoronaria toda a justificativa de como esta nação havia permitido a escravatura. Pessoas negras livres implicavam um grave perigo para a ideia que os Estados Unidos faziam de si próprios como um país excepcional: nós carregávamos o espelho em que a nação preferia não se ver. E, por isso, a desumanidade imposta às pessoas negras por cada nova geração branca justificava a desumanidade do passado.

Exatamente como temiam os norte-americanos brancos, a Segunda Guerra Mundial deflagrou aquilo que se transformou no segundo esforço sustentado dos norte-americanos negros para tornar a democracia uma realidade. Como escreveram os editores do jornal negro *The Pittsburgh Courier*: "Conduzimos um ataque em duas frentes – contra nossos escravizadores neste país e aqueles no exterior que nos escravizarão". O ato de cegarem Woodard é visto em geral como um dos catalisadores da rebelião que durou várias décadas e à qual damos o nome de movimento dos direitos civis. Mas é útil fazer uma pausa e lembrar que esse foi o segundo movimento de massa em favor dos direitos civis negros, sendo o primeiro a Reconstrução. Às vésperas do centenário do fim da escravidão, as pessoas negras ainda buscavam obter os direitos pelos quais tinham lutado e que haviam conquistado após a Guerra Civil: o direito de serem tratadas de forma igual pelas instituições públicas, que fora garantido em 1866 pela

1919, 1980
© Estate of Robert Colescott/
AUTVIS, Brasil, 2020
Foto: Cortesia de Estate of Robert
Colescott e Blum & Poe, Los Angeles/
Nova York/Tóquio

Lei dos Direitos Civis; o direito de serem tratadas como cidadãs plenas perante a lei, garantido em 1868 pela 14ª Emenda; e o direito ao voto, garantido em 1870 pela 15ª Emenda. Em resposta a essas exigências, os norte-americanos brancos penduraram os negros em galhos de árvores, os surraram e jogaram os corpos em rios lamacentos, os assassinaram na frente de casa, os atingiram com bombas incendiárias em ônibus, os fizeram ser mordidos por cães, arrancaram suas peles com jatos de mangueiras de incêndio e mataram seus filhos com explosivos postos dentro de uma igreja.

De modo geral, os norte-americanos negros lutaram sozinhos. Entretanto, nunca batalhamos só por nós. As sangrentas lutas do movimento de direitos civis pela liberdade lançaram as bases para todos os demais embates modernos sobre direitos. Os pais da pátria brancos sem dúvida criaram uma Constituição não democrática que excluía mulheres, indígenas e pessoas negras, não garantindo nem o voto nem a igualdade à maioria dos norte-americanos. Mas as leis nascidas da resistência negra garantem o voto a todos e impedem a discriminação não somente baseada na raça, mas também no gênero, na nacionalidade, na religião e na capacidade individual. Foi o movimento dos direitos civis que levou à aprovação da Lei da Imigração e da Nacionalidade de 1965, que derrubou o sistema racista de cotas de imigração destinado a manter este país branco. Por causa dos norte-americanos negros, os imigrantes de pele negra e marrom de todo o planeta podem vir para os Estados Unidos e viver num país em que não mais se permite a discriminação legal. É uma ironia tipicamente norte-americana que alguns cidadãos de ascendência asiática, pertencentes a um dos grupos que puderam imigrar para os Estados Unidos graças à luta das pessoas negras pelos direitos civis, estejam agora processando as universidades para que interrompam seus programas destinados a ajudar os descendentes dos escravizados.

Ninguém aprecia mais a liberdade do que aqueles que não a tiveram. E, até hoje, os norte-americanos negros, mais do que qualquer outro grupo, perfilham os ideais democráticos do bem comum. Somos provavelmente os que mais apoiam programas como a assistência médica universal e um salário mínimo maior, ou se opõem a programas que prejudicam os mais vulneráveis. São os norte-americanos negros, por exemplo, os que mais sofrem com os crimes violentos e, não obstante, os que mais se opõem à pena de morte. Nossa taxa de desemprego é quase o dobro da taxa dos norte-americanos brancos e, no entanto, somos provavelmente o grupo mais disposto a dizer que esta nação deve aceitar refugiados.

Na verdade, o quanto esta nação tem hoje de democracia se deve à penosa resistência negra. Nossos pais da pátria talvez não acreditassem de fato nos ideais que proclamavam, mas as pessoas negras acreditavam. Como disse o estudioso Joe R. Feagin: "Os afro-americanos escravizados estão entre os maiores lutadores em prol da liberdade que este país produziu". Ao longo de gerações, acreditamos neste país com uma fé que ele não mereceu. As pessoas negras viram o que há de pior nos Estados Unidos, porém, de algum modo, ainda cremos no que o país tem de melhor.

—

Há quem diga que nosso povo nasceu sobre as águas.

Ninguém sabe ao certo quando. Talvez na segunda ou na terceira semana, mas sem dúvida lá pela quarta, já haviam perdido a conta de há quantos dias não viam sua terra ou avistado qualquer outra. Foi então que o medo se transformara em desespero, o desespero em resignação, e a resignação numa compreensão duradoura. A eternidade azul-petróleo do oceano Atlântico os separara tão completamente do que tinha sido seus lares que era como se nada existisse no passado, como se tudo e todos que eles amavam houvessem simplesmente desaparecido da face da Terra. Eles não mais pertenciam às etnias mbundu ou akan ou fulâni. Aqueles homens e mulheres de muitas nações diferentes, acorrentados uns aos outros no porão sufocante do navio, formavam agora um só povo.

Poucos meses antes eles tinham famílias, fazendas, vidas e sonhos. Eram livres. Obviamente tinham nomes, mas seus escravizadores não se deram ao trabalho de registrá-los. Haviam sido transformados em negros por aquela gente que se acreditava branca e, para onde estavam sendo levados, negro era igual a "escravo", e a escravidão nos Estados Unidos exigia que os seres humanos fossem transformados em coisas ao retirar deles todos os elementos que os identificavam como indivíduos. Chamava-se de "aclimatação" o processo pelo qual as pessoas arrancadas da África Ocidental e da África Central eram forçadas, com frequência sob tortura, a deixar de falar seus idiomas maternos e praticar suas religiões nativas.

Entretanto, como escreveu o sociólogo Glenn Bracey: "Das cinzas da denigração branca, fomos capazes de nos inventar". Por mais que as pessoas brancas tentassem fingir, as pessoas negras nunca foram objetos. E por isso o processo de aclimatação, em vez de apagar as identidades, serviu ao propósito oposto: no vácuo, forjamos uma cultura inteiramente nova.

Nos dias de hoje, nossa própria maneira de falar lembra línguas crioulas que os povos escravizados inventaram a fim de se comunicar tanto com os africanos que falavam diversos dialetos quanto com as pessoas que falavam inglês e os haviam escravizado. Nosso jeito de vestir, o toque extravagante, remete ao desejo dos povos escravizados – despidos de toda individualidade – de gerarem uma identidade própria. Os povos escravizados usavam seus chapéus num ângulo ousado ou davam nós intrincados nos lenços de cabeça. A natureza *avant-garde* de nossos penteados e roupas é um reflexo vibrante da determinação dos povos escravizados de se sentir 100 por cento humanos ao expressar suas personalidades. A qualidade de improvisação presente na arte e na música negras provém de uma cultura que, devido à disrupção constante, não podia se aferrar ao convencional. A escolha de nomes negros, com tanta frequência criticada pelos segmentos dominantes da sociedade, é por si só um ato de resistência. Nossos sobrenomes pertencem às pessoas brancas de quem um dia fomos propriedade. Daí que é um gesto de autodeterminação a insistência de muitos norte-americanos negros, em especial os mais marginalizados, em dar a nossas crianças nomes por nós criados, que não vêm nem da Europa nem da África, lugar onde jamais estivemos. Quando o mundo ouve a verdadeira música norte-americana, está escutando a nossa voz. O gospel foi gerado pelas cantigas tristes que entoávamos nos campos para amenizar nossa dor física e encontrar a esperança numa liberdade de que só esperávamos desfrutar depois de mortos. Em meio à devastadora violência e à pobreza do delta do Mississippi, demos à luz o jazz e o blues. E foi nas comunidades profundamente miseráveis e segregadas, onde os norte-americanos brancos forçaram os descendentes dos escravos a viver, que adolescentes pobres demais para comprar instrumentos usaram velhos discos a fim de criar uma nova música conhecida como hip-hop.

Nossa fala, a maneira de nos vestirmos e a batida de nossa música têm ecos da África, mas não são africanas. Por conta de nosso singular isolamento, tanto das culturas nativas quanto do país dos brancos, forjamos a cultura original mais importante desta nação. Não é à toa que as correntes dominantes da sociedade invejam nosso estilo, nossas gírias e nossas canções, procurando se apropriar da única cultura genuinamente norte-americana. Como Langston Hughes escreveu em 1926: "Eles verão como sou bonito/ E ficarão envergonhados/ Eu também sou a América".

Durante séculos, os norte-americanos brancos vêm tentando resolver o "problema do negro". Dedicaram milhares de páginas a tal esforço. É comum, ainda hoje, apontarem para as taxas de pobreza dos negros, o número de crianças nascidas fora do casamento, os crimes e a frequência nas universidades – como se tais condições não fossem absolutamente previsíveis num país construído em cima de um sistema de castas raciais. Mas, crucialmente, tais estatísticas não podem ser vistas enquanto se ignora outra: a de que as pessoas negras passaram mais tempo aqui escravizadas do que livres.

Com 43 anos, sou parte da primeira geração de norte-americanos negros na história dos Estados Unidos nascida numa sociedade em que temos direitos plenos de cidadania. As pessoas negras sofreram sob a escravidão por 250 anos; estamos legalmente "livres" há apenas 50. Entretanto, nesse período curtíssimo de tempo, apesar de continuarmos a enfrentar uma discriminação desenfreada, e apesar de nunca ter havido um esforço genuíno para compensar os males da escravidão e o século de *apartheid* racial que se seguiu, os norte-americanos negros obtiveram progressos assombrosos, não apenas para eles próprios, mas também para todos os cidadãos do país.

Que tal se os Estados Unidos entendessem, por fim, depois de 400 anos, que nunca fomos o problema, e sim a solução?

Quando eu era criança – devia estar na quinta ou sexta série –, uma professora deu à nossa turma um trabalho que visava comemorar a diversidade do grande caldeirão de raças norte-americano. Cada aluno devia fazer uma breve descrição da terra de seus ancestrais e desenhar a bandeira do país a que eles tivessem pertencido. Quando a professora se virou para escrever as instruções na lousa, a outra menina negra e eu trocamos um longo olhar. A escravidão havia apagado qualquer conexão que nós tínhamos com algum país africano e, mesmo se tentássemos reivindicar todo o continente, não havia uma bandeira "africana". Já era bem duro ser uma das duas meninas negras na turma, e aquele trabalho seria simplesmente mais uma recordação da distância entre as crianças brancas e nós. No final, fui até o globo próximo à mesa da professora, escolhi por acaso um país africano e declarei ser o meu.

Gostaria agora de voltar a quem eu era naquele momento e lhe dizer que os ancestrais de seu povo estavam aqui, nestas terras, desenhando com ousadia e orgulho as estrelas e as listras da bandeira norte-americana.

Foi-nos dito certa vez que, em virtude de nossa servidão, jamais poderíamos ser cidadãos norte-americanos. Mas foi em virtude de nossa escravidão que nos tornamos os mais genuinamente norte-americanos de todos.

Nikole Hannah-Jones (1976) é jornalista da *The New York Times Magazine*. Bolsista da MacArthur Foundation em 2017, ganhou o National Magazine Award, o Peabody Award e o George Polk Award. Em 2019, coordenou o 1619 Project, conjunto de ensaios que discute as heranças da escravidão na cultura e na vida pública americana, tomando como marco o ano em que, há quatro séculos, chegaram ao país os primeiros escravizados. Este ensaio serve como conceituação e introdução ao projeto, que reuniu ainda ficção, poesia e fotografia em um número especial da revista e na *web*.
Tradução de **Jorio Dauster**

O pintor **Robert Colescott** (1925-2009) realiza, em suas obras repletas de personagens afro-americanos, uma releitura crítica da história e da iconografia clássica dos EUA. A pintura que abre este ensaio, por exemplo, é uma paródia de um célebre registro da guerra pela independência, na qual os personagens brancos, como George Washington, são substituídos por figuras negras, como George Washington Carver, que nasceu durante a escravidão e se tornou um dos principais cientistas do país na virada do século 20.

A política do amigo e do inimigo

Jason Stanley

O contexto histórico é insuficiente para explicar o fascismo, que manipula democracias apoiado numa estrutura de conflito permanente

Na base da ideologia fascista existe uma distinção fundamental entre amigo e inimigo. O ideólogo fascista apresenta-se como o protetor de seus apoiadores contra um inimigo dotado de uma malevolência quase inimaginável. Esse inimigo é uma ameaça aos valores básicos da civilização. Neste curto ensaio, valendo-me da obra do historiador do fascismo Federico Finchelstein, explicarei como a dicotomia amigo/inimigo ilumina a conturbada relação da ideologia fascista com a realidade.

Os movimentos fascistas proclamam defender a tradição – com frequência a tradição religiosa, seja ela o cristianismo, o hinduísmo ou o judaísmo – de uma ameaça existencial contra o código moral da civilização. Os inimigos são os liberais, os intelectuais, os comunistas, as feministas, os homossexuais, grupos étnicos desprezados ou minorias religiosas que supostamente cooperam entre si para destruir os

Tomi Ungerer
Desenhos do livro *The Underground Sketchbook*, 1964
© 1982, 2020 Diogenes Verlag AG
Zurique, Suíça

valores religiosos tradicionais e patriarcais. Esse inimigo é retratado de forma monstruosa – como se estivesse engajado na tentativa de subverter as instituições e os meios de comunicação do país, numa espécie de conspiração que envolve os piores criminosos imagináveis.

Vejamos o que o ministro da Propaganda nazista, Joseph Goebbels, diz no discurso "O comunismo desmascarado", no Congresso Anual do Partido Nazista, em 13 de setembro de 1935:

> O bolchevismo está explicitamente decidido a criar uma revolução em todas as nações. Em seu âmago, ele abriga uma tendência agressiva e internacional. Mas o nacional-socialismo está circunscrito à Alemanha, e não é um produto de exportação, seja em suas características abstratas ou práticas. O bolchevismo nega a religião em princípio, de modo fundamental e por completo. Só reconhece a religião como "o ópio do povo". No entanto, para apoiar e fortalecer a crença religiosa, o nacional-socialismo faz questão de colocar a fé em Deus em lugar de destaque no seu programa. Mas os bolcheviques conduzem uma campanha, dirigida pelos judeus e em conluio com o submundo internacional, contra a verdadeira cultura. O bolchevismo não é apenas antiburguês: é contra a própria civilização humana.
>
> Levado às últimas consequências, ele significa a destruição de todas as conquistas comerciais, sociais, políticas e culturais da Europa Ocidental, em favor de uma camarilha internacional desenraizada e nômade que encontrou sua representação no judaísmo. Essa tentativa colossal de derrubar o mundo civilizado é muito mais perigosa em seus efeitos, pois o comunismo internacional, que é um mestre na arte da falsidade, foi capaz de angariar protetores e pioneiros entre grande parte dos círculos intelectuais da Europa.

Nesse discurso, os nazistas são os defensores das "conquistas comerciais, sociais, políticas e culturais da Europa Ocidental", da religião e, na verdade, da "própria civilização humana" diante da ameaça de "uma camarilha internacional desenraizada e nômade que encontrou sua representação no judaísmo". Na sequência do discurso, Goebbels se refere às táticas desses inimigos da civilização: "Assassinato de alvos específicos, execução de reféns e grandes massacres são os meios prediletos utilizados pelo bolchevismo para se livrar de toda e qualquer oposição a sua propaganda". Segue-se uma lista sinistra das atrocidades atribuídas aos judeus bolchevistas.

O discurso de Goebbels está repleto de mentiras. Entretanto, considerar apenas o *conteúdo* dessas mentiras significa perder de vista o efeito do que foi transmitido. Goebbels diz à plateia: "Os bolcheviques conduzem uma campanha, dirigida pelos judeus e em conluio com o submundo internacional, contra a verdadeira cultura. O bolchevismo não é apenas antiburguês: é contra a própria civilização." Termos como "cultura" e "civilização humana" são empregados para contrastar com os propósitos e as metas dos judeus bolchevistas.

No lado do bolchevismo e dos judeus, está "o submundo internacional" – o que quer que isso seja. No lado do nacional-socialismo, estão todas as conquistas da Europa e, em verdade, "a própria civilização". A narrativa de Goebbels pressupõe que a cultura e até mesmo a civilização humana sejam arianas. Os termos contrastantes usados na narrativa de Goebbels fazem parte da desumanização sistemática dos judeus.

Toda conversa tem, como pano de fundo, uma estrutura narrativa. O discurso de Goebbels implica uma estrutura narrativa na qual a cultura e a civilização humana são arianas e, por isso, representam valores diametralmente opostos ao sistema de valores dos judeus. O principal objetivo do discurso não é difundir seu conteúdo, obviamente falso. O principal objetivo é difundir a estrutura narrativa que sustenta o discurso.

Como Tamsin Shaw deixou claro em recente ensaio sobre o procurador-geral dos Estados Unidos, William Barr, encontramos nitidamente essas distinções amigo/inimigo na ideologia e nos discursos dos integrantes do governo Trump.[1] Em palestra na Universidade de Notre Dame, em 11 de outubro de 2019, Barr disse:

> Os secularistas modernos rechaçam essa ideia da moralidade como uma superstição sobrenatural imposta por um clero "estraga-prazeres". Na verdade, os padrões morais judaico-cristãos são as mais avançadas normas utilitárias para o comportamento humano. Elas refletem as regras mais adequadas para o homem, não no futuro, mas aqui e agora. São como um manual de instruções de Deus para o melhor funcionamento dos seres humanos e da sociedade. Da mesma forma, as violações a essas leis morais têm consequências perversas no mundo real para os seres humanos e para a sociedade... Basta dizer que a campanha para destruir a ordem moral tradicional vem provocando imenso sofrimento, destruição e tristeza. Apesar disso, as forças do secularismo, ignorando esses trágicos resultados, pressionam com uma militância ainda maior.

Barr apresenta o governo Trump como a única esperança contra o crescente secularismo militante dedicado à destruição da ordem moral. No discurso de Barr, os adversários do governo de Trump se opõem à própria civilização. Um dia depois, o presidente Donald Trump fez um discurso no Values Voter Summit[2] em que também ecoou Goebbels:

---

[1] Tamsin Shaw, "William Barr: The Carl Schmitt of Our Time", *New York Review of Books*, 15.01.2020.

[2] Encontro de eleitores, ativistas e políticos conservadores realizado anualmente em Washington (EUA). [N. do E.]

Vocês são os guerreiros nas fronteiras que defendem a liberdade dos Estados Unidos. Estamos reunidos esta noite num momento crucial da história da nação. Nossos valores comuns estão sendo atacados como nunca antes. Radicais da extrema esquerda, tanto dentro como fora do governo, estão decididos a rasgar nossa Constituição e aniquilar as crenças que tanto prezamos. Socialistas da extrema esquerda estão tentando destruir as tradições e os costumes que fizeram dos Estados Unidos a maior nação da Terra. Eles rejeitam os princípios de nossos Pais Fundadores – princípios entronizados na Declaração de Independência, que proclama que nossos direitos provêm do Criador.

No discurso, Trump apresenta seus oponentes como "radicais da extrema esquerda" decididos a destruir o tecido moral da civilização. E se propõe como a única solução.

Uma estrutura narrativa bem-sucedida, que procura implementar a nítida distinção amigo/inimigo com frequência, tem a capacidade de fortalecer a si mesma, fazendo com que as pessoas por ela guiadas tomem as provas contra tal distinção como comprovação adicional de sua veracidade. Se você está sob a influência de uma narrativa sobre a misteriosa elite comunista global que controla as mídias, quando encontrar nessas mesmas mídias um artigo que comprove a fraude daquela estrutura narrativa, dará ainda mais crédito à hipótese do controle. Em seu livro *The Jewish Enemy: Nazi Propaganda during World War II and the Holocaust*, Jeffrey Herf escreve que "os nazistas focavam [a propaganda] na suposta dominação que os judeus exercem sobre a vida profissional alemã, apesar de a realidade desmentir isso". A despeito do mito antissemita de que os judeus controlavam a imprensa, eles só correspondiam a 5,1% dos editores e escritores. E não fazia o menor sentido afirmar que dominavam as artes: por exemplo, os judeus representavam apenas 2,4% dos artistas visuais. "O baixo número de judeus, sua vulnerabilidade econômica e a falta de influência política não passam de fenômenos superficiais. A verdade é que um número reduzido de conspiradores invisíveis, ocultos nos bastidores, controla os acontecimentos internacionais." E conseguia que as aparências superficiais fossem enganosas: segundo Hitler, "os judeus são mestres na arte de enganar".

A estrutura narrativa dos Protocolos dos Sábios de Sião indica a existência de uma elite secreta global composta de judeus. Eles são leais apenas a outros judeus, e não às nações em que vivem; controlam as mídias, a indústria cultural, as universidades e os bancos. Usam a linguagem do liberalismo e da justiça social de modo hipócrita nas mídias que controlam a fim de, por exemplo, lutar em prol de leis de imigração cada vez mais flexíveis, assim como da igualdade para minorias raciais e sexuais, tudo isso com um único objetivo: destruir a tradição – primeiro, a posição dominante da raça tradicional da nação por meio de casamentos com outras raças ou, pior, estupro;

e, segundo, a família tradicional. O objetivo último é o comunismo, incluindo a abolição de toda a propriedade privada.

Se o público já tem essa estrutura narrativa em mente, isso pode ser explorado por meio de diversos tipos de mensagens políticas indiretas. O antissemitismo pode ficar implícito, não sendo necessário mencionar os judeus a quem já assimilou a narrativa: tal pessoa compreenderia que é deles que se trata.

Pode-se também repetir a narrativa substituindo os judeus por outro grupo, talvez muçulmanos. Não é difícil descrever a islamofobia nos Estados Unidos em termos de uma estrutura narrativa na qual os muçulmanos norte-americanos são retratados como uma quinta-coluna leal apenas a outros muçulmanos, e não aos demais cidadãos. Parte dessa narrativa, ecoando os Protocolos dos Sábios de Sião, é que os muçulmanos e seus aliados liberais defendem leis de imigração frouxas em nome da justiça social quando seu *verdadeiro* propósito é minar o cristianismo. Segundo essa narrativa, a esquerda – os socialistas e gente como eles – se apropriou da causa da igualdade dos muçulmanos e, usando o controle que tem das mídias e das universidades, promove mensagens de justiça social que, na verdade, são ataques à tradição judaico-cristã. É amplamente conhecida a estrutura narrativa dos Protocolos dos Sábios de Sião: existe um grupo oculto que controla as mídias e usa os apelos em favor de princípios universais de justiça como meio de tomar o poder para destruir o grupo dominante – cristãos brancos, por exemplo – e substituí-lo pelo comunismo, pelo socialismo ou até mesmo pela xaria, a lei islâmica. A mesma estrutura pode ser facilmente empregada para atingir outros alvos, como os homossexuais.

No discurso de Goebbels, fica bem evidente que a propaganda nazista apresentava a civilização como um produto ariano e os nazistas como seus únicos defensores contra uma ameaça externa mortal. Em *Mein Kampf*, Hitler declara que "tudo que admiramos nesta Terra – ciência, arte, habilidade técnica e invenção – é o produto criativo de um pequeno número de nações. [...] Toda essa cultura depende delas para continuar a existir. [...] Se dividirmos a raça humana em três categorias – fundadores, mantenedores e destruidores de cultura –, só a raça ariana pode ser considerada como representante da primeira categoria."

Na mesma linha, o fascista francês Guillaume Faye, autor do livro *Por que lutamos: manifesto da resistência europeia*, publicado em 2001, insiste que "a contribuição da civilização europeia (incluindo seu filho pródigo norte-americano) para a história da humanidade ultrapassa, em todos os domínios, a de todos os outros povos". E podemos encontrar versões mais amenas dessa ideia sendo defendidas por políticos europeus da extrema direita que, desde então, ganharam respeitabilidade.

Consideremos o conceito de "Iluminismo europeu", que não tem significado filosófico próprio. Como categoria taxonômica, poderia incluir filósofos tão diferentes quanto Hume e Kant. Algumas de suas figuras, e não apenas

Kant, foram os principais proponentes de conceitos que os fascistas rejeitam (sobretudo a dignidade humana universal).

Apesar disso, os políticos europeus da extrema direita sutilmente adotaram a referência ao Iluminismo como forma de contrabandear reivindicações mais descaradas sobre a superioridade europeia. Por exemplo, o prefeito de Antuérpia, Bart De Wever, que defende abertamente a autonomia da região de Flandres, começou a se referir ao Iluminismo como o "*software*" da "grandiosa narrativa da cultura europeia". Tomando emprestadas ideias do filósofo britânico Roger Scruton, argumenta que o "Iluminismo europeu" e o nacionalismo são complementares, e não antagônicos. Em De Wever encontramos muito em comum com Faye. Por exemplo, ambos condenam o liberalismo e o socialismo por conduzir a "fronteiras abertas", "espaços seguros", "leis que protegem sentimentos" e à dissolução da autoridade dos pais.

A propaganda nazista exibe, sem a menor ambiguidade, alguns dos exemplos mais extremos das narrativas amigo/inimigo. Não há complexidade alguma nos personagens do discurso de Goebbels – os bolcheviques judeus, inimigos jurados da "civilização humana", são completamente desumanizados. Jeffrey Herf escreve: "Desde a fundação do Partido Nazista até os delírios verbais de Hitler num *bunker* de Berlim em 1945, os temas básicos das divagações antissemitas do regime tinham a ver com a indignação por se sentir vítima de um inimigo poderoso e maligno, promessas de retaliação e a projeção de intenções agressivas e genocidas contra outros povos". A pureza das distinções amigo/inimigo na propaganda nazista reflete a centralidade dessa dicotomia em sua estrutura ideológica. O objetivo é que as pessoas sintam medo do inimigo e desejem vingança contra ele.

No âmago do ultranacionalismo fascista se encontra a ideia de que determinado grupo merece gozar de *status* superior devido a um passado de conquistas e de domínio militar e cultural, enquanto a mistura com outras culturas representa a destruição do seu potencial. No nacional-socialismo, esse tipo de ultranacionalismo tinha fundamento no darwinismo social – a "raça ariana" havia supostamente provado sua superioridade sobre outros grupos por conta de antigos feitos culturais e militares, e a ameaça de miscigenação era uma forma de destruir os arianos e, com eles, a própria possibilidade de existência da cultura e da civilização. Há, porém, outras maneiras de sustentar uma hierarquia de valores além de apelar para um suposto passado vitorioso em disputas militares e culturais. Invocações de um plano divino e outros aspectos da ideologia religiosa podem desempenhar papel semelhante ao que o darwinismo social cumpria no discurso de Hitler. E muitas religiões possuem uma estrutura de autoridade que se assemelha ao papel do líder na ideologia fascista; tais paralelos ideológicos explicam o padrão histórico pelo qual movimentos religiosos conservadores se aliam a movimentos fascistas ultranacionalistas, como vemos agora em países como

Índia e Polônia.[3] Por isso, podemos falar de versões religiosas de uma ideologia essencialmente fascista, ainda que elas não estejam fundamentadas em conexões pseudocientíficas com o darwinismo social.

Assim como certas religiões têm estruturas autoritárias que espelham estruturas fascistas, podemos ver outras instâncias de analogias claras. O nacional-socialismo reconhecia que os ambientes de trabalho eram em geral organizados de modo hierárquico, com poderes concentrados em um presidente ou um gerente. Na iniciativa privada (assim como nas forças armadas), o nacional-socialismo identificou uma estrutura autoritária familiar que suas políticas podiam explorar com a ajuda da propaganda. Assim como a "ala pró-mercado" do Partido Republicano nos Estados Unidos, os nacional-socialistas consideravam a regulamentação da economia pelo Estado um cerceamento da liberdade.

Os regimes fascistas se distinguem por sua relação conturbada com a verdade, tema do livro de Federico Finchelstein, *A Brief History of Fascist Lies*.[4] Finchelstein lembra aos leitores, logo de saída, que a mentira é endêmica em todos os sistemas políticos, mas argumenta que as mentiras fascistas constituem uma espécie distinta:

> As mentiras fascistas, em matéria política, não são nada típicas. A diferença não é uma questão de grau, mesmo que o grau seja significativo. A mentira é uma característica intrínseca ao fascismo, de um modo que não ocorre em outras tradições políticas. Mentir é algo incidental no liberalismo, por exemplo, ao contrário do que ocorre no fascismo. E, quando se trata de embustes fascistas, eles não guardam muita semelhança com outras espécies políticas ao longo da história. Estão situados mais além das formas tradicionais de dissimulação política. Os fascistas entendem que suas mentiras estão a serviço de verdades simples e absolutas – que são, na realidade, mentiras ainda maiores.

Consideremos a distinção entre as mentiras de que o governo Bush se valeu para justificar a invasão do Iraque. Aquelas mentiras tinham o objetivo de enganar o público. Numa entrevista na Casa Branca, em 4 de fevereiro de 2003, quando perguntado por um jornalista sobre Saddam Hussein ter negado explicitamente manter qualquer ligação com a Al-Qaeda, o secretário Donald Rumsfeld respondeu: "E Abraham Lincoln

---

[3] Isso inclui obviamente os Estados Unidos, onde o padre Coughlin e sua contrapartida protestante fundamentalista, Gerald Burton Winrod, fundador da organização fascista Defensores da Fé Cristã, estiveram no centro do fascismo norte-americano da década de 1930. Ver Bradley Hart, "The Religious Right", in: *Hitler's American Friends: The Third Reich's Supporters in the United States*, capítulo 3. Nova York: St. Martin's Press, 2018.

[4] Federico Finchelstein, *A Brief History of Fascist Lies*. Oakland: University of California Press, 2020.

era um homem baixo". Instado a responder diretamente à negativa de Saddam Hussein, ele disse: "Como se pode reagir a isso? É um padrão contínuo. Um mentiroso contumaz falando de novo, e as pessoas repetindo o que ele disse, mas esquecendo de mencionar que ele nunca, quase nunca, diz a verdade." Aqui, Rumsfeld não diz explicitamente, em termos semânticos, alguma coisa de todo falsa – sua intenção é enganar. Em contraste, a mentira fascista envolve padrões gritantes de inverdade. A mentira fascista – se é mesmo uma forma de mentir – constitui um mecanismo voltado a criar distinções entre "nós" e "eles".[5] Não é uma tentativa de enganar.

A peculiar antipatia do fascismo pela verdade não é um recurso adicional da ideologia. É consequência direta da centralidade, para o fascismo, da distinção amigo/inimigo. A verdade serve como uma espécie de juiz neutro nos debates. Se os participantes respeitam a verdade, sem exceção, a disputa é mais justa para todos. Um debate em que se respeita a verdade raramente ganha os contornos de uma guerra, porque os adversários podem chegar a um acordo mediado por seu respeito mútuo pela verdade. No entanto, para o fascismo, a centralidade da distinção amigo/inimigo implica que a única forma possível de disputa política é a guerra. Numa disputa amigo/inimigo não há concessão, nem acordo, nem valores comuns. A verdade é a primeira vítima de uma ideologia que coloca em seu centro a guerra entre amigo e inimigo.

[5] Jessica Keiser argumenta que a *mentira descarada* não é uma espécie de mentira. Caso ela tenha razão, a mentira fascista também não é uma espécie de mentira, uma vez que é descarada.

O americano **Jason Stanley** (1969) é professor no Departamento de Filosofia de Yale. Especializado em filosofia da linguagem e epistemologia, vem estudando sistematicamente as formas de propaganda política. É autor de *How Propaganda Works* (2015) e de *Como funciona o fascismo – A política do "nós" e "eles"* (2018), publicado no Brasil pela L&PM.
Tradução de **Jorio Dauster**

Nascido na França, mas radicado boa parte da vida nos EUA e na Irlanda, o artista gráfico **Tomi Ungerer** (1931-2019) foi um prolífico ilustrador de livros infantis e adultos. Foi também um afiado cartunista, com um olhar sempre atento aos conflitos políticos europeus e aos hábitos sexuais de seus contemporâneos. O livro *The Underground Sketchbook*, de onde foram selecionados os trabalhos aqui reunidos, é uma de suas obras-primas.

Todo lado tem dois lados

Rodrigo Nunes

Sobre a ideia de "polarização"

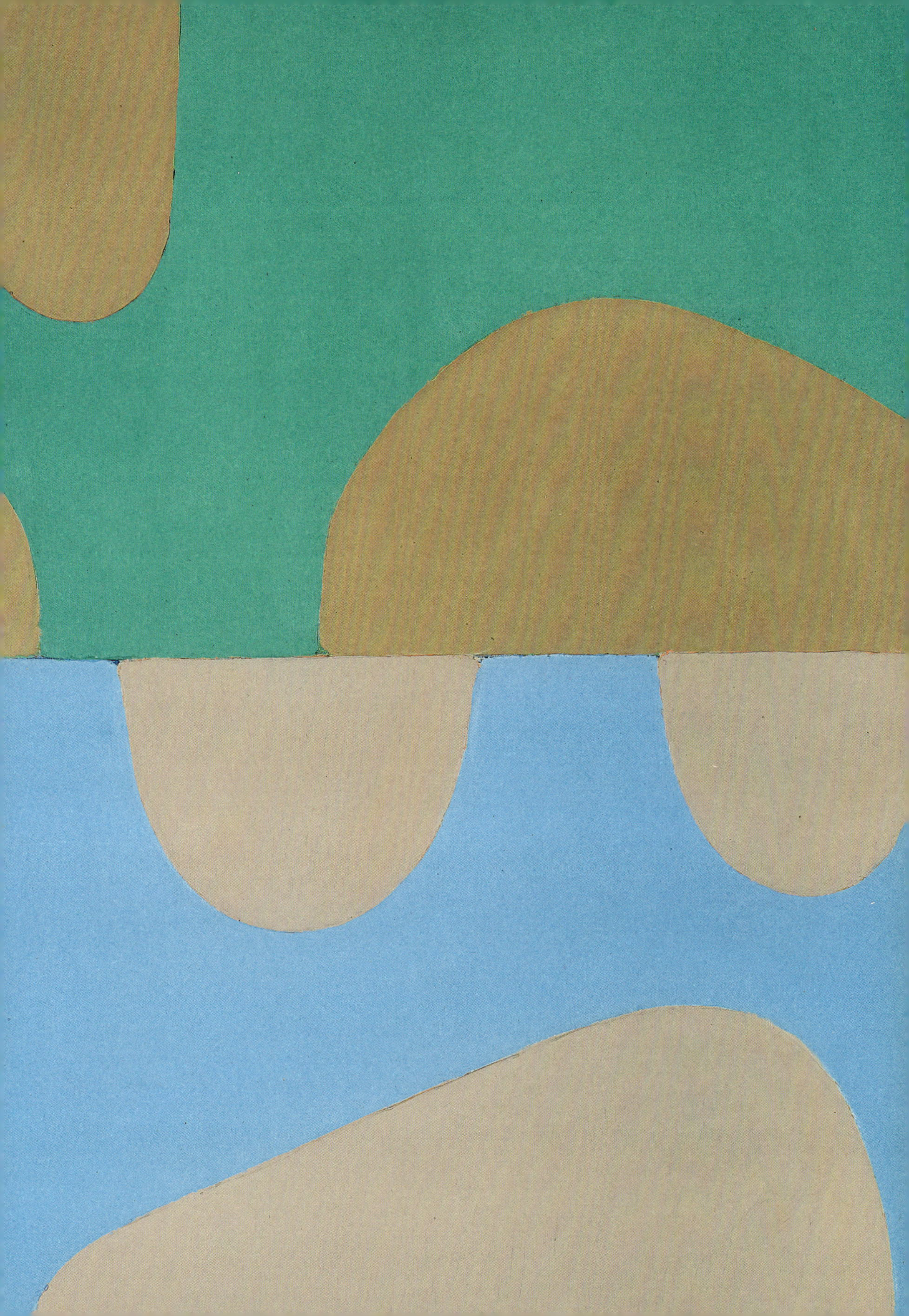

Rodrigo Bivar
Para ser nomeado, 2018
© Rodrigo Bivar

A noção de "polarização" tornou-se uma explicação tão abrangente que muitos já se perguntam se ela explica algo de fato, e o quê. É inegável que ela parece captar uma verdade sobre nosso tempo. Das redes sociais à política eleitoral, observamos por toda parte processos do tipo que Gregory Bateson descreveu como *cismogênicos*, em que grupos respondem às ações uns dos outros com reações que consolidam gradualmente não apenas a identidade de cada um deles, mas sua oposição mútua e sua compreensão recíproca como únicas alternativas possíveis num espaço bipartido.[1] Ao mesmo tempo, é precisamente porque processos de polarização estão por toda parte que o termo pode ser enganoso. Afinal, nada garante que se esteja falando sempre da mesma polarização ou identificando os mesmos polos com a mesma relação entre eles. O risco de confusão é ainda maior porque, num ambiente polarizado, é de esperar que as realidades percebidas a partir de diferentes perspectivas divirjam a ponto de serem praticamente incompatíveis; e porque acusar um adversário de radicalização ou situar-se fora do que se identifica como dois extremos são movimentos estratégicos naturais no interior de um tabuleiro atravessado por uma ou mais polarizações.

E se o diagnóstico corrente de que atravessamos um momento de polarização confundisse, na verdade, duas polarizações distintas (ou três, conforme se conte)? E se essa confusão fosse ela mesma vantajosa para alguns dos responsáveis pelo cenário polarizado? Para desfazê-la, precisaríamos remontar à entrada do debate sobre polarização no Brasil, distinguindo usos do conceito que remetem a análises com pressupostos, genealogias e consequências diversos. Entender a maneira como essas análises se cruzam nos ajudaria, então, a desfazer a ambiguidade que as cerca e atacar, finalmente, o problema que esse diagnóstico coloca: o que fazer diante de um quadro de polarização?

A POLARIZAÇÃO ENTRA EM CENA

No Brasil, o discurso sobre a polarização começa a consolidar-se em 2014, registrando um debate corrente na ciência política norte-americana que recupera, por sua vez, uma análise feita originalmente nos anos 1980. Já em 1984, Poole e Rosenthal indicavam que as eleições nos Estados Unidos se tornavam, cada vez mais, disputas entre "duas coalizões opostas, a liberal e a conservadora, ambas com posições relativamente extremas".[2]

---

[1] Ver Gregory Bateson, *Naven: A Survey of the Problems Suggested by a Composite Picture of the Culture of a New Guinea Tribe Drawn from Three Points of View.* Cambridge: Cambridge University Press, 1936, pp. 176-187. Bateson diferencia "cismogênese simétrica" (em que cada grupo responde com um comportamento equivalente) de "complementar" (os grupos encarnam comportamentos complementares um ao outro), mas reconhece que a distinção não é sempre evidente, e relações de um tipo contêm elementos do outro. Curiosamente, são poucos ainda os que parecem ter notado como o pensamento de Bateson pode iluminar questões atuais. Entre estes, destaco o trabalho da antropóloga Letícia Cesarino "Pós-verdade: uma explicação cibernética", *Ilha* (no prelo), disponível em: www.academia.edu/41347109/Pós-verdade_uma_explicação_cibernética_a_ser_publicado_em_Ilha_-_Revista_de_Antropologia_da_UFSC.

[2] Keith T. Poole e Howard Rosenthal, "The Polarization of American Politics", *The Journal of Politics.* Chicago, v. 46, n. 4, nov. 1984, p. 1.061.

Diante disso, quem passava a ser mal representado era o eleitor "nem lá nem cá" [*middle-of-the-road*], que eles viam não como "membro de uma maioria silenciosa desejosa de uma transformação social radical, mas um indivíduo moderado buscando evitar mudanças bruscas".[3] Em 2006, quando os mesmos autores se juntaram a Nolan McCarty para escrever o livro *Polarized America: The Dance of Ideology and Unequal Riches*, eles ofereciam três critérios para identificar a polarização: a redução da política a dois campos, o liberal e o conservador; o desaparecimento progressivo de posições intermediárias; e a associação desses campos a cada um dos partidos que dominam o sistema político norte-americano (o Democrata e o Republicano). Além de descrever o aprofundamento da tendência observada no início dos anos 1980, o livro sugeria uma relação circular entre polarização e desigualdade, que diminuíram juntas entre 1913 e 1957 e voltaram a crescer a partir de 1975.

O retorno dessa questão durante o governo Obama (2009-2016) tinha razões evidentes. Em que pese o então presidente ser um centrista convicto e contemporizador nato, ele encontrara, no Congresso, uma oposição republicana indisposta a negociar qualquer coisa; e, no Tea Party, um movimento com enraizamento popular – e abundante financiamento corporativo – que cobrava de seus representantes posições mais e mais à direita. É então que o substantivo "polarização" ganha um qualificativo importante: "assimétrica". Não era apenas que a distância entre liberais/democratas e conservadores/republicanos estivesse crescendo, conforme apontava um abrangente estudo de 2014.[4] Ela crescia eminentemente por causa da radicalização do campo conservador, que deixava para os liberais a responsabilidade (e o ônus) de buscar compromissos. Como resumiram na época dois pesquisadores que não se poderia suspeitar de ter simpatias esquerdistas: "Vamos dizer de uma vez: o problema são os republicanos".[5]

Foi nesse contexto que a discussão norte-americana chegou ao Brasil. Sua importação está ligada à constatação de que, pós-junho de 2013, um processo iniciado alguns anos antes começava a render frutos: uma nova direita, mais radical e organizada, estava surgindo no país. Numa entrevista de 2014, Paulo Arantes chamava a atenção para a formação de um campo político "que não está mais interessado em governar" – pelo menos não para todos – e que podia assim "se dar ao luxo de ter posições nítidas e inegociáveis".

[3.] *Ibidem*.

[4.] Pew Research Center, "Political Polarization in the American Public", *Pew Research Center*. Washington, 12.06.2014, disponível em: www.people-press.org/2014/06/12/political-polarization-in-the-american-public/.

[5.] Thomas E. Mann e Norman J. Ornstein, "Let's Just Say It: The Republicans Are the Problem", *Washington Post*, 27.04.2012, disponível em: www.washingtonpost.com/opinions/lets-just-say-it-the-republicans-are-the-problem/2012/04/27/gIQAxCVUlT_story.html.

A lenga-lenga do Brasil polarizado é apenas uma lenga-lenga, um teatro. Nos Estados Unidos, democratas e liberais se caracterizam pela moderação – como a esquerda oficial no Brasil, que é moderada. O outro lado não é moderado. Por isso a polarização é assimétrica.[6]

Verdade seja dita, a assimetria não era consenso nos Estados Unidos, e alguns comentadores pretendiam dividir a culpa salomonicamente entre os dois lados.[7] O próprio dissenso sobre o tema pode ser entendido como sintoma e instrumento da polarização. "Sintoma", pois quanto mais uma pessoa se identifique com um extremo do espectro, mais ela tenderá a construir essa identidade de modo totalizante, relacionando-se com iguais, informando-se a partir de certas fontes, percebendo o espaço político como bipartido, e o lado oposto, de maneira monolítica. Isso fará com que tudo que fuja à sua própria norma pareça "radical", e que a simples participação do outro (mulheres, negros, pessoas trans etc.) no debate público possa ser experimentada como ofensiva. "Instrumento", porque acusar os adversários de assumirem posturas radicais oferece a quem acusa um pretexto para a própria radicalização.

Por boa-fé ou má-fé, a imprensa norte-americana provaria ser altamente suscetível a esse tipo de manipulação, expondo um calcanhar de aquiles que a nova direita mundial exploraria mais e mais nos anos seguintes. O reflexo jornalístico de "contar os dois lados da história" mesmo quando as declarações de um lado não têm nenhum lastro na realidade faz com que os veículos ajudem manipuladores a criar uma falsa aparência de simetria que é instrumental para quem se alimenta da polarização. A redução da economia da informação à caça desesperada de cliques, por outro lado, favorece declarações extremas e a construção de personagens "polêmicos" cujos desmentidos e pedidos de desculpa nunca receberão tantos compartilhamentos quanto as manchetes de impacto. Some-se a isso o fato de que a internet permite a qualquer um publicar qualquer coisa a quase nenhum custo e o despreparo do público para distinguir fontes confiáveis de suspeitas, e o ecossistema comunicacional pós-redes sociais estava claramente à mercê de quem tivesse a estratégia e os recursos para explorá-lo. Na polarização dos anos Obama já se começava a vislumbrar o que ficaria cristalino com as vitórias do Brexit e de Trump: o modo como as notícias são produzidas e consumidas hoje em dia privilegia quem não tem nenhum pudor em mentir.

---

[6]. Eleonora de Lucena, "Nova direita surgiu após junho, diz filósofo", *Folha de S.Paulo*, 31.10.2014, disponível em: www1.folha.uol.com.br/poder/2014/10/1541085-nova-direita-surgiu-apos-junho-diz-filosofo.shtml. Ver também Fabrício Brugnago e Vera Chaia, "A nova polarização política nas eleições de 2014: radicalização ideológica da direita no mundo contemporâneo do Facebook", *Aurora*. São Paulo, v. 7, n. 21, 2015, pp. 99-129, disponível em: revistas.pucsp.br/aurora/article/viewFile/22032/16586.

[7]. Há também quem negue o diagnóstico da polarização: ver Morris P. Fiorina, Samuel J. Abrams e Jeremy C. Pope, *Culture War?: The Myth of a Polarized America*. Nova York: Longman, 2004.

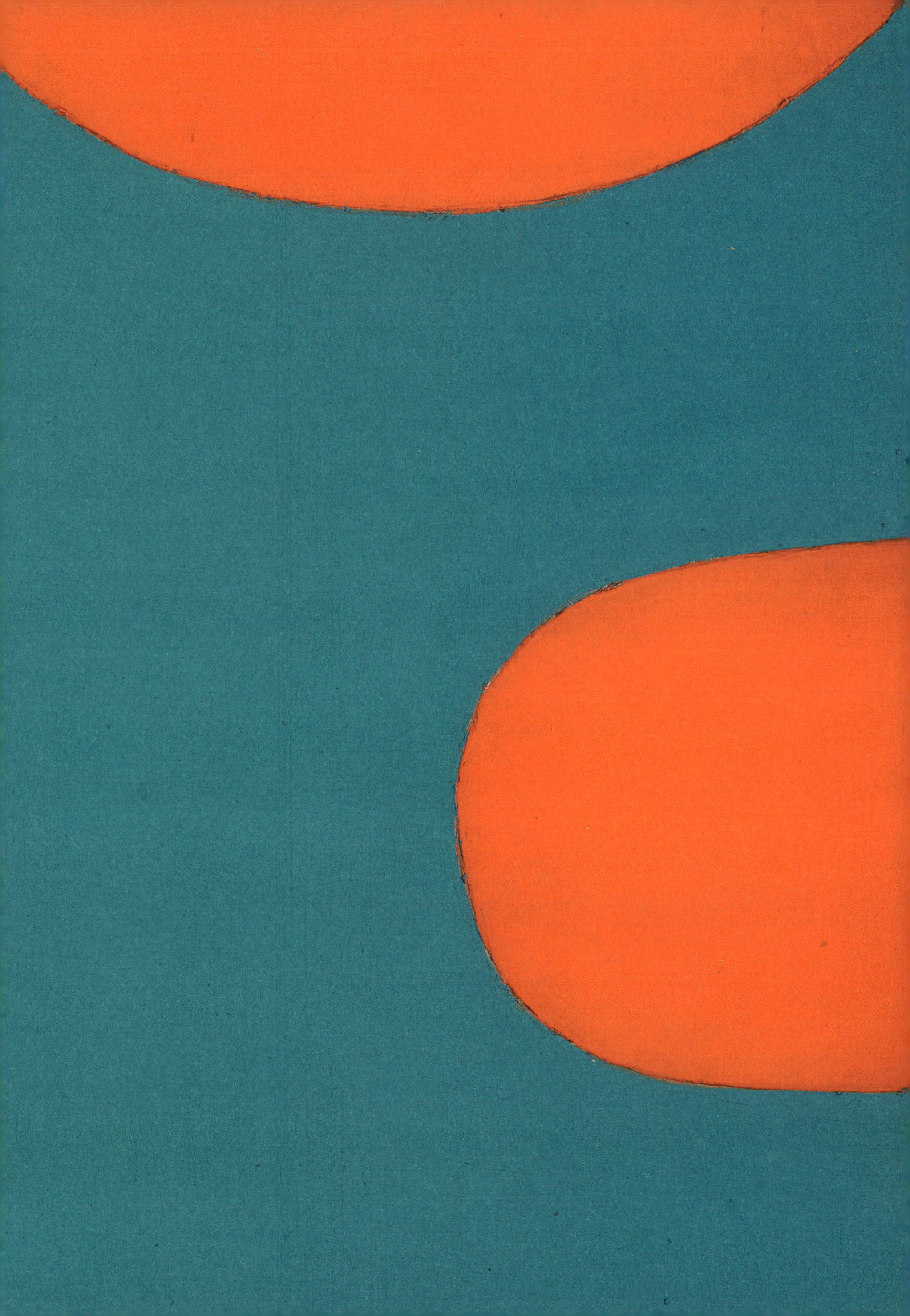

[8] Ver James Davison Hunter, *Culture Wars. The Struggle to Define America*. Nova York: Basic Books, 1991.

[9] Pablo Ortellado, "Guerras culturais no Brasil", *Le Monde Diplomatique*, São Paulo, 01.12.2014, disponível em: diplomatique.org.br/guerras-culturais-no-brasil/.

[10] Ibidem.

[11] Ibidem.

[12] Yascha Mounk, "How Labour Lost the Culture War", *The Atlantic*, Boston, 13.12.2019, disponível em: www.theatlantic.com/ideas/archive/2019/12/how-culture-killed-labour-party/603583/.

Pouca gente, porém, duvidava da conexão entre a polarização da política norte-americana neste século e um processo iniciado na década de 1980, que ganharia em 1991 o nome definitivo de "guerras culturais".[8] Não surpreende, portanto, que esse termo tenha entrado em circulação no debate brasileiro na época da polarização, num artigo que anunciava já no título sua análise da grande novidade pós-2013: as "guerras culturais no Brasil".[9] O texto não mencionava o debate sobre o caráter assimétrico da dinâmica polarizadora, mas reconhecia que a iniciativa até ali estivera predominantemente com um dos lados da disputa. Lia-se ali que "não há unanimidade sobre o que teria dado início às guerras culturais", mas "parece claro que quem reorganizou o discurso político nesses termos foram os conservadores e que os progressistas ainda precisam se adaptar ao novo terreno de disputa discursiva".[10]

Essa suspensão de juízo em relação às origens e causas da transformação fazia com que ela aparecesse como um fenômeno misterioso, algo que acontecera à política em vez de ter sido produzido por ela. "A relação entre discurso moral e político não é nova. [...] Antes, porém, o discurso moral era instrumentalizado pelo político, e agora parece que ocorre o contrário."[11] A mesma tendência de fazer das "guerras culturais" uma mudança epocal chegada como que "de fora", suplantando a política e a tornando obsoleta, aparece numa análise recente das eleições britânicas. "Enquanto o foco principal da política eleitoral eram as questões econômicas", escreve Yascha Mounk, "os líderes do Partido Trabalhista podiam manter coesa uma ampla coalizão... Mas nas últimas décadas os lados do debate político passaram a alinhar-se menos em termos de política econômica e mais segundo o que poderíamos chamar de questões culturais, como a imigração e, claro, o Brexit."[12]

A CONTINUAÇÃO DA POLÍTICA POR OUTROS MEIOS

Até onde se sustenta, no entanto, essa aparência de uma insondável inversão na relação entre moral (ou cultura) e política? É verdade que o conservadorismo começa a reorganizar-se como força política nos Estados Unidos já nos anos 1960, respondendo a processos como a revolução sexual, o movimento pelos direitos civis, o feminismo e a contracultura. Mas é verdade também que essas questões nunca foram simplesmente "de costumes". Nem para a New Left, que pretendia pensar as relações de poder para além das instituições e concebia o pessoal como político; nem para os conservadores, que buscavam politizar essas questões criando aquilo que Laclau e Mouffe batizaram de "cadeias de equivalência" entre, por exemplo, mães solteiras negras recebendo benefícios sociais e a perda de oportunidades para trabalhadores brancos.[13] O modelo do populismo de direita contemporâneo está menos na Europa dos anos 1930 que na "estratégia sulista" de Kevin Phillips, o assessor de Richard Nixon que mobilizou o ressentimento dos eleitores do sul dos Estados Unidos para construir uma base social que se mantém republicana até hoje. "Baseada em enclaves universitários", Michael Kazin escreveria mais tarde, "a New Left continha pouca gente capaz de entender a mistura de inveja e indignação que informava a resposta dos brancos menos privilegiados às revoltas nos guetos e protestos contra a Guerra do Vietnã."[14]

Nos anos 1970, quando o Estado de bem-estar social entrou em crise e a passagem para o regime de acumulação pós-fordista produziu desindustrialização e precarização em massa, a deterioração das condições de vida em geral, e da "classe trabalhadora branca" em particular, tornou o terreno ainda mais fértil para esse tipo de operação. Nos Estados Unidos, os anos 1980 viram o casamento entre evangelistas conservadores em defesa dos *family values* e o Partido Republicano liderado por Ronald Reagan. Enquanto um lado buscava influência política, o outro procurava uma base popular para seu programa de reformas neoliberais. Stuart Hall identificou uma tendência similar no projeto thatcherista, embora a maior laicidade da sociedade britânica fizesse com que ela se expressasse predominantemente em termos de segurança pública (*law and order*), raça e imigração.[15]

Mas a convergência da defesa da liberdade econômica com valores tradicionais também não foi arbitrária. Como Melinda Cooper mostrou brilhantemente, a família interessa ao neoliberalismo como rede de segurança capaz de assumir funções que anteriormente cabiam ao Estado (educação, saúde, bem-estar), como contrapeso às tendências desagregadoras do capitalismo desregulado, como instituição de disciplinamento e internalização da autoridade, e como elemento de um mecanismo argumentativo de privatização da responsabilidade (o fracasso individual é culpa do indivíduo ou da família, nunca de estruturas sociais desiguais).[16] Ademais, como argumentou

---

13. A *welfare queen*, mulher (normalmente) negra que vive às custas de benefícios, foi uma figura retórica fundamental na transformação da percepção pública da seguridade social nos Estados Unidos. Ver Ange-Marie Hancock, *The Politics of Disgust: The Public Identity of the Welfare Queen*. Nova York: New York University Press, 2004; Josh Levin, *The Queen: The Forgotten Life behind an American Myth*. Nova York: Little, Brown and Company, 2019. No discurso bolsonarista, "mamata" é o termo que, aplicando-se tanto à corrupção e às regalias do alto funcionalismo quanto a cotas raciais nas universidades e a medidas de proteção contra a homofobia, estabelece a confusão entre *direitos* e *privilégios* que é central à retórica da extrema direita.

14. Michael Kazin, *The Populist Persuasion: An American History*. Ithaca: Cornell University Press, 1995, p. 224.

15. Stuart Hall, "The Great Moving Right Show", *Marxism Today*. Londres, jan. 1979, pp. 14-20.

16. Melinda Cooper, *Family Values: Between Neoliberalism and the New Social Conservatism*. Cambridge: MIT Press, 2017.

recentemente Wendy Brown, o próprio Hayek já via a tradição como um valor em si na medida em que, como o mercado, ela seria uma ordem espontânea que resiste às demandas por justiça social de diferentes grupos que, se acolhidas, implicariam uma limitação da livre competição.[17]

17. Wendy Brown, *In the Ruins of Neoliberalism: The Rise of Antidemocratic Politics in the West*. Nova York: Columbia University Press, 2019.

Em todo caso, a origem tanto da polarização assimétrica quanto das guerras culturais está aí: uma foi ao mesmo tempo instrumento e consequência da outra. Dito de outro modo, as guerras culturais nunca representaram o substituto da luta política, embora a muitos interessasse que fossem assim pensadas. A moral foi o campo em que a disputa política foi continuada por outros meios, assim como a política institucional tornou-se o terreno onde questões culturais passaram a ser disputadas.

DO "NEOLIBERALISMO PROGRESSISTA" AO "GLOBALISMO"

Mas isso não conta toda a história. Se é fato que a moral e a cultura não substituíram a política, elas foram *a forma que a política tomou quando se subtraiu do debate político a disputa pela economia como instrumento de organização de projetos distintos de sociedade*. É isso que ocorreria nos anos 1990, quando a hegemonia neoliberal se consolidaria na chamada Terceira Via: partidos oriundos da social-democracia que aceitavam a irreversibilidade de processos como desregulamentação financeira, *offshoring* e o aumento da desigualdade, e se propunham apenas a administrá-los em seus riscos e excessos, dando-lhes uma "face humana". Na medida em que representou uma capitulação ao credo econômico de Reagan, Thatcher e Pinochet, a eleição de figuras como Clinton, Blair e Schröder marcou também o surgimento de uma variante interna do projeto neoliberal.

Na descrição de Nancy Fraser, o que esses governos ofereciam era um *neoliberalismo progressista*, neoliberal quanto à política distributiva, mas progressista na sua política de reconhecimento, por oposição a um *neoliberalismo conservador*, cuja política distributiva era igualmente "expropriativa e plutocrática", mas que não proporcionava as mesmas possibilidades de ascensão "meritocrática" aos membros de "grupos sub-representados" como mulheres e minorias étnicas.[18] No lugar de valores tradicionais, o neoliberalismo progressista promovia o multiculturalismo, a igualdade entre gêneros, a diversidade sexual, um mundo "pós-racial" e um ambientalismo mediado

18. Nancy Fraser, "From Progressive Neoliberalism to Trump – and Beyond", *American Affairs*. Nova Jersey, v. 1, n. 4, 2017, disponível em: americanaffairsjournal.org/2017/11/progressive-neoliberalism-trump-beyond/.

pelo mercado. Também para ele, portanto, a aparência de uma substituição da política pela cultura era instrumental: ao polarizar com a aliança entre neoliberalismo e conservadorismo no terreno dos valores, ele obscurecia o fato de que a reorganização integral da sociedade pelas forças do mercado permanecia fora de discussão. Em relação a esse ponto, efetivamente *there was no alternative*. Nos anos 1990 e 2000, autores como Chantal Mouffe e Jacques Rancière batizariam de "pós-política" esse consenso centrista que blindava a economia, reduzia a política à gestão e fazia da moral e da cultura os campos em que se confrontavam calibragens diferentes de uma mesma coisa.

Se por um lado essa estratégia facultou aos antigos partidos social-democratas uma aliança com movimentos sociais minoritários e uma classe média urbana de costumes liberais, ela acabou abandonando ainda mais a "classe trabalhadora branca" à própria sorte – e à pregação da extrema direita. O fato de que ambos os lados do espectro partidário agora apresentassem a política como essencialmente uma disputa em torno de valores culturais e que os outrora defensores do operariado houvessem abraçado o ideal de uma globalização cosmopolita facilitava o trabalho daqueles que diziam aos perdedores desse processo: "Vocês estão perdendo porque *eles* – mulheres, negros, gays... – estão ganhando". Nisso, a ultradireita contou por décadas com a ajuda de uma imprensa que nunca se furtou a alimentar pânicos anti-imigrantes, por exemplo, e de políticos "moderados" sempre prontos a reciclar temas extremistas em troca de votos ou atenção.

A repetição da ideia de que grupos desprivilegiados existem em competição direta entre si, os ganhos de uns só podendo se dar às custas dos outros, lhe confere ares de evidência. Mas não estamos aí simplesmente diante de uma "mentira contada mil vezes" até tornar-se verdade. Num mundo em que é impossível imaginar condições econômicas diferentes das existentes, em que o fracasso é responsabilidade exclusivamente pessoal, e os ganhos dos mais ricos ("geradores de empregos") são considerados intocáveis, a base da pirâmide social *realmente* se encontra envolvida numa luta de todos contra todos a maior parte do tempo. Frente à impossibilidade de botar as regras do jogo em questão, sobra um confronto de soma zero ressignificado como choque entre "culturas" ou valores morais.[19]

É desse caldo que emergirá o bicho-papão do "globalismo", narrativa com a qual a extrema direita responsabiliza o

[19] Para parte da classe média brasileira, por exemplo, as perdas sofridas por conta da inflação de serviços causada pela ascensão da classe C iriam se transformar em ódio de classe e revolta contra o PT. Sobre a inflação de serviços, ver Laura Carvalho, *Valsa brasileira: Do boom ao caos econômico*. São Paulo: Todavia, 2018, pp. 46-49.

neoliberalismo progressista tanto pelas perdas causadas por três décadas de globalização quanto pela crise mundial iniciada em 2008. "Globalistas", nessa versão da realidade, não são os bancos e corporações que causaram a crise e se beneficiaram das condições que a tornaram possível, mas os estratos médios de valores cosmopolitas, a elite intelectual, os partidos que deram uma camada de verniz pluralista ao mercado desregulado e as minorias cujos interesses eles supostamente protegem.[20] O grau de assimetria envolvido nessa formulação pode ser medido pelo fato de que, com ela, tanto uma das principais variantes do neoliberalismo quanto qualquer proposta de superação do projeto neoliberal são igualmente rotuláveis como "esquerda". Ao mesmo tempo, em que pese uma ênfase renovada na pátria e na defesa nacional – projeção da luta de todos contra todos para o terreno da geopolítica –, o antiglobalismo demonstrou-se até aqui perfeitamente compatível com a desregulamentação financeira e do mercado de trabalho. Exceção feita a um uso bastante seletivo do protecionismo econômico, a extrema direita ascendente não se propõe a romper com o ideário e as políticas hegemônicos nas últimas quatro décadas, mas apenas a oferecer a uma suposta maioria ("população nativa", "herdeiros dos valores judaico-cristãos", "pessoas de bem") uma vantagem competitiva sobre os demais.[21]

OS IDOS DE JUNHO

Nem bem irrompeu no debate brasileiro, o tema da polarização importado da ciência política norte-americana foi imediatamente cruzado com uma discussão bastante distinta. Em 2013, chegou ao Brasil a onda de protestos que, desde a Primavera Árabe em 2011, constituíra a reação da sociedade civil global à crise de 2008. Foi também quando aportou por aqui um discurso que se desenvolvera paralelamente a essas manifestações. O que ele atacava, sob o nome de "consenso centrista" ou "pós-política", era justamente a *falsa* polarização entre neoliberalismos conservador e progressista que a reação à hecatombe financeira de alguns anos antes expusera. Ao transformarem as dívidas privadas dos bancos em dívida soberana, repassando seu custo à população na forma de corte de serviços e perda de direitos, governos de direita e de centro-esquerda haviam demonstrado defender os interesses do

---

[20]. É isso que explica que, nos Estados Unidos, um bilionário despontasse como candidato antielite. Ver Rodrigo Nunes, "A vitória da obscenidade", *Folha de S.Paulo*, 04.12.2016, disponível em: m.folha.uol.com.br/ilustrissima/2016/12/1837803-como-2016-levou-o-indizivel-ao-estrelato.shtml.

[21]. A crença de que o antiglobalismo representaria uma descontinuidade do neoliberalismo denota uma confiança excessiva no discurso e uma falta de atenção à prática tanto dos novos governos de direita quanto dos ideólogos neoliberais, que nunca se furtaram de estruturas regulatórias ou medidas protecionistas quando conveniente. Ver Quinn Slobodian, *Globalists: The End of Empire and the Birth of Neoliberalism*. Cambridge: Harvard University Press, 2018.

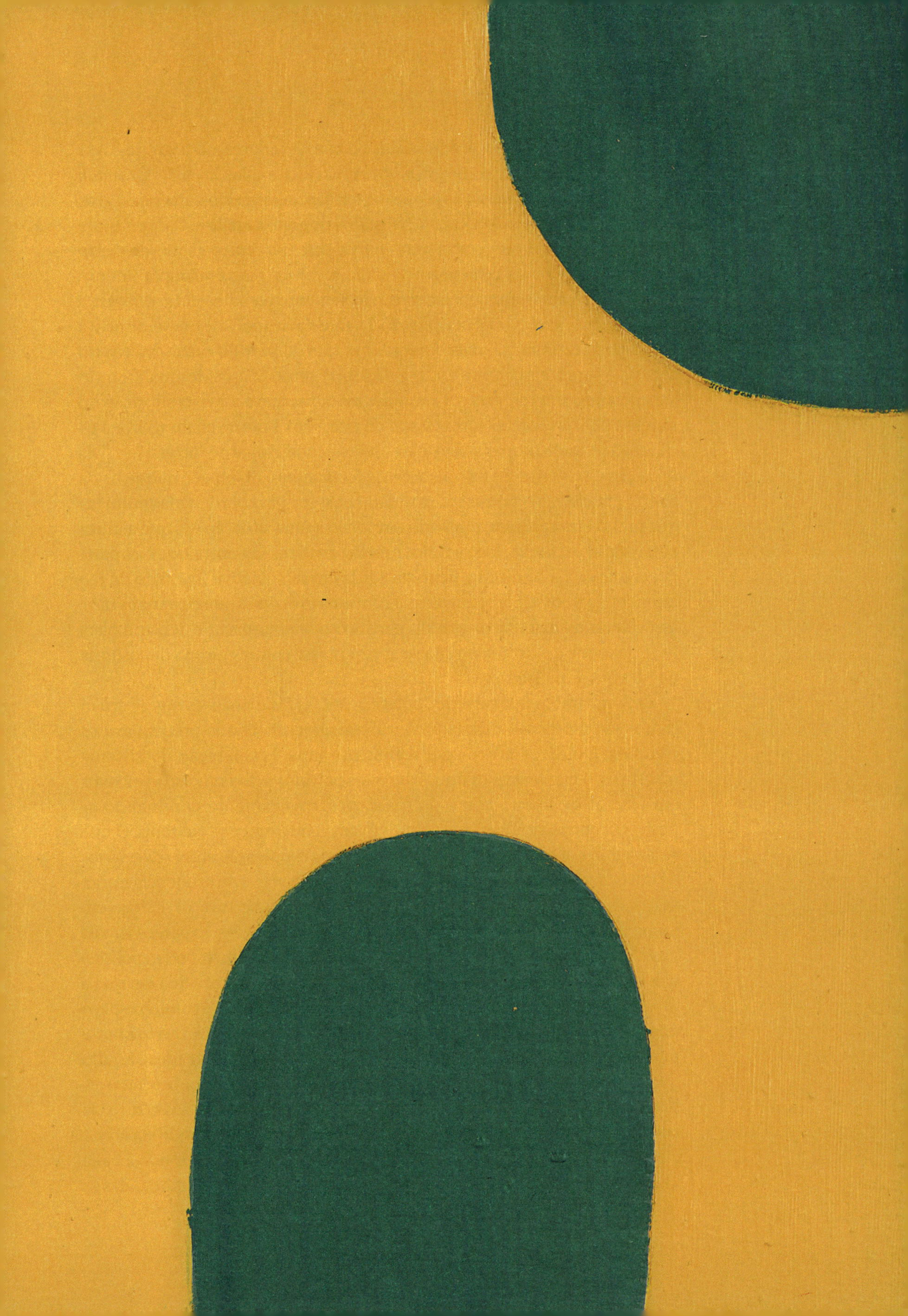

mercado acima de tudo. Progressistas ou conservadores, no frigir dos ovos eram todos neoliberais; como gritavam as ruas espanholas, *no nos representan*.

O fato de que, no Brasil, os protestos tenham acontecido *antes* que o grosso da crise eclodisse não alterava substancialmente a análise. O importante na comparação era que, como seus equivalentes na centro-esquerda global pós-2008, o PT tivera uma oportunidade histórica para encampar um programa de reformas estruturais; mas não somente recuara, como dobrara a aposta numa estratégia de conciliação. Diante da irrupção de um sentimento antissistêmico informe, mas potente, a reação do partido consistira em isolar essa energia emergente em vez de tentar direcioná-la, desqualificando-a e apoiando sua repressão. Com uma mão, pactuava a reestabilização do sistema político com as forças à sua direita; com a outra, chantageava a esquerda acusando tudo que não fosse apoio incondicional de "fazer o jogo" da oposição. O objetivo dessa operação de fechamento do espaço que se havia aberto era claro: reconduzir a realidade pós-2013 às coordenadas políticas que junho embaralhara, forçando o retorno a uma situação em que a única polarização existente, logo a única escolha possível, era entre o PT e os partidos tradicionais de direita. Bem-sucedida em seu objetivo imediato de reeleger Dilma Rousseff, essa estratégia continha dois erros que custariam caro: associar ainda mais a imagem do partido ao *establishment* e deixar a pista livre para que a extrema direita se apresentasse como legítima depositária dos desejos antissistema.

Embora ambas falassem de "polarização", as duas análises que se cruzaram nesse momento diferiam consideravelmente. O que preocupava os cientistas políticos norte-americanos era uma exasperação do sistema bipartidário que levava os dois principais partidos a divergir cada vez mais em termos de identidade e políticas, progressivamente eliminando as posições centristas tanto entre os políticos quanto entre os eleitores. O que se lamentava aí era a perda da razoabilidade, da cooperação entre adversários, de um *middle-of-the-road* concebido como reserva social de prudência e pragmatismo. Embora não seja difícil concordar que a abertura ao diálogo em nome do bem comum é uma virtude, o que esse discurso não parece jamais duvidar é que, em qualquer momento dado, é no centro do espectro político que estarão as soluções ideais. Tal crença só é possível na medida em que a ideia de "centro" opera aí num duplo registro. Por um lado, como o espaço intermediário do espectro político efetivamente existente num certo ponto; por outro, como o ponto de equilíbrio de uma razoabilidade ideal, aquilo que se supõe ser a escolha "normal" da maioria das pessoas, abstraídas influências como cultura, tradição e história. No fim, a queixa dos cientistas políticos norte-americanos contra a polarização é justamente que ela afasta o espectro político realmente existente desse centro ideal, trazendo à baila ideias irracionais e nublando a busca por aquilo que supostamente todas as pessoas de bom senso querem.[22] A crítica da polarização é aí o protesto do centrista contra o fim daquilo que ele percebe como política "normal" – que, no limite, se confundiria com uma administração "neutra" das coisas e dos interesses.

A crítica da pós-política que explodiu nas ruas em 2011 contestava a própria ideia de uma política "normal". Nessa visão, aquilo que o centrista faz é decalcar sua concepção do *middle-of-the-road* ideal a partir dos limites de sua imaginação política, erroneamente atribuindo às fronteiras contingentes da formação histórica em que vive (aquilo que parece razoável aqui e agora) um caráter absoluto e necessário (a razoabilidade enquanto tal). O que tal discurso denunciava é que a falsa polarização entre neoliberalismos progressista e conservador constituíra um centrismo que excluía de saída qualquer questionamento à concentração de poder político e econômico ocorrida desde os anos 1980, colocando-a fora do alcance da disputa entre projetos de sociedade e atribuindo-lhe ares de inevitabilidade. A artificialidade desse falso equilíbrio ficara evidente em 2008, quando a crise dinamitou suas condições de possibilidade e ainda assim nenhuma força política *mainstream* teve coragem de pô-lo em questão.[23] Segundo essa análise, o problema não é a existência de polarizações em si, mas o fato de que uma oposição falsa pode esconder um antagonismo verdadeiro, como aquele entre os que se beneficiaram da crise e os que arcaram com seu prejuízo, o 1% e os 99%. Enquanto Poole e Rosenthal explicitamente rejeitavam a hipótese de uma "maioria silenciosa desejosa de uma transformação social radical", aquela análise sugeria que, se tal maioria ainda não existia, as condições eram propícias para criá-la – e fazê-lo passava por criar outra polarização entre "nós" e "eles" que facilitasse a formação de um novo consenso social.[24]

Não à toa, a recepção dessa discussão no contexto brasileiro será, de saída, inseparável de algo que se poderia nomear "hipótese da terceira força": a ideia de que somente uma mobilização transversal à polarização entre PT e oposição, como fora aquela de 2013, seria capaz de destravar o impasse em que o país havia entrado.[25] É da tentativa de extrair consequências práticas dessa hipótese numa conjuntura volátil que nasce a figura que será pejorativamente batizada de "isento"; e pode-se dizer que há tantos tipos de isento quanto houve tentativas.

---

[22] Um ponto cego notável no discurso da ciência política norte-americana é que, comparado com lugares como a Europa, o espectro partidário nos Estados Unidos sempre foi relativamente restrito. A ausência de um grande partido socialista ou social-democrata clássico ajuda a explicar por que, ao contrário até mesmo do Brasil, o país mais rico do último século jamais tentou criar um sistema de saúde público universal. Comparativamente, o centro da política norte-americana sempre foi assimétrico, tendendo mais à direita que em outras partes.

[23] Antes pelo contrário: diferentemente de crises epocais anteriores, como a dos anos 1930 (que levou ao contrato social keynesiano) e a dos anos 1970 (que resultou na hegemonia neoliberal), a de 2008 foi usada como pretexto para *aprofundar*, em vez de corrigir, os próprios mecanismos que a causaram.

[24] Embora o "populismo de esquerda" tenha estado longe de ser unanimidade, a versão mais influente desse discurso seria aquela articulada sob a inspiração de Laclau e Mouffe. Ver Ernesto Laclau, *A razão populista*. São Paulo: Três Estrelas, 2013; Chantal Mouffe, *Por um populismo de esquerda*. São Paulo: Autonomia Literária, 2020.

[25] Rodrigo Nunes, "Junho de 2013 aconteceu, mas não teve lugar", *IHU Online. Revista do Instituto Humanitas Unisinos*. São Leopoldo, n. 524, 2018, p. 18, disponível em: http://www.ihu.unisinos.br/159-noticias/entrevistas/580060-junho-de-2013-aconteceu-mas-nao-teve-lugar-entrevista-especial-com-rodrigo-nunes.

Para alguns, essa "terceira força" só poderia vir de baixo para cima, da mesma sociedade civil (des)organizada de que brotara a algaravia de junho. Incapazes de conjurá-la com suas forças, eles só chegariam perto de testar essa conjetura com o movimento secundarista de 2016 (tendendo mais à esquerda) e a greve dos caminhoneiros de 2018 (tendendo mais à direita). Em todo caso, o inimigo principal para estes era o retrocesso em relação às conquistas da década anterior, fosse pelas mãos do PT ou de seus adversários; por isso, opuseram-se tanto ao governo de Dilma Rousseff quanto a seu *impeachment*. Já outros, descrentes das perspectivas de mobilização social, apostaram na possibilidade de construir uma terceira posição de cima para baixo e viram na candidatura de Marina Silva o veículo para isso. Quando Marina sucumbiu às próprias contradições e a uma violenta propaganda petista, eles passaram a enxergar na pauta anticorrupção um potencial atalho. Ao constatarem que não tinham condições de disputar as ruas com o MBL e o Vem Pra Rua, alguns ainda depositaram suas fichas na Operação Lava Jato, identificada como a única força capaz de atuar de forma independente naquele cenário. Fracassada mais essa aposta, sobraria a eles fazer da polarização petismo/antipetismo não um obstáculo tático, mas o grande inimigo estratégico: mais que as políticas de austeridade ou a ascensão da extrema direita, era ela que se tinha de combater. Se o fortalecimento das políticas de austeridade ou a ascensão da extrema direita fosse o preço a pagar por isso, tanto pior.

Confundir os dois discursos sobre a polarização fizera parte da estratégia petista de fechar o espaço disponível à sua esquerda desde o início; a entrada em pauta do *impeachment* em 2016 aceleraria esse processo. Diante de uma oposição que resolvera ignorar os acordos tácitos que sustentavam o sistema político e derrubar o governo, os petistas acusavam a crítica da polarização de lavar as mãos perante uma situação em que só havia dois lados. ("Isentão" referia-se originalmente a quem, fosse contra ou a favor do *impeachment*, recusava essa bipartição.)[26] Como poderia a polarização entre petismo e oposição ser falsa, se um dos lados claramente entrara numa radicalização assimétrica contra o outro? A ironia é que, a partir de determinado momento, essa operação contaria com o apoio de parte do campo dito "isentão". Para estes, que buscavam construir um novo espaço político para si, a equivocidade do termo "polarização" servia para construir pontes com setores para quem

[26] Ver Eliane Brum, "Acima dos muros", *El País*, Madri, 28.03.2016, disponível em: brasil.elpais.com/brasil/2016/03/28/opinion/1459169340_306339.html.

o problema do PT não era a moderação, mas o "radicalismo", e cuja noção de política se aproximava do centrismo neoliberal. Fosse para isolá-lo da esquerda, fosse para torná-lo mais palatável ao centro, ambas as partes tiveram interesse em associar um discurso oriundo da crítica da pós-política, que apostava na existência de um potencial para a construção de um projeto de radicalização democrática, com um apelo centrista ao "bom senso". Pelo menos nessa ocasião, os "contra o golpe" e os "contra a narrativa do golpe" estiveram do mesmo lado.[27]

Não há, no entanto, nada de necessário nessa confusão. É perfeitamente possível dizer que o *impeachment* foi a expressão de uma polarização assimétrica entre uma oposição rumando para a direita e um PT cada vez mais ao centro; e que *justamente por isso* essa polarização distorcia e falseava o real antagonismo entre a elite econômica, que se preparava para transferir os custos da crise integralmente aos mais pobres, e uma classe trabalhadora cujos interesses não eram defendidos naquele momento por ninguém. Do mesmo modo, é perfeitamente possível afirmar que essa polarização funciona como obstáculo para a busca de melhores soluções sem supor que essas soluções sejam necessariamente o meio-termo entre os "extremos" existentes. Basta, para isso, supor que as forças que se opõem no interior do sistema político não representam adequadamente o conflito de interesses existente na sociedade, ou que o ponto de equilíbrio entre elas é inviável – seja porque leva a efeitos indesejáveis a médio e longo prazo, seja porque supõe condições de possibilidade que não estão mais dadas.

POR UM LADO, HÁ DOIS LADOS; POR OUTRO LADO, NÃO

O interesse que a ideia de polarização adquiriu é obviamente derivado das consequências práticas que ela pode ter. Particularmente para a esquerda, seu pano de fundo é a questão sobre o que fazer diante do crescimento da extrema direita: caminhar para o centro a fim de construir alianças? Ou responder à radicalização com uma postura igualmente radical? É aqui que é preciso ter toda a clareza sobre que polarização está em questão, quem ocupa seus polos, se ela é simétrica ou assimétrica, onde está o seu centro.

No Brasil atual, ninguém – certamente não os bolsonaristas – tem dúvida de que quem ocupa um dos extremos é a extrema

[27]. A oposição entre esses dois grupos foi, aliás, outro exemplo perfeito de polarização cismogênica: ao reduzir todas as questões políticas a uma só ("foi ou não foi golpe?"), ambos simultaneamente consolidavam suas identidades e projetavam um espaço totalmente bipartido no qual as pessoas devem se situar (a pergunta admitia apenas uma resposta binária, não era permitido sugerir que havia outras mais importantes).

28. Marcos Lisboa, "Descontrole", *Folha de S.Paulo*, 01.12.2019, disponível em: www1.folha.uol.com.br/colunas/marcos-lisboa/2019/12/descontrole.shtml.

direita. É em relação ao lado oposto que as versões variam. Uma delas situa a esquerda como um todo, e o PT em especial, no polo contrário, e demonstra essa tese estabelecendo equivalências entre fenômenos como ameaças de medidas autoritárias por parte de governantes e comoções espontâneas nas redes sociais.[28] A extrema direita, por sua vez, concorda que seu adversário seja a esquerda. O problema é que "esquerda" é para ela um rótulo infinitamente elástico, que acomoda de anticapitalistas a neoliberais insuficientemente conservadores e inclui potencialmente qualquer um que venha a ser considerado inimigo.

É evidente que há aí duas operações de polarização distintas. A primeira é claramente assimétrica, em que um dos lados assume posições extremas a fim de atrair para sua direção o centro do debate e jogar para o outro lado toda a responsabilidade por negociar compromissos. A extrema direita pode fazer isso porque abertamente não pretende governar para todos. Ela deseja apenas consolidar uma base radicalizada suficientemente grande para manter sua força eleitoral, e confia que, na hora H, os centristas sempre optarão por ela em vez da esquerda. A segunda polarização é, por assim dizer, contra os polarizadores: uma operação retórica pela qual alguns agentes simetrizam os dois polos como igualmente extremos, jogando-os de um lado do espectro, e situam-se do lado oposto como única alternativa. Não o fazem, no entanto, em nome das opções que a polarização existente estaria deixando de fora do espectro político, tal como os *indignados* espanhóis; mas para se posicionarem como porta-vozes, pragmáticos e de bom senso, do meio-termo que foi perdido.

Mas que meio-termo é esse hoje? Para responder, é preciso começar lembrando qual foi o centro do espectro político brasileiro de meados dos anos 1990 até recentemente: uma combinação dos "três pilares" da gestão macroeconômica neoliberal com políticas distributivas e de reconhecimento mais ou menos arrojadas conforme o estado da economia e a permeabilidade à pressão social. Em outras palavras, um neoliberalismo mais progressista ou conservador conforme a oportunidade. A primeira pergunta é: o que fez com que este deixasse de ser o centro? É verdade que o tripé macroeconômico foi relativizado pela política de incentivos ineficiente e concentradora de renda do governo Dilma; mas quando foi derrubada, ela já havia voltado à ortodoxia e abraçado o ajuste que renegara durante a campanha. Dilma não caiu por prometer medidas radicais, mas porque a elite viu na conjunção da crise econômica

[29] Tomo a expressão emprestada de Samuel Pessoa, "A crise atual", *Novos Estudos Cebrap*. São Paulo, n. 102, 2015, disponível em: www.scielo.br/scielo.php?script=sci_arttext&pid=S0101-33002015000200005.

[30] O período de 2015-2016 foi, contudo, a *precipitação* de um deslocamento à direita que vinha acontecendo lentamente há bem mais tempo, com recuos cada vez mais pronunciados do PT. O episódio do "kit gay" em 2011 foi um marco não só desse processo como da consolidação das "guerras culturais" no Brasil.

com a desmoralização do PT uma oportunidade histórica para "recontratar" o "contrato social da redemocratização"[29] unilateralmente, sem precisar negociar com a esquerda, os movimentos sociais ou a classe trabalhadora. Embora atiçasse a militância com floreios retóricos, em momento nenhum o PT propôs nada que fugisse ao até então admissível; *foi a direita que mudou o centro de lugar*[30]. O erro de cálculo foi que, em vez de reestabilizar o sistema, a manobra acabou por impulsionar a extrema direita; sem candidatos próprios viáveis, vários autodeclarados "liberais" não hesitaram em apoiar Bolsonaro explícita ou tacitamente. É por isso que, na boca de alguns, a narrativa que culpa a esquerda pela ascensão da extrema direita acaba soando à tentativa de desresponsabilizar-se pelas próprias decisões, a queixa de quem cobra: *não nos obriguem a apoiar o protofascismo novamente.*

Quais foram as condições materiais que tornaram o antigo centro possível, especialmente sua inflexão mais progressista durante os governos petistas? Qualquer resposta passa necessariamente por três pontos: um acordo tácito pela estabilidade institucional pós-democratização (o que incluía uma alta tolerância à corrupção); a existência de um grande partido de esquerda, cujas administrações gozaram de alta popularidade; e o ganha-ganha produzido pela bonança das *commodities*, que permitiu a promoção de políticas redistributivas sem mexer nos lucros do capital. Nenhuma dessas condições está presente hoje. Vivemos tempos de crescimento baixo e cenário global incerto, e o PT, ainda que continue forte eleitoralmente e hegemônico sobre a esquerda, tornou-se divisivo demais para eleger um presidente da república. A facilidade com que a elite embarcou nas aventuras do *impeachment* e do bolsonarismo demonstra um compromisso muito baixo com as instituições, a negociação e o compartilhamento de poder. O próprio esforço constante para distinguir o "lado bom" do governo Bolsonaro (o ultraliberalismo de Paulo Guedes) de seu "lado ruim" (as tendências antidemocráticas em sentido amplo) sugere que ela está satisfeita, e preferiria apenas não ter que lidar com intermediários tão voláteis e pouco confiáveis. Por fim, o debate econômico vive um processo de polarização assimétrica próprio, e está cada vez mais poluído por liberais de manual, para quem medidas corriqueiras em outras partes do mundo são não só "socialistas", mas o primeiro passo numa escalada totalitária cujo destino inevitável é a Coreia do Norte.

Logo, se por "centro" se entende uma espécie de média aritmética das posições políticas disponíveis e seus pesos relativos, é preciso ter claro que este se encontra hoje mais à direita que em qualquer momento desde a redemocratização. É evidente que, a curto e médio prazo, a esquerda deve buscar alianças pontuais para minimizar os danos que o governo Bolsonaro pode causar às instituições e à população, especialmente a mais fragilizada. Mas esses são diálogos a se fazer em cima de pontos específicos e sem esquecer que a experiência recente fornece bons motivos para duvidar do compromisso de nossas elites, "centristas" e "liberais" incluídos, com a democracia. Por outro lado, a ideia de uma "busca pelo centro" abstrata, sem definir qualquer conteúdo em particular, não só ignora que o centro mudou de lugar, mas esquece duas verdades elementares: negociar é algo que se faz em cima de coisas concretas e tendo definido limites inegociáveis; e ninguém negocia com quem não tem nada para negociar. Sem força eleitoral e/ou hegemonia social, a esquerda não tem nenhum trunfo que obrigue a direita a conversar, e esta penderá naturalmente na direção de quem tem – hoje, a extrema direita. Sem tocar nesse ponto fundamental, a defesa abstrata do centrismo acaba sendo pouco mais que a nostalgia por um pacto lulista que deixou de ser possível, uma incapacidade de pensar a política para além do jogo eleitoral ou uma resignação ao atual horizonte de possibilidades capaz, no máximo, de pôr a esquerda como sócia minoritária de um estado de coisas cujo custo social e ambiental só tende a crescer.

RADICALMENTE RELACIONAL

Resta a outra opção: "radicalizar". Mas o que isso quer dizer? Talvez possamos começar por aquilo que não quer dizer. É aqui que encontramos o grão de verdade contido na ideia de que a escalada da polarização é fruto da radicalização da esquerda.[31]

É fato que a esquerda passou por um processo de radicalização nos últimos anos. Como vimos, porém, não foi no terreno das propostas ou ações que isso se deu; foi no campo das *identidades*. Há várias razões para isso. Algumas são estruturais e comuns a diversos países, como a própria arquitetura das plataformas digitais, que reforça dinâmicas cismogênicas e favorece a formação de "bolhas" e "câmaras de eco". Pode-se acrescentar a isso a popularização de um certo estilo de militância *on-line*

---

[31] Esse argumento, comum entre "conservadores" e "centristas", tem uma notória versão de esquerda em: Angela Nagle, *Kill All Normies: Online Culture Wars from 4chan and Tumblr to Trump and the Alt-Right*. Alresford: Zero Books, 2017. Divirjo da crítica de Nagle em dois pontos. Primeiro, ela identifica identitarismo e ativismo "identitário", não percebendo que se trata de um fenômeno mais amplo. Segundo, ela atribui peso explicativo excessivo à atuação *on-line* dos *social justice warriors*, minimizando dinâmicas sociais mais amplas. Esse problema fica claro num ponto-chave: ao pôr a *alt-right* como produto da radicalização de uma "esquerda identitária" que teria "exagerado", ela ignora que aquilo que conta como "exagero" varia socialmente. Assim como o mundo não está dividido entre pessoas integralmente preconceituosas e pessoas integralmente não preconceituosas, atitudes preconceituosas estão distribuídas desigualmente numa sociedade; quanto mais tendências preconceituosas uma pessoa tiver, mais baixo seu limiar de tolerância, a ponto de que a simples visibilidade do outro (gay, trans, feminista...) possa ser experimentada como "exagero" e disparar um processo cismogênico.

para o qual as redes sociais funcionam como o instrumento, punitivista e um tanto aleatório, de produção temporária de uma justiça que os militantes não têm os meios políticos para transformar em condição estrutural e permanente.

Mas a crítica ao identitarismo feita aqui não se refere exclusiva ou mesmo preferencialmente às lutas e grupos ditos "identitários" (mulheres, negros, LGBT+...). Uma certa esquerda "anti-identitária", com sua defesa do "universalismo", dos "valores iluministas" e outros trejeitos estereotipados, é hoje uma particularidade tão particular quanto as identidades que contesta. Cada vez mais é a "esquerda" como um todo, para além das diferenças internas irrelevantes para quem é de fora, que funciona como identidade. No sentido em que estou empregando o termo, o identitarismo é uma prática em que a performance individual de um repertório fechado de ideias, *shibboleths*, palavras de ordem, referências, preferências estéticas, figuras de admiração e repulsa etc. diante de um público de pares é mais importante para definir um perfil militante que a atuação em espaços coletivos. Essa transformação, estimulada pela hipervisibilidade de uma vida social cada vez mais mediatizada, valoriza a afirmação abstrata de princípios acima do desenvolvimento da capacidade de aplicar esses princípios ao mundo, e a exemplaridade do comportamento pessoal acima do poder de intervir eficazmente no curso dos acontecimentos. Aliás, na medida em que a eficácia depende da capacidade de dialogar com quem é diferente, e a construção da identidade militante passa por demarcar constantemente as diferenças que a distinguem, não só a sobrevalorização da performance identitária tende a restringir o poder de intervenção política como, perversamente, essa restrição tende a ser experimentada como prova da própria superioridade. Por essa lógica, o problema não é que nós não consigamos mover os outros, mas que os outros não sejam sempre já como nós.

Essa cristalização da esquerda como conjunto de traços identitários é inseparável de duas dinâmicas discutidas acima. Por um lado, trata-se de uma resposta à polarização promovida pela direita: quanto mais a identidade de um lado se reforça, mais a outra tende a se afirmar, com todas as consequências (tribalismo, aumento do viés de confirmação, suscetibilidade a *fake news*...). Por outro lado, esse deslocamento para o terreno da cultura e dos valores atende, a partir dos anos 1990, à necessidade de dar coesão à ideia de esquerda na ausência de uma visão de longo prazo efetivamente distinta da economia de mercado e da globalização neoliberal. "Esquerda" passa a ser, então, a identidade de quem reconhece os direitos de minorias, acredita na separação entre religião e Estado, e entende sua missão como consistindo em controlar os excessos do mercado e dos conservadores. Ao contrário da história que a "esquerda anti-identitária" costuma contar, não foi porque passou a se preocupar com o "particular" (negros, mulheres, indígenas, gays...) que a esquerda abriu mão do "universal" (um projeto alternativo de sociedade); foi quando deixou de articular uma ideia própria do todo que ela preencheu o vazio com bandeiras particulares.[32] Isso demonstra que a consolidação da esquerda como identidade e a tendência a deslocar-se para o centro não são contraditórios, antes podem facilmente ser complementares. À medida que o centro do debate se move à direita (o consenso sobre a intensificação dos controles de imigração, por exemplo), é perfeitamente concebível que um reforço da própria identidade ("eu estou com os imigrantes") seja acompanhado de posições meramente mitigatórias (*humanizar* a intensificação dos controles). Uma polarização simétrica (no sentido batesiano) no campo das identidades é, assim, inteiramente compatível com uma polarização assimétrica no campo das ações efetivas.

O recurso à identidade como substituto de uma política substancial acentuou-se no Brasil depois das eleições de 2014 e, sobretudo, do processo de *impeachment*. Ao mesmo tempo que se dispunha a negociar o que fosse para salvar o mandato de Dilma, a direção do PT mobilizava a memória da ditadura e da redemocratização para regalvanizar uma base histórica que havia se afastado do partido. (É notável que, na iconografia da esquerda dos últimos anos, as duas imagens mais importantes sejam fotos de Dilma e Lula na década de 1970.) Mas o mesmo fenômeno identitário é observável, por exemplo, nas comunidades *on-line* que se formam em torno da revalorização, entre irônica e sincera, de figuras como Stálin e Mao.

Qual é o problema disso? Aqui encontramos o grão de verdade na concepção que faz do centro do espectro político um oásis de bom senso e pragmatismo. Para quem assume integralmente uma identidade política, esta se torna central para sua compreensão de si e do próprio valor.[33] Mas a maioria das pessoas é movida por interesses, desejos, valores e opiniões que não são necessariamente nem constantes nem coerentes; é só quem possui uma identidade política altamente definida que *faz da consistência da própria identidade um fator preponderante na tomada de decisões*.[34] Isso não significa que o "centro" corresponderá sempre ao mesmo tipo de política *middle-of-the-road*, nem que tenha sempre as melhores soluções; mas que as escolhas estão aí determinadas por outras motivações que não a identidade e são, nesse sentido, mais flexíveis.

A esquerda gosta de conceber a adesão segundo o modelo da conversão (o indivíduo assume um pacote completo de convicções) e do compromisso como desinteresse e sacrifício (um dever que se sobrepõe a qualquer interesse). Mas a conversão

---

32. Um marco histórico nesse sentido foi a modificação, em 1995, da cláusula IV da constituição do Partido Trabalhista britânico, que estabelecia um compromisso com a busca da "propriedade comum dos meios de produção, distribuição e troca".

33. A ideia de que a polarização é produto da carga afetiva associada a identidades mais que de questões de política pública é explorada em Lilliana Mason, *Uncivil Agreement: How Politics Became Our Identity*. Chicago: University of Chicago Press, 2018.

34. Ao supor que todos estão igualmente interessados em manter uma identidade política coerente, a esquerda frequentemente superestima a solidez das escolhas alheias, projetando uma visão de mundo completa por trás delas. Mas é perfeitamente possível, por exemplo, que uma pessoa seja contra a homofobia e eleitor de Bolsonaro; basta que a oposição à homofobia tenha para ela menos peso que outros fatores.

é um fenômeno raro, e o desinteresse normalmente exige uma liberdade diante de constrangimentos materiais que é mal distribuída numa sociedade desigual. A maioria das pessoas é motivada menos pelo sentimento de que determinados valores são moralmente corretos que pela capacidade que os valores têm de organizar sua vida e oferecer respostas aos problemas que elas enfrentam no dia a dia. Para convencê-las disso, a esquerda precisa ao mesmo tempo articular uma visão plausível de como elas poderiam viver melhor num mundo organizado de maneira diferente e uma noção dos passos pelos quais este mundo poderia, sem exigir sacrifícios muito maiores que os que elas já fazem hoje,[35] ser construído desde já.

Assim como "dialogar com o centro", "radicalizar" de forma abstrata tampouco quer dizer grande coisa; o mais provável é que acabe significando apenas a radicalização da própria identidade. Mas exigir que as pessoas se convertam a identidades cada vez mais estritas ou abracem ideais cada vez menos tangíveis é receita para o isolamento. Não se trata de radicalizar na performance ou na afirmação de princípios genéricos, mas em ideias concretas. Isto é, na capacidade de construir alternativas que, sem temer dar respostas radicais aos problemas que se enfrenta, não deixam de comunicar-se com a realidade cotidiana da maioria das pessoas e parecem não somente mais sensatas e desejáveis que aquilo que se tem, mas efetivamente alcançáveis a partir das condições existentes.

RADICALMENTE RELACIONAL

A década que se inicia será um momento decisivo: uma janela estreita de oportunidade para evitar uma crise ambiental ainda pior, enfrentar a concentração de poder econômico e político acumulada desde os anos 1970, administrar o avanço da inteligência artificial e a transformação do trabalho de maneira a assegurar o bem-estar de uma população mundial crescente. Até aqui, no entanto, a reação dominante tem sido a de fechar olhos e ouvidos e repetir soluções que eram consenso há 20 anos: a uma crise mundial causada pela desregulamentação do mercado financeiro, responde-se com mais desregulamentação; à incapacidade do mercado de encontrar soluções para a crise ambiental, com mais soluções de mercado; à estagnação mundial da renda e ao aumento da desigualdade, com mais

[35]. Aquilo que Przeworski chamou de "vale transicional" é um problema fundamental para qualquer projeto político: para a maioria das pessoas, não basta que ele pareça de seu interesse, é preciso que a transição que ele exige não seja demasiado longa e custosa. Ver Adam Przeworski, *Capitalism and Social Democracy*. Cambridge: Cambridge University Press, 1985, pp. 176-177.

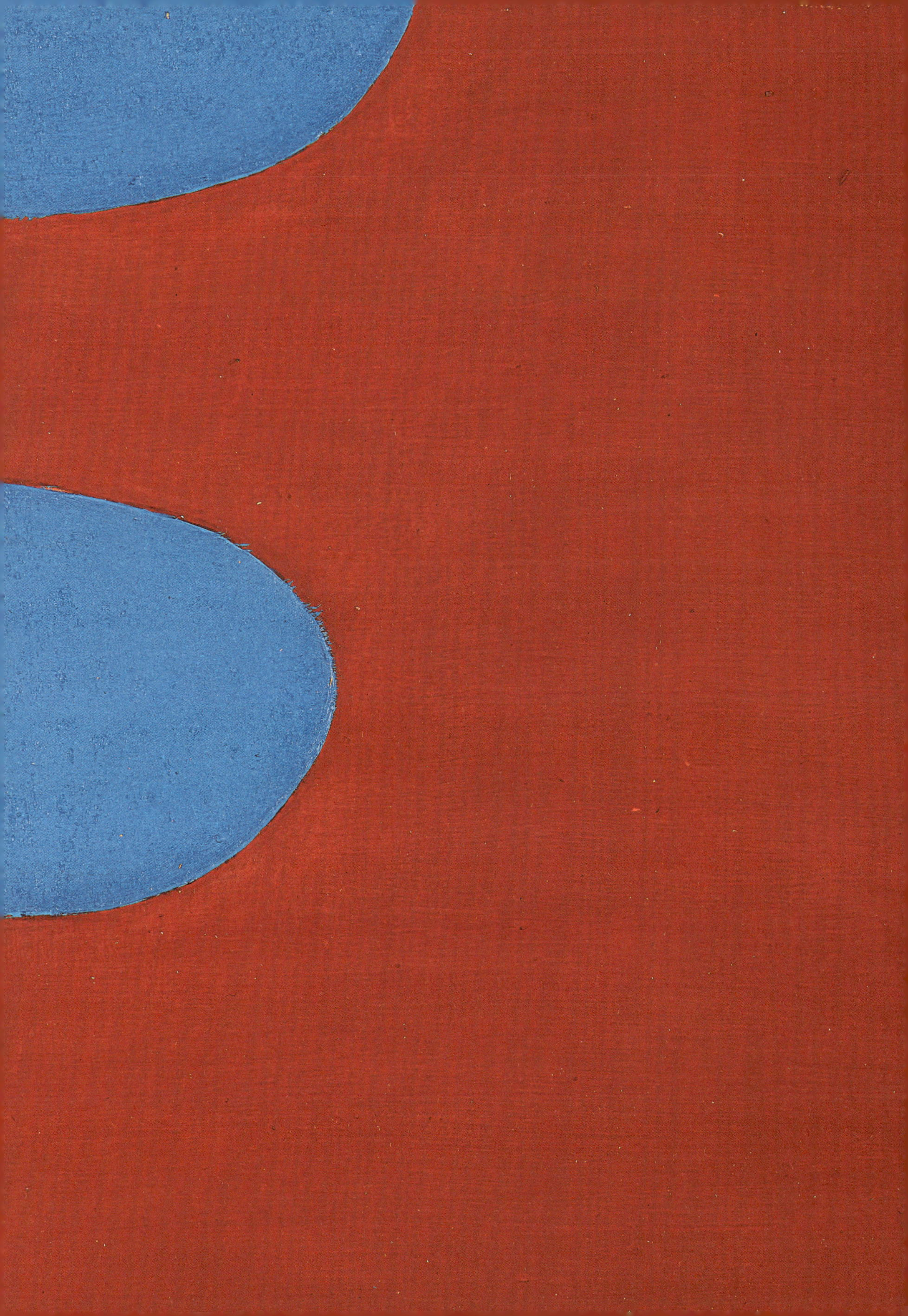

precarização e cortes de serviços públicos; a crises de arrecadação, com desoneração dos mais ricos e contenção de gastos. Para piorar, a ascensão global da extrema direita nos arrasta para ainda mais longe das discussões que deveríamos ter, contaminando o debate com preconceitos e falsidades.

A maioria das vozes que se reivindicam "realistas" hoje repete dogmas de uma realidade que não existe mais. Desde a crise de 2008, não há perspectiva segura no horizonte global de um novo ciclo de crescimento econômico que produza empregos e reduza a desigualdade. As tendências apontam, pelo contrário, para um capitalismo de baixa produtividade, voltado à extração de renda, e um crescimento do desemprego estrutural. Além disso, a inescapável evidência da crise ambiental põe em xeque qualquer promessa de progresso infinito e os cálculos imediatistas de corporações e países.

Que este "realismo" esteja em descompasso com a realidade não significa que suas "soluções" não possam funcionar. Elas funcionarão, mas para uma parcela cada vez menor da população mundial. Buscar o meio-termo nessas condições é pior que inócuo: seguir fingindo que as coisas podem voltar a ser como eram é perder tempo precioso e garantir que em breve estaremos vivendo num mundo em que desastres naturais, conflitos sociais e repressão sem precedentes serão o novo normal. Eis algo que os liberais que realmente se preocupam com outras liberdades que não a econômica terão de entender rápido. Já a esquerda, caso deseje ter qualquer serventia no futuro, precisará propor soluções realistas para os problemas postos por essa nova realidade – por exemplo, o de fazer a transição para uma economia pós-carbono, pós-crescimento e pós-trabalho. Mas isso exigirá também redefinir aquilo que se entende por "realista" e "possível".

Ironicamente, a ciência política não deu à ideia de que o limite do possível é maleável o nome de um líder revolucionário, mas o de um ideólogo da direita libertária norte-americana.[36] Para Joseph Overton, em qualquer momento dado há uma quantidade finita de políticas que a maioria da população considera aceitável. Uma vez que políticos de todas as colorações partidárias desejam continuar elegíveis, esse leque restrito de opções delimita aquilo que eles considerarão politicamente viável. Essa é a chamada "janela de Overton", e é a ela que o realista vulgar se refere quando, diante de uma polarização assimétrica do lado contrário, começa a abrir mão de suas convicções e rumar para o centro. A diferença de Overton para

[36] Ver Laura Marsh, "The Flaws of the Overton Window Theory", *The New Republic*, Nova York, 27.10.2016, disponível em: newrepublic.com/article/138003/flaws-overton-window-theory; Derek Robertson, "How an Obscure Conservative Theory Became the Trump Era's Go-to Nerd Phrase", *Politico*, Nova York, 25.02.2018, disponível em: www.politico.com/magazine/story/2018/02/25/overton-window-explained-definition-meaning-217010.

o realista vulgar é que ele entendia essa janela em termos dinâmicos. Fazer com que ideias antes tidas por absurdas virassem *mainstream* era o modo de forçar o sistema político, movido pelo instinto de sobrevivência, a adotá-las. *Mover a janela – isto é, transformar o limite do possível – é o objetivo mesmo da política*. E é exatamente isso que temos visto nos últimos anos, embora, infelizmente, sobretudo à direita: comportamentos, declarações e políticas até bem pouco tempo impensáveis têm se tornado cada vez mais corriqueiros.

Para constituir um novo realismo, porém, a esquerda precisará de mais que a visão atraente de um futuro alternativo e ideias plausíveis de como alcançá-lo. Ela precisará construir uma base social para essas ideias e construí-las junto a uma base social. Para isso, precisará exercitar a capacidade de acolhimento, estando presente na vida das pessoas, conhecendo seus problemas, sustentando espaços onde elas possam experimentar a própria potência e oferecendo respostas situadas não apenas no futuro, mas aqui e agora. Em outras palavras, ela precisará encontrar novas maneiras de fazer aquilo que hoje é muito bem feito pelas igrejas evangélicas, e que um dia foi conhecido como *trabalho de base*.

Ela precisará, por fim, de uma noção de radicalidade distinta da afirmação intransigente da própria identidade. Pensar a política relacionalmente – em termos de polos, espectros, pontos de equilíbrio, janelas – ensina não só que nem tudo é possível a qualquer momento, como também que a relação entre um desejo e seu resultado é sempre indireta e passa por diversas mediações: com os desejos e interesses dos outros, com as relações de poder, com as instituições etc. Para fazer política, não basta o querer: é preciso calcular as mediações. Para fazer política *transformadora*, no entanto, apenas calcular as mediações também não basta. É preciso calculá-las sempre *para cima*, tensioná-las, levá-las a seu limite, de modo a abrir novos possíveis. Ninguém é radical intransitivamente, em termos abstratos; um radicalismo desse tipo é meramente estético, um fim em si mesmo, a performance de uma identidade. Ser *politicamente* radical é ser radical em relação a uma situação concreta. Não demarcar uma posição independente de qualquer contexto, mas descobrir aqui e agora qual é a posição mais transformadora capaz de conquistar um máximo de adesão e produzir os maiores efeitos – de maneira que, num momento futuro, objetivos maiores e melhores sejam possíveis.

Rodrigo Nunes (1978) é professor de filosofia moderna e contemporânea no Departamento de Filosofia da PUC-Rio. É autor de *Organisation of the Organisationless: Collective Action after Networks* (Mute, 2014) e de *Beyond the Horizontal – Rethinking the Question of Organisation*, a ser publicado pela editora britânica Verso. Dele, a ***serrote*** #24 publicou "Anônimo, vanguarda, imperceptível".

O recurso a divisões geométricas é uma das características marcantes da obra abstrata de **Rodrigo Bivar** (1981), nascido em Brasília e radicado em São Paulo.

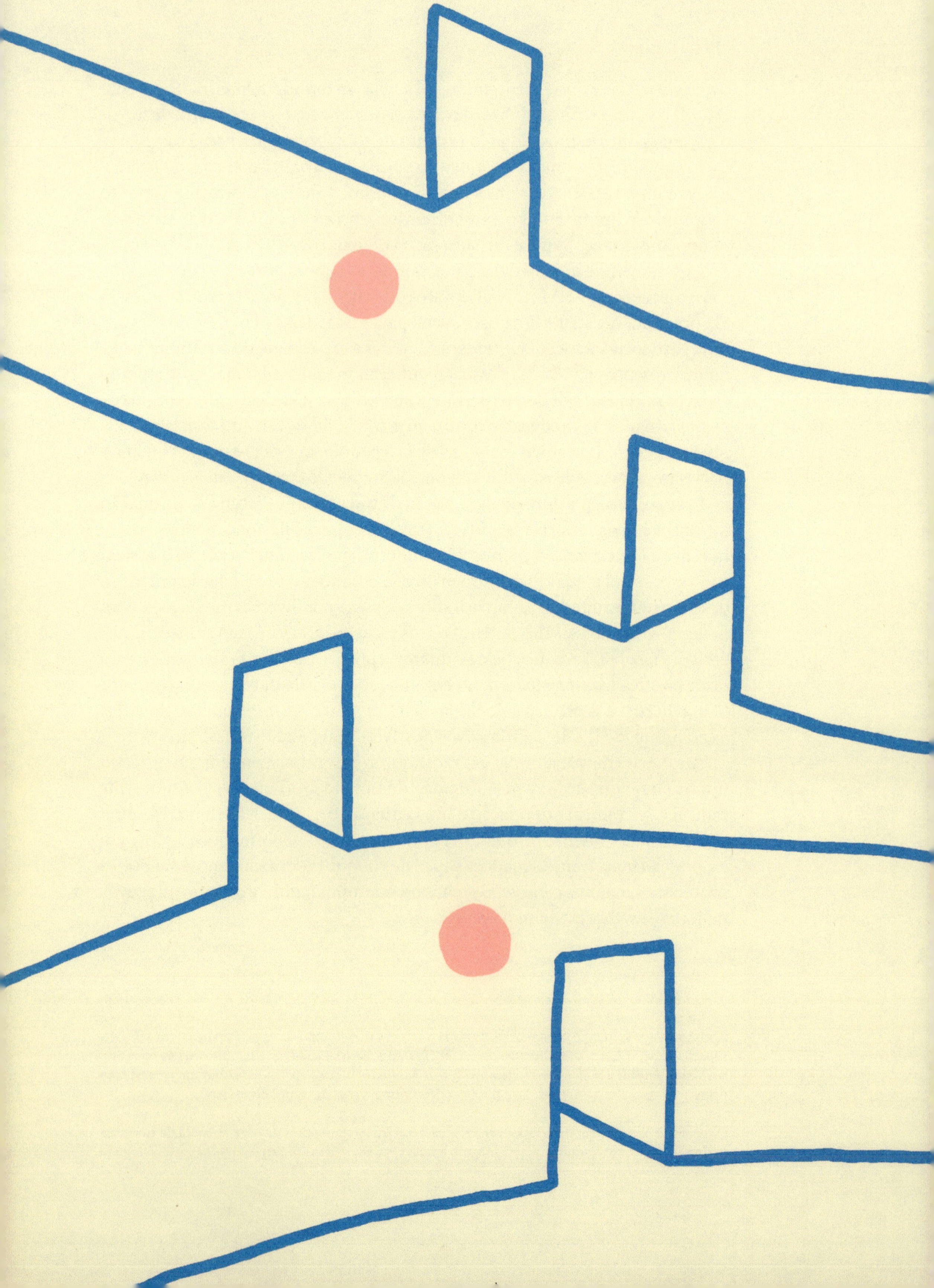

Uma apologia dos ociosos

Robert Louis Stevenson

A devoção perpétua ao que um homem chama de trabalho serve apenas para nutrir a perpétua ignorância de muitas outras coisas

BOSWELL: *O ócio nos deixa entediados.*
JOHNSON: *Isso ocorre, senhor, porque, estando os outros ocupados, desejamos companhia; mas, se fôssemos todos ociosos, não haveria tédio; haveríamos de entreter uns aos outros.*[1]

[1] Trecho de *The Life of Samuel Johnson*, LL.D (1791), biografia escrita pelo escocês James Boswell (1740-1795). [N. do T.]

Hoje em dia, quando sob risco de condenação por lesa-respeitabilidade todos são constrangidos a exercer alguma profissão lucrativa e nela labutar com bastante entusiasmo, pode soar como bravata e fanfarronice uma defesa do grupo oposto, o dos que se contentam em ter o suficiente e usar seu tempo para desfrutar e observar o mundo. Mas isso não deveria acontecer. O assim chamado "ócio", que não consiste em não fazer nada, mas em fazer muitas coisas que não são reconhecidas nos formulários dogmáticos da classe dominante, tem tanto direito de dizer ao que veio quanto o empenho de quem trabalha obstinadamente. Admite-se que a presença de pessoas que se recusam a participar dessa grande corrida por seis vinténs seja ao mesmo tempo um insulto e uma decepção para as que o aceitam. Um sujeito decente (e há tantos deles) toma

José Damasceno
Estudos paragráficos II, 2013
© José Damasceno

sua decisão, opta pelos seis vinténs e, numa atitude de enfático americanismo, parte para cima do dinheiro. Não é difícil entender o ressentimento de um desses homens quando, angustiado, trabalhando duro no arado, avista pessoas tranquilamente deitadas no prado, lenço amarrado na cabeça e uma taça na mão. O desdém de Diógenes atinge um ponto fraco de Alexandre. Para esses bárbaros tumultuosos, qual a glória de ter conquistado Roma se, ao adentrar o Senado, encontram ali os Patriarcas sentados, silenciosos e impassíveis diante do seu sucesso? É dureza ter se esforçado para escalar árduas montanhas e, no final, descobrir que a humanidade está indiferente à conquista. Por isso os físicos condenam o que não é científico; os financistas mal toleram os que sabem pouco de ações; os literatos desprezam os que não leem – e os profissionais têm em comum o menosprezo pelos que não seguem uma carreira.

Essa é uma das dificuldades do assunto, mas não a maior. Ninguém pode ser preso por falar mal dos que trabalham, mas pode ser ignorado e isolado por falar tolices. A maior dificuldade em relação à maior parte dos temas é conseguir explicá-los bem; portanto, peço que por favor não se esqueçam de que isto é uma apologia. Certamente há vários argumentos judiciosos em favor da operosidade. Há, no entanto, algo que se possa falar contra ela e é o que pretendo fazer na presente ocasião. Defender um ponto de vista não significa necessariamente ficar cego a todos os outros; se um homem escreveu um livro sobre suas viagens a Montenegro, isso não quer dizer que ele jamais tenha ido a Richmond.

Não há dúvida de que as pessoas devem desfrutar de um pouco de ócio na juventude. Ainda que aqui e ali um lorde Macaulay[2] talvez escape ileso das honras escolares, a maioria dos garotos paga um preço tão alto por suas medalhas que já começam a vida sem qualquer reserva, falidos. O mesmo acontece enquanto um jovem está se educando ou sendo educado pelos outros. Era provavelmente um velho bastante tolo o que se dirigiu a Johnson em Oxford com as seguintes palavras: "Jovem, não tarde em enfiar a cara nos livros com diligência para acumular conhecimento; pois, quando os anos se impuserem, você perceberá que enfiar a cara nos livros não passará de uma atividade cansativa". O velho parecia ignorar que diversas coisas além da leitura ficam cansativas, e várias se tornam impossíveis, quando um homem necessita de óculos e é incapaz de caminhar sem uma bengala. Os livros são bons o bastante a seu

[2] Thomas Babington Macaulay (1800-1859) foi um escritor e político inglês. Legou uma obra vasta, composta de biografias, ensaios e uma história da Inglaterra, entre outros gêneros. Ele também foi responsável pela reforma no sistema educacional da Índia. [N. do T.]

modo, porém são um substituto insosso para a vida. É uma pena se sentar, tal qual a dama de Shalott,[3] se olhando num espelho e de costas para todo o alvoroço e o brilho da realidade. E, lembra-nos a antiga anedota, se um homem lê demais terá pouco tempo para pensar.

Se pensarem na própria educação, tenho certeza de que não será das horas repletas, vívidas e instrutivas das aulas cabuladas que se arrependerão; vocês prefeririam esquecer alguns momentos opacos entre o cochilo e o despertar na sala de aula. De minha parte, assisti em minha época a inúmeras aulas excelentes. Ainda me lembro de que o giro de um pião é um caso de estabilidade cinética. Ainda me lembro de que "enfiteuse" não é uma doença, tampouco "estilicídio", um crime. Muito embora eu não dispense tais porções de ciência, não nutro por elas o mesmo apreço que por certas curiosidades com que me deparei no meio da rua enquanto cabulava aulas. Este não é o momento de me alongar sobre esse importante espaço educativo, a escola favorita de Dickens ou de Balzac, que anualmente revela diversos mestres inglórios na Ciência dos Aspectos da Vida. Basta dizer isto: se um jovem não aprende nas ruas, é porque não possui a faculdade do aprendizado. Tampouco o aluno que cabula está sempre nas ruas, pois, caso prefira, ele pode atravessar os subúrbios ajardinados e ir até o campo. Pode escolher um arbusto de lilases diante de um riacho e fumar inúmeros cachimbos ao som da água batendo nas pedras. Um pássaro cantará na mata. E ali ele pode seguir uma linha de pensamento, ver as coisas de uma nova perspectiva. Oras, se isso não é educação, o que seria? Podemos imaginar o sr. Mundano Sabichão abordando-o, e tendo início a seguinte conversa:

"Muito bem, jovem, o que fazes aqui?"

"Na verdade, senhor, estou descansando."

"Não seria agora o horário da aula? Não deverias estar estudando com diligência, a fim de que possas obter conhecimento?"

"Ah, mas assim também posso buscar o aprendizado, se me permite."

"Aprendizado, oras! De qual qualidade, rogo saber? Seria a matemática?"

"Na verdade, não."

"Seria a metafísica?"

"Tampouco."

"Algum idioma?"

[3]. Referência ao poema "A dama de Shalott", publicado em duas versões (1833 e 1842) pelo inglês Alfred Tennyson (1809-1892). A dama de Shalott está aprisionada numa torre em Camelot, e uma maldição a impede de olhar para a cidade, pois é obrigada a tecer de forma ininterrupta. Seu recurso é observar "as sombras do mundo" por meio de um espelho. [N. do T.]

"Não, nenhum idioma."

"Algum comércio?

"Tampouco um comércio."

"Oras, então, o que seria?"

"Veja, senhor, logo me será o momento de partir em peregrinação, portanto preciso descobrir o que normalmente fazem as pessoas em meu caso, e onde estão os piores charcos e matas da estrada; e também qual o melhor cajado. No mais, deito-me aqui, diante deste córrego, para decorar uma lição que meu mestre me ensinou, chamada Paz ou Contentamento."

Posto isso, o sr. Mundano Sabichão ficaria bastante enfurecido e, brandindo a bengala com um semblante deveras ameaçador, bradaria esta pérola: "Oras, aprendendo!", diria ele. "Por mim, escroques dessa qualidade seriam açoitados pelo carrasco!"

E então ele seguiria seu caminho, puxando com um estalido a sua gravata engomada, tal qual um peru que exibe as penas.

Mas essa opinião do sr. Sabichão é a mais comum. Um fato não é chamado de fato, mas de especulação, caso não se encaixe em alguma de nossas categorias escolásticas. Uma investigação precisa ser realizada em uma direção reconhecida, com um nome preciso; do contrário, você não estará pesquisando, apenas matando o tempo; e um abrigo para desocupados está mais do que bom para você. Supõe-se que todo o conhecimento esteja no fundo de um poço ou do outro lado de um telescópio. Na medida em que envelhecia, Sainte-Beuve veio a considerar nossa experiência como um único e grande livro em que deveríamos estudar por alguns anos antes de seguirmos em frente; e para ele tanto fazia se você estivesse no capítulo 20, sobre cálculo diferencial, ou no capítulo 39, sobre ouvir a banda tocar nos jardins. Na verdade, uma pessoa inteligente, de olhos abertos e ouvidos aguçados, sempre com um sorriso no rosto, terá uma educação mais efetiva do que muitos outros numa vida de vigílias heroicas. Certamente há algum conhecimento gélido e árido a ser descoberto nos cimos da ciência formal e laboriosa; mas está ao redor, e basta apenas o trabalho de observar, o necessário para adquirir os ardentes e palpitantes fatos da vida. Enquanto outros preenchem a memória com um punhado de palavras, metade das quais será esquecida antes do final da semana, o cabulador poderá aprender artes realmente úteis: tocar violino, experimentar um bom charuto ou conversar com calma e desenvoltura com todas as variedades de homens. Muitos dos que "enfiaram a cara nos livros" e conhecem tudo a respeito de um ou outro ramo de algum saber aceito, saem do estudo com um aspecto idoso de coruja, e se mostram ressequidos, obtusos e dispépticos nas melhores e mais brilhantes partes da vida. Vários conquistam uma grande fortuna, porém permanecem ignorantes e pateticamente estúpidos até o fim. Enquanto isso, lá vai o ocioso, que começou a vida ao mesmo tempo que eles – e, permitam-me afirmar, o quadro é totalmente diferente. Ele teve tempo para cuidar da saúde e do espírito;

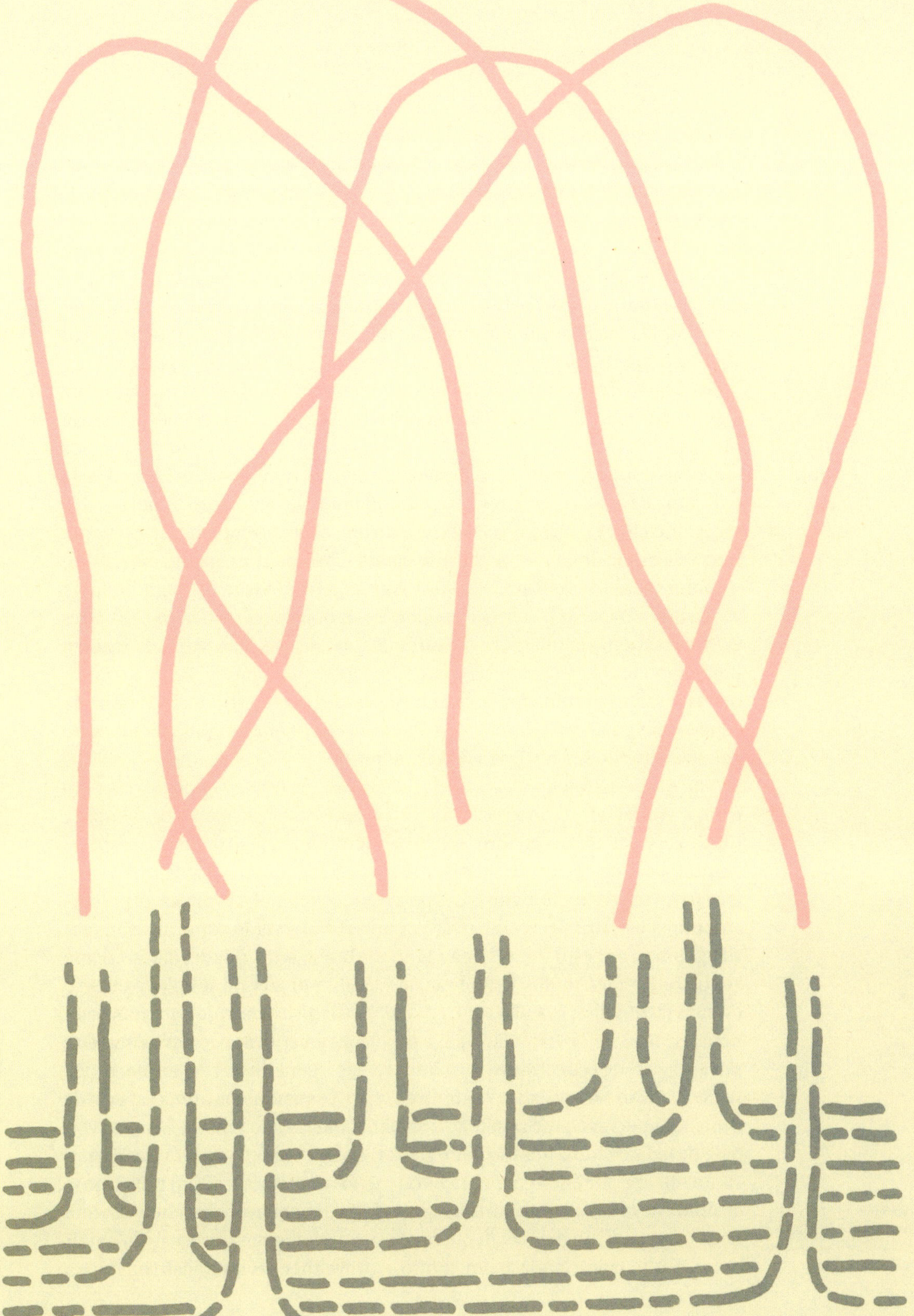

passou muito tempo ao ar livre, o que é o mais saudável para o corpo e para a mente; e, se jamais leu passagens muito obscuras do grande Livro, ele o folheou e captou alguns trechos com excelente resultado. Não poderia o estudante dispensar algumas etimologias hebraicas, e o comerciante algumas moedas de meia-coroa, em troca de uma cota do conhecimento que o ocioso tem da vida em geral e da Arte de Viver? Além do mais, o ocioso tem outra qualidade mais importante que essas. Refiro-me à sua sabedoria. Ele, que tanto observou a satisfação infantil dos outros em seus passatempos, nutrirá pela própria apenas uma indulgência bastante irônica. Ele não será ouvido entre os dogmáticos. Terá uma tolerância grandiosa e jovial com todas as espécies de pessoas e opiniões. Se não descobre verdades excepcionais, tampouco se identificará com alguma falsidade flagrante. Seus modos o levam por uma estrada alternativa, não muito frequentada, porém bastante regular e agradável, chamada avenida do Lugar-Comum, que leva ao mirante do Senso Comum. Assim ele terá vista para uma paisagem agradável, até mesmo nobre; e, enquanto os outros contemplam o leste e o oeste, o Diabo e a aurora, ele contemplará, alegremente, uma espécie de despertar de todas as coisas sobre a terra, com um exército de sombras correndo velozmente e em diversas direções para o grande amanhecer da Eternidade. As sombras e as gerações, os doutores estridentes e as tristes guerras seguem em um silêncio e um vazio definitivos; mas sob tudo isso um homem pode ver, pelas janelas do mirante, um cenário muito verde e sereno; diversos salões iluminados por lareiras; pessoas boas sorrindo, bebendo e fazendo amor como faziam antes do Dilúvio ou da Revolução Francesa; e o velho pastor contando sua história sob o espinheiro.

Atarefação extrema, seja na escola ou na academia, na igreja ou no mercado, é um sintoma de vitalidade deficiente; e uma disposição para o ócio implica um apetite eclético e um forte senso de identidade pessoal. Há uma espécie de pessoas mortas-vivas e banais que têm pouca consciência de que vivem, exceto no exercício de alguma ocupação convencional. Levem essas pessoas ao campo, ou façam-nas embarcar em um navio, e verão como anseiam por seu gabinete ou estúdio. Elas não têm nenhuma curiosidade; não são capazes de ceder a estímulos aleatórios; não sentem prazer no simples exercício de suas faculdades; e, a não ser que a necessidade as fustigue com uma vara, nem sequer se moverão. Não vale a pena conversar com pessoas assim; elas são *incapazes* de ficar ociosas, sua natureza não é generosa o bastante; e, se não se dedicam ao furioso labor na mina de ouro, passam horas numa espécie de coma. Quando não precisam ir ao trabalho, quando não sentem fome ou vontade de beber, todo o mundo natural é um espaço em branco para elas. Se precisam esperar por um trem por mais ou menos uma hora, entram num transe estúpido de olhos abertos. Ao olhar para elas, seria possível supor que não têm nada para ver e ninguém com quem conversar; imaginar que estavam paralisadas ou alienadas; ainda assim, muito provavelmente elas trabalham duro a seu modo, e têm bom olho para um erro numa escritura ou uma variação na bolsa. Foram para a escola e a faculdade, mas o tempo inteiro só estavam de olho no sucesso; andaram pelo mundo e circularam entre pessoas inteligentes, mas o tempo inteiro estavam pensando nos próprios assuntos. Como se a alma de um homem já não fosse pequena demais de antemão, ele apequenou e estreitou a sua por uma vida de puro trabalho e nenhum lazer; eis que agora tem 40 anos, com uma atenção dispersa, uma mente desprovida de qualquer divertimento, e sem ao menos uma ideia para friccionar em outra enquanto espera o trem. Antes de usar calças, podia subir nos caixotes; quando tinha 20 anos, podia observar as garotas; mas agora o cachimbo foi fumado, a caixa de rapé se esvaziou, e o meu cavalheiro se senta ereto num banco, com olhos lamentáveis. Isso não me parece sucesso na vida.

Mas não é só ele que sofre com a própria atarefação – também sua esposa e filhos, amigos e conhecidos e os que sentam a seu lado no trem ou no ônibus. A devoção perpétua ao que um homem chama de trabalho serve apenas para nutrir a perpétua ignorância de muitas outras coisas. De modo algum é correto que o trabalho de um homem seja a coisa mais importante que ele tem a fazer. Numa avaliação parcial, ficará claro que muitos dentre os mais sábios, virtuosos e benéficos papéis disponíveis no teatro da vida são desempenhados por atores voluntários e são vistos, pelo mundo em geral, como momentos de ócio. Pois, nesse teatro, nem os figurantes, nem as camareiras cantoras ou os diligentes violinistas da orquestra, e tampouco aqueles que assistem e aplaudem da plateia desempenham um papel para valer e cumprem uma função realmente importante para o resultado geral. Vocês sem dúvida dependem bastante do cuidado de seu advogado ou do corretor, dos guardas e sinaleiros que os conduzem rapidamente de local a local e dos policiais que percorrem as ruas para a sua proteção, mas não teriam no coração um pensamento de gratidão por certos benfeitores que os fazem sorrir quando passam por vocês, ou temperam seu jantar com boa companhia? O coronel Newcome ajudou a desperdiçar o dinheiro de seu amigo; Fred Bayham tinha um hábito detestável de pegar camisas emprestadas; mesmo assim eram companhias mais agradáveis que o sr. Barnes.[4] E, embora Falstaff[5] não fosse sóbrio nem muito honesto, acho que posso mencionar um ou dois Barrabás de rosto comprido que não

---

4. Personagens do romance *The Newcomes: Memoirs of a Most Respectable Family* (1855), de William Makepeace Thackeray (1811-1863). [N. do T.]

5. O *bon vivant* John Falstaff é um personagem recorrente nas peças de Shakespeare. [N. do T.]

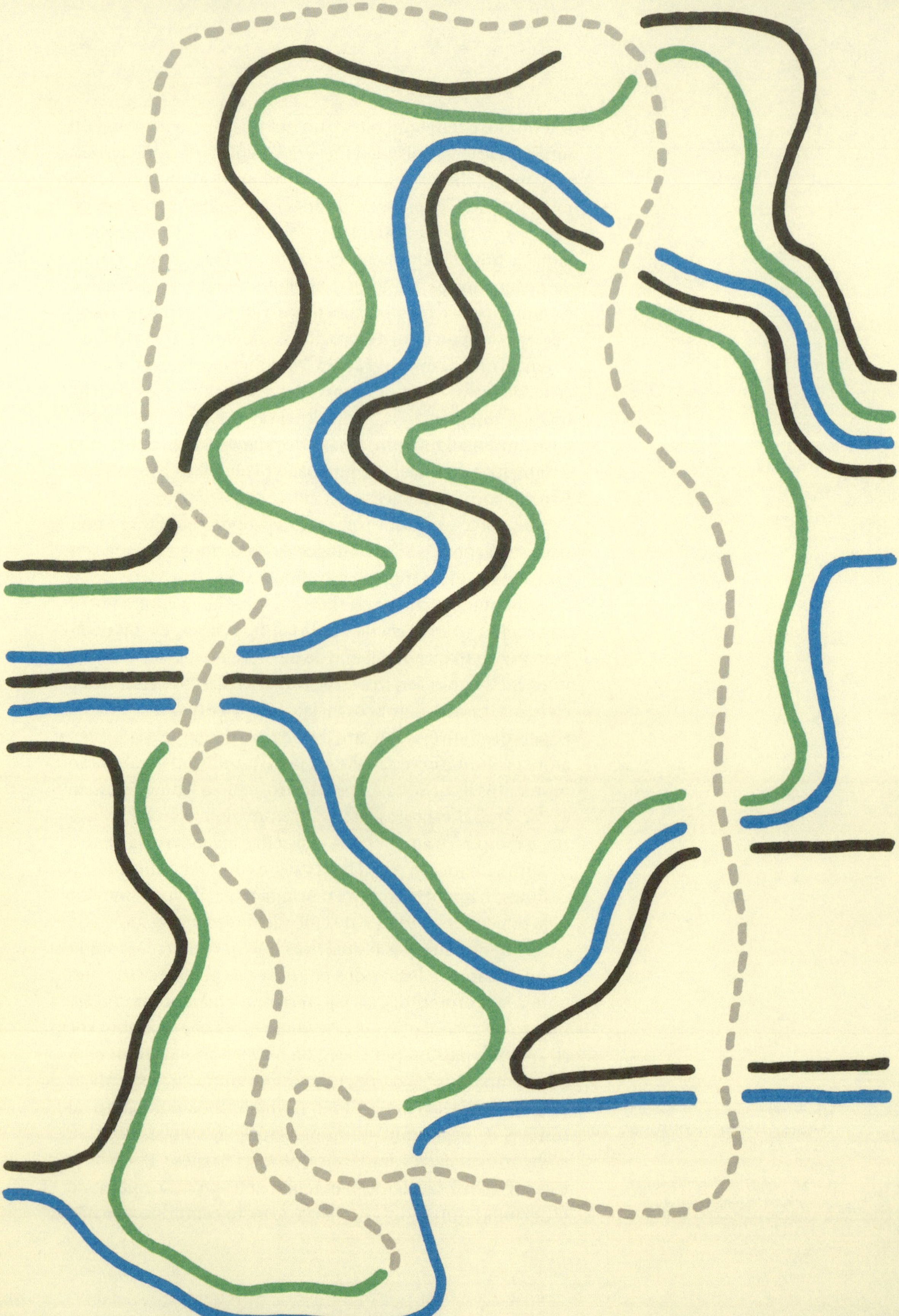

6. William Hazlitt (1778-1830) foi um dos maiores ensaístas ingleses de todos os tempos. Dele, a *serrote* #9 publicou "Sobre o prazer de odiar", e a *serrote* #22, "Sobre os ensaístas de periódico". O pintor britânico James Northcote (1746-1831) foi objeto do último livro de Hazlitt, *Conversations of James Northcote, Esq.*, RA (1830). [N. do T.]

fariam falta ao mundo. Hazlitt comenta que tinha um senso de dever maior para com Northcote,[6] que jamais lhe havia prestado o que se poderia chamar de favor, do que por todo o seu círculo de amigos ostensivos; pois ele pensava que um bom companheiro era enfaticamente o maior benfeitor. Sei que existem pessoas no mundo incapazes de sentir gratidão exceto quando o favor lhes foi prestado à custa de dor e dificuldade. Mas essa é uma disposição agreste. Um homem pode lhe enviar seis folhas de papel de carta preenchidas com a fofoca mais divertida ou você pode passar meia hora agradável, talvez lucrativamente, com um artigo dele; você acha que ele teria lhe prestado um serviço mais relevante se houvesse escrito a carta com o sangue de seu coração, como num pacto com o diabo? Vocês realmente imaginam que estariam em dívida maior com seu correspondente se ele o estivesse amaldiçoando o tempo inteiro por sua inconveniência? Os prazeres são mais benéficos que as obrigações pois, assim como os gestos de piedade, não exigem esforço, e são portanto duas vezes mais benditos. Para que um beijo aconteça é preciso duas pessoas; para uma brincadeira, talvez uma dezena delas. Mas, onde houver um elemento de sacrifício, o favor é concedido com dor e, entre pessoas generosas, recebido com confusão. Não há dever que subestimemos mais do que o dever de ser feliz. Ao ficarmos felizes, semeamos no mundo benesses anônimas que permanecem desconhecidas até a nós mesmos, ou que ao serem reveladas não surpreendem ninguém tanto quanto o benfeitor. Outro dia, um garoto esfarrapado e descalço desceu a rua correndo atrás de uma bola de gude com um ar tão jovial que deixou de bom humor todos aqueles por quem passava; uma dessas pessoas, afastada de pensamentos mais sombrios que o normal, parou o rapazinho e lhe deu dinheiro com este comentário: "Veja o que às vezes acontece por parecermos contentes". Se antes ele já parecia contente, agora, além de contente, se mostrava perplexo. De minha parte, defendo esse encorajamento para que as crianças sorriam em vez de chorar; não quero pagar por lágrimas em lugar nenhum, exceto no palco; mas estou amplamente preparado para lidar com a mercadoria oposta. É melhor encontrar um homem ou uma mulher feliz que uma nota de cinco libras. Ele ou ela é um radiante foco de boa vontade; e sua chegada numa sala é como se outra vela fosse acesa. Não precisamos nos preocupar se são capazes de provar o 47ª problema de Euclides;

fazem uma coisa melhor que isso, praticamente demonstram o grande Teorema da Suportabilidade da Vida. Consequentemente, se alguém só consegue ser feliz ocioso, ocioso deve ficar. Eis um preceito revolucionário; mas que, graças à fome e ao abrigo para os desocupados, não deve ser deturpado tão facilmente; e, dentro de limites práticos, é uma das verdades mais incontestes em todo o corpo da moralidade. Rogo-lhes que observem um de seus industriosos amigos por um momento. Ele semeia pressa e colhe indigestão; ele investe uma grande quantia em atividade e recebe de volta um enorme montante em perturbações nervosas. Ou se ausenta inteiramente de toda camaradagem e vive recluso num sótão, com chinelos grossos e um tinteiro de chumbo; ou se aproxima das pessoas veloz e amargamente, com o sistema nervoso em frangalhos, para descarregar nelas um pouco de sua raiva antes de voltar ao trabalho. Não me importa que esse sujeito trabalhe muito ou bem, ele é uma presença maligna na vida das outras pessoas. Elas ficariam mais felizes se ele estivesse morto. Para elas, seria mais fácil passar sem seus serviços no Escritório do Circunlóquio que tolerar seu ânimo fragmentado. Ele envenena a vida na própria fonte. É melhor perder tudo de uma vez por causa de um sobrinho trapaceiro que ser afligido diariamente por um tio rabugento.

E por que, em nome de Deus, tanto alvoroço? Por qual motivo eles amarguram suas vidas e as dos outros? Se um homem deveria publicar três ou 30 artigos por ano, se deveria ou não finalizar sua grande pintura alegórica, são perguntas de pouco interesse para o mundo. As fileiras da vida estão lotadas, e, embora mil caiam, sempre há alguns para passar pela fenda. Quando disseram a Joana d'Arc que ela deveria ficar em casa cuidando de afazeres femininos, ela respondeu que já havia muitas para fiar e lavar. E isso vale até mesmo para os talentos raros de vocês! Se a natureza "se preocupa tão pouco com cada vida",[7] por que deveríamos nos aninhar na ideia de que a nossa própria é de excepcional importância? Caso Shakespeare houvesse levado uma pancada na cabeça em alguma noite escura nos terrenos de sir Thomas Lucy,[8] o mundo teria seguido melhor ou pior, o balde no poço, a foice no milho, e o estudante em seu livro; e ninguém ficaria mais sábio com a perda. Não existem muitas obras, se vocês buscarem alternativas, que valham o preço de uma libra de tabaco para um homem de recursos limitados. Essa é uma reflexão que deixa

7. Verso do poema longo "In Memoriam" (1849), de Alfred Tennyson. [N. do T.]

8. O político inglês Thomas Lucy (1532-1600) acusava Shakespeare de invadir seus terrenos. [N. do T.]

sóbria a mais orgulhosa de nossas vaidades terrenas. Mesmo um vendedor de tabaco pode, após refletir, não encontrar nenhuma grande causa para se vangloriar nessa frase; pois, embora o tabaco seja um sedativo admirável, as qualidades necessárias para a sua venda não são em si raras ou preciosas. Céus! Podem entender como quiserem, mas os serviços de nenhum indivíduo são indispensáveis. Atlas foi apenas um cavalheiro com um pesadelo prolongado! E ainda assim vemos comerciantes que trabalham para conquistar uma grande fortuna e depois vão à falência; redatores que continuam redigindo pequenos artigos até que sua irritação seja uma cruz para todos os que se aproximam deles, como se o faraó colocasse os israelitas para construírem uma agulha em vez de uma pirâmide; e bons jovens que causam o próprio declínio e são carregados num ataúde com plumas brancas. Não é de imaginar que a essas pessoas foi segregada, pelo Mestre de Cerimônias, a promessa de um destino fabuloso? E que esta bola morna sobre a qual elas encenam suas farsas foi o alvo e o centro de todo o universo? Mas não é bem assim. Os fins pelos quais elas entregam sua preciosa juventude, no que lhes toca, podem ser quiméricos ou dolorosos; a glória e a riqueza que esperam talvez jamais cheguem, ou as encontrem com indiferença; e elas e o mundo em que habitam são tão insignificantes que a mente gela só de pensar.

Robert Louis Stevenson (1850-1894) nasceu em Edimburgo. Proveniente de uma tradicional família de construtores de faróis, o escritor seguiu uma carreira literária que legaria romances, novelas, contos, ensaios, poemas, peças teatrais, relatos de viagem. Entre seus livros, estão os clássicos *A ilha do tesouro* e *O médico e o monstro*. A **serrote** #3 publicou parte de sua correspondência com Henry James, depois reproduzida no volume *A aventura do estilo* (Rocco), e a edição 23 ½, seu ensaio "A filosofia do guarda-chuva". "Uma apologia dos ociosos" saiu originalmente em 1877 na *Cornhill Magazine*, e foi depois recolhida no volume de ensaios *Virginibus Puerisque* (1881).
Tradução de **Paulo Raviere**

O artista e escultor carioca **José Damasceno** (1968) teve sua obra exibida na Bienal de Veneza, em 2005, e na Bienal de São Paulo, em 2002, entre outras.

Memórias, conversas e diários

Elizabeth Hardwick

O registro de momentos íntimos de grandes escritores é um tipo de escrita ambígua e quase inimaginável numa cultura ciosa da modéstia e da discrição

Alain, o filósofo e escritor, chega primeiro, Valéry, dois ou três minutos depois. Apresentados por Henri Mondor, "*les deux illustres*" encontram-se pela primeira vez, se sentam e começam a pedir o almoço. Valéry, recusando o pato em favor da carne, observa: "Sem carne, você só teria como companhia *Monsieur Néant*". Declarando-se capaz de comer de tudo, Alain acrescenta que, por estar dando aulas na Normale, não bebe muito, só um pouco de leite de vez em quando. Valéry também gosta de leite, explica, mas só se excede com o café. E então Alain, não podendo mais se conter: "*Avez-vous travaillé, ce matin, Orphée?*".[1] (Os itálicos são meus.) Sim, Valéry escreve pela manhã e, às 11h, dá seu trabalho por encerrado.

---

[1]. "Trabalhastes esta manhã, Orfeu?", em francês no original. [N. do E.]

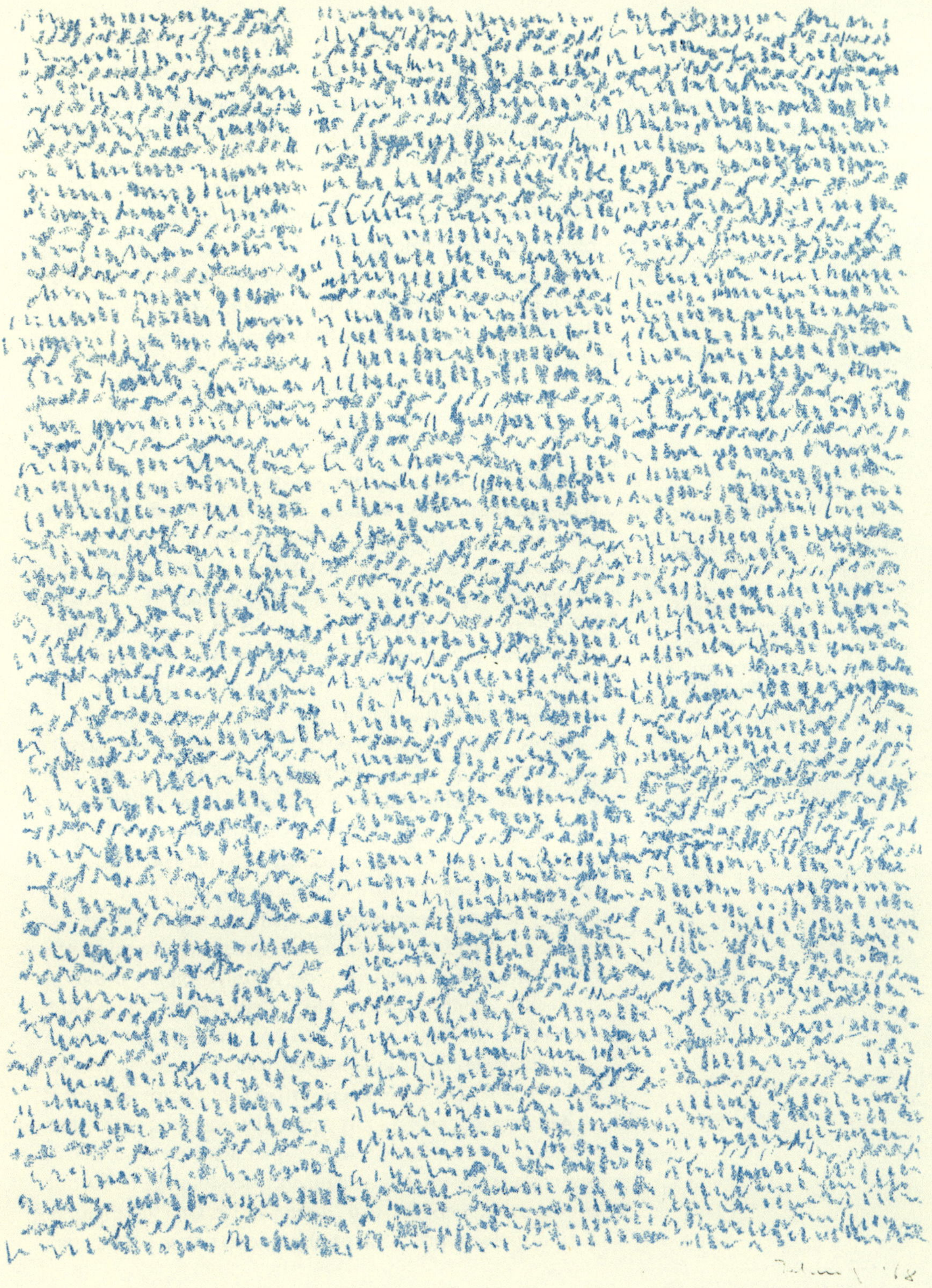

Irma Blank
Eigenschriften, 1968
Cortesia da artista, da galeria P420,
Bolonha, e de Charlotte Feng Ford, NY
Foto: D. Lasagni

2. Os *Mardis* eram encontros literários promovidos por Mallarmé em sua casa, sempre às terças-feiras, reunindo alguns dos principais escritores e críticos na Paris do final do século 19, como Yeats, Rilke e Valéry. Já os jantares no restaurante Magny movimentaram a cena literária parisiense na década de 1860, reunindo, além dos irmãos Goncourt, autores como Flaubert, Maupassant e Sainte-Beuve. [N. do E.]

Uma nota de Clive Bell em *Symposium*, livro organizado em homenagem aos 60 anos de T.S. Eliot: "Entre Virginia [Woolf] e mim, o poeta de algum modo se tornou uma espécie de 'piada de família': não é fácil dizer por quê". Na mesma publicação, um ensaio de Desmond Hawkins: "Lembro-me de um chá da tarde no começo da década de 1930. Sou o único convidado e meu anfitrião é uma 'eminente figura literária'. [...] Finjo desprezar o grande homem, *é claro* [...].".

O navio noturno saído de Calais navega tranquilamente, nos levando, tanto em matéria de *hommage* quanto de *cuisine*, do suflê francês para a vitela fria inglesa.

—

Mal sabemos como abordar essas "minutas" dos almoços que reuniam literatos na França, esses *"mardis"*[2] de Mallarmé, aquelas noites no restaurante Magny descritas nos *Diários* dos irmãos Goncourt em que Sainte-Beuve e Gautier, graças a uma força misteriosa e quase lancinante, continuam a *existir* na página, nem exatamente vida real nem ficção, mas como um desses sonhos em que amigos mortos, com seus velhos sorrisos amarrotados e grunhidos, com seus *thèmes*, dão de cara com a gente ao dobrar uma esquina.

Sobre Valéry, Mallarmé ou Gide podemos colher a mesma uva de uma dezena de videiras diferentes. Um encontro não é registrado apenas por um conviva dotado de peculiar energia estenográfica, um *dilettante* com grande capacidade de observação e nenhuma ocupação literária para preencher seu tempo. Não, despedindo-se à meia-noite, *cada qual* vai para casa e, em vez de descansar, corre para seu *journal intime*, seu volumoso diário. Se é Gide, ele refletirá sobre a reunião; se é outro, vai anotar o que disse Gide. Assim, comparações abundantes são legadas à posteridade: podemos ler as "Notas sobre André Gide" de Roger Martin du Gard – frase de abertura em 1913: *Afinal me encontrei com André Gide!* – ou as reflexões de Gide em *seu* diário sobre os encontros com Martin du Gard.

A informação acima sobre o primeiro encontro entre Alain e Valéry foi extraída de um exemplar atual da nova NRF, recentemente ressuscitada. No início, o sr. Mondor nos diz que aquele mesmo encontro, o *"déjeuner chez Lapérouse"*, foi registrado pelo próprio Alain e publicado na *antiga* NRF em 1939.

O sr. Mondor, que se encontrava com muita gente e anotava tudo o que ouvia nessas ocasiões, também escreveu acerca da primeira reunião de Valéry e Claudel, assim como do grande "*premier entretien*" de Mallarmé e Valéry. Suas anotações sobre o encontro começam com a informação obtida por Alain: "Quase todos os dias, Paul Valéry gostava de descansar de seu trabalho depois das 11 da manhã". É graças à repetição e ao excesso que se reconhece uma excentricidade nacional.

Essa despensa abarrotada de recordações e diálogos desperta uma genuína fascinação literária e histórica – assim como prazeres impossíveis de rotular: o prazer dos surrados álbuns de fotografia, dos quais não se espera nenhuma surpresa e, no entanto, o coração bate mais forte ao rever velhos rostos, os olhos semicerrados contra a luz do sol. Na França, nenhuma sugestão de moderação limita tal apetite. Não se perde uma só palavra nos devaneios da tarde, nenhuma ênfase de Mallarmé se esvai no ar junto com a fumaça do cachimbo no apartamento da rua de Rome, nem mesmo uma reticência é afogada no ponche que, podemos ler em incontáveis fontes, era trazido em silêncio às dez horas por madame Mallarmé e sua filha. Em qualquer lugar que se jantasse, os guardanapos mal tinham se desenrolado quando Valéry dizia: "Ler e escrever são igualmente odiosos para mim". Como o chapéu de Napoleão, tais observações têm uma vida nacional e histórica própria, qualquer aluno de ginásio as conhece. Mas esse homem que odeia ler e escrever não fala a seguir, como um cidadão norte-americano poderia esperar, de mulheres ou de esportes, mas da tonteira e do cansaço que sentiu depois da primeira representação do *Ubu Rei* de Jarry! Se alguma menção é feita ao sexo feminino, não é bem o que queremos dizer com a frase "eles falaram de mulheres". Em vez disso, Valéry lembra a tirada humorística de Heine: "Todas as mulheres que escrevem têm um olho na página e o outro em alguma pessoa, exceto a condessa de Hahn, que só tem um olho".

Na França, não apenas os literatos mas também as autoridades cívicas demonstram cortesia e apreço inquestionáveis para com os artistas, coisa que, aos olhos de seus colegas ingleses e norte-americanos, deve parecer algo próximo da idolatria. Nossos artistas só anseiam *abertamente* por tal reconhecimento quando sofrem de mania de perseguição ou quando, depois de beberem demais, vangloriam-se de um modo que lamentarão no dia seguinte. Vagando por Paris, os estrangeiros com inclinação literária pensam: "Ah, avenida Victor Hugo, isso era de esperar... Mas rua *Apollinaire*, tão cedo!" Infelizmente, nos lembramos daquelas senhoras da Washington Square que tentaram em vão conseguir que se desse o nome de Henry James a uma esquina.

—

É muito difícil para ingleses e norte-americanos escrever um respeitável *hommage*, passar a vida inteira ou mesmo alguns dos seus melhores anos registrando recordações íntimas, e até manter confortavelmente um diário. Os franceses têm uma facilidade e uma energia quase maníacas para essas atividades, mas, quando labutamos nessa área, é como se estivéssemos tentando extrair perfume de fumo. Todo tipo de obstáculo doloroso nos aguarda, acatamos uma lei da moralidade mas desrespeitamos outras tantas. Não importa para onde olhemos: o terreno das possibilidades se estreita e o escritor incorre em indiscrição, e na pior delas, em algo próximo a um crime. A reverência, que os franceses exibem sem cessar – pois veem como um privilégio, um sinal de virtude, o gesto de servir, de se aproximar, de ser uma testemunha –, a nós parece pôr em dúvida a honestidade e o respeito a si próprio. Se só uma exótica demonstração de vontade pode nos levar a fazer isso em relação à Virgem Maria e aos santos, como esperar que o façamos em intenção de um simples autor de dramas laicos? A arte é uma profissão, não um santuário. E mesmo que não hesitemos em fazer papel de bobo, há alguém mais a considerar. Com elogios desmedidos ou cumprimentos temerários podemos ofender seriamente a modéstia e as expectativas razoáveis da eminente figura, que se sentirá constrangida pela suspeita de estar sendo bajulada. O temor da adulação é uma barreira intransponível para a produção de um *hommage*.

Ainda assim, de fato temos um grande clássico inglês nessa linha, superior aos franceses. Quando todas as recordações de Gide e Valéry por fim estiverem coligidas – se é que tal empreitada possa ser imaginada –, ainda assim serão meros fragmentos se comparadas ao *Johnson* de Boswell. O que é notável nessa obra de gênio é que, embora seja muitíssimo conhecida e amada, o espetáculo de seu nascimento sempre pareceu repugnante a muitos leitores de boa índole. Até mesmo uma ginasiana deve se sentir horrorizada com aquele indigno jovem, Boswell, "puxando o saco" do dr. Johnson, agarrando-se às lapelas de sua casaca como um corretor de seguros tentando vender uma apólice, esticando a conversa e depois, com doentia falta de escrúpulos, correndo para casa a fim de anotar as respostas, como se de algum modo desejasse compartilhar da magnificência de Johnson, insinuar sua própria imagem perturbadora na tela da história. O dr. Johnson é incensado, enquanto o frívolo memorialista é desprezado. Apesar de sempre gratos pelo livro, os leitores não podem se imaginar apelando para tal método de escrita. Até bem recentemente, Boswell era considerado ignóbil e insignificante – todos sabem que o dr. Johnson achava que seu amigo havia perdido a oportunidade de ser imortal por ainda não ter nascido quando foi escrito "The Dunciad".[3] E seria razoável crer que a

3. "The Dunciad" é um poema de Alexander Pope publicado entre 1728 e 1743, que consiste numa crítica à imbecilidade dos maus escritores e daqueles que levavam à decadência a Grã-Bretanha. [N. do T.]

surpreendente longevidade da vergonha que a família de Boswell sentia dele teria sido modificada graças à popularidade perene de sua grande obra. No entanto, eles dão a impressão de não perdoar que o patife tenha registrado que Boswell pegou gonorreia quatro vezes! Isso só diz respeito ao dr. Johnson, que, infelizmente, não tinha nenhum vínculo com a família Boswell.

Boswell é um desgarrado – chegou sem antecedentes e partiu sem deixar descendentes. Qualquer um que deseje conhecer a tensão que sentimos diante da página em branco da veneração pode examinar o *Symposium* previamente mencionado em homenagem ao sexagésimo aniversário de Eliot. Essa coletânea é um gaguejar contínuo, não sobre a grandeza de Eliot, mas diante do ato ímpar e quase revolucionário de proclamar tal grandeza sem ser por meio de um ensaio crítico "objetivo". Desde o início, nota-se uma profunda inexperiência até mesmo na organização do projeto: os editores foram suficientemente audaciosos a ponto de revelar a diferença entre o pedido abstrato e as difíceis respostas. O prefácio promete um livro *pessoal*, impressões *particulares*, encontros reais e assim por diante, mas o que temos é um grupo de ensaios que, com poucas exceções, poderiam ser publicados em qualquer momento. A única raridade é geográfica: os comentários de pessoas que nem sequer conheceram Eliot vêm não apenas da Inglaterra e da Europa, mas de Bangladesh, do Ceilão e da Grécia. Talvez haja outra peculiaridade: dois dos ensaios não são principalmente sobre Eliot, e sim sobre Pound e Irving Babbitt. Ninguém gostaria de ver esse tipo de coisa se espalhar. Vai claramente "na contramão". O receio de bajular é tão grande que quase todos comemoram o aniversário de Eliot como ele mesmo o faria, silenciosamente, em segredo, quase não o mencionando, com medo de que alguém imaginasse que ele queria algo.

Quando Edmund Wilson publicou seu livro de "memórias críticas" sobre Edna Millay, ouvimos alguns literatos soltando risadinhas envergonhadas. Cuidado, há algo *pessoal* aqui! Podemos ler tal documento prendendo a respiração, porém nos sentimos obrigados, em nossa alma crítica, a não o levar totalmente em conta. Afinal, parece que Wilson tinha uma "ligação" com o objeto do trabalho – e a literatura é um tribunal em que a relação pessoal é condição impeditiva para participar do júri.

No diário pessoal, privado, o autor está livre do problema de parecer diminuir-se, de um modo não democrático, perante seus pares ou superiores. Mas outro ônus de consciência, ainda mais pesado, lhe entorpece os dedos. Trata-se do medo da vaidade ultrajante, da presunção de, falando com naturalidade, oferecer simplesmente suas *ideias próprias*, seus estados de espírito, o que pode parecer (e são inúmeros os adjetivos que definem a transgressão):

presunçoso, pretensioso, narcisista, indulgente. Não há dúvida de que o autor de um diário é o mais egoísta dos seres: diante de nossos olhos, ele deixa de se avaliar com aquele grão de sal que, por si só, torna suportáveis as pessoas inteligentes. Mesmo o mais talentoso dos homens deve, em seu próprio círculo, se comportar "como qualquer um", não proclamando suas conquistas, pondo-as de lado como um smoking antigo que só se usa quando ninguém está olhando. A ostensiva autoestima de Gide em seus *Diários* nos envolve em tanto incômodo, em tanto esforço para encontrar o tom correto entre matraquear "trivialidades" e registrar sentimentos "sérios", que dificilmente parecerá valer a pena para a maioria dos escritores excepcionais. Amadores, como Pepys, que não são escritores de verdade, gozam de uma clara vantagem. Os diários mais interessantes de norte-americanos e ingleses são em geral ensaios e narrativas curtas sobre temas variados, compostos com o cuidado, a destreza e a solenidade de qualquer outra manifestação pública: exageros do "eu" livre e desinibido são coisas de mau gosto. (Sobre essa modéstia que tanto valorizamos, ouvi um inglês muito inteligente dizer que a relativa falta de produtividade de E.M. Forster se devia ao desejo de não "sobrepujar" alguns de seus velhos e queridos amigos por ser visto constantemente como romancista de sucesso. As coisas já eram ruins o bastante graças à sua reputação!) Em matéria de diário pessoal, vem à cabeça, mais uma vez, Boswell, o inescrutável escriba. Ele dava imensa importância à literatura e muito se esforçava para aperfeiçoar seu estilo, mas por sorte nunca chegou lá. Escrevia como um amador, expondo sua vida em relatos tão vívidos e ultrajantes que poderiam parecer escritos por um inimigo, caso não ficasse claro a todo instante que eram compostos com adoração, com o inigualável entusiasmo de Boswell pelas próprias aventuras e pensamentos. Há indicações suficientes de quão tedioso ele teria sido como um literato inglês autoconsciente, com grande controle sobre si mesmo e sua reputação, preocupado com a decência, o orgulho, a moderação. Apesar de seus esforços para alcançar essas qualidades, Boswell não tinha a mais vaga ideia do que elas significavam de fato. Há algo quase insano em sua espontaneidade.

Eigenschriften, Pagina M-2, 1970
Cortesia da artista, da galeria P420, Bolonha, e de Nicole & Stefan Ehrlich-Adam, Viena

O *hommage* e o relato de um indivíduo sobre sua trajetória e sua natureza são interessantes, mas não chegam nem de longe a ter o apelo pecaminoso daquelas conversas e momentos na vida de personalidades famosas ou infames anotados e compilados por alguém. O propósito do *hommage* é elogiar, a prática comum do autor de diários é olhar para si, mas as memórias tratam do mundo exterior, procuram revelar e dissecar outros indivíduos. A menos que a pessoa tenha conhecido um bom número de personalidades ou vivido um momento histórico, ela não pode, no sentido mais rigoroso do termo, escrever suas memórias – "Memórias de um zé-ninguém" seria um título irônico. A arte de apresentar, analisar e retratar pessoas vivas é, entre nós, protegida e isolada por incontáveis restrições morais. O fato mesmo de ter condições de fazer registros para a posteridade é uma razão adicional para que o observador tenha a decência de se recusar a fazê-lo. Os motivos por trás dessa forma de escrita histórica são considerados nocivos.

O livro *Conversations of Ben Jonson*, de William Drummond, é algo peculiar em nossa literatura. No entanto, por mais estranhas que sejam tais conversas, elas se revelam extremamente "inglesas". São curtas – ninguém vai perder tempo demais na tarefa de preservar até mesmo o que um homem como Ben Jonson disse: os leitores pensarão que você não tem mais nada a fazer na vida. O caráter "masculino" e a "objetividade" são notáveis: nelas não há nada de feminino, nenhum entusiasmo artificial, como em Boswell, porque Drummond e Jonson nem se gostavam! Drummond era da opinião que Jonson "amava e elogiava a si próprio enquanto desrespeitava e desprezava os outros", e se mostrava um observador desinteressado com respeito à obra literária de Jonson por acreditar que ele "só se destaca na tradução". Jonson, como convidado, não podia abertamente declarar o que pensava de Drummond, limitando-se por isso a resmungar delicadamente que os versos de seu anfitrião "eram demasiado acadêmicos". Não é difícil imaginar o que Jonson pensava de Drummond quando lemos o que tinha a dizer, naquelas noitadas, sobre os contemporâneos ausentes: Donne, por não obedecer à métrica, merecia ser enforcado; Daniel tinha inveja dele; Drayton o temia; Beaumont "gostava demais de si mesmo e de seus versos"; Raleigh contratava as melhores cabeças da Inglaterra para escrever sua história; sir Philip Sidney tinha espinhas no rosto; e sua própria esposa, bem, "há cinco anos não deitava com ela". Mesmo se não soubéssemos que era um grande e adorável gênio, um crítico profundo e generoso em outras ocasiões, seria possível dizer que seus comentários têm uma qualidade que nos é cara, a *honestidade*. Jonson demonstra, com sua desabrida franqueza, uma necessidade de recordar aos leitores essa característica pessoal: "De tudo que dele diziam, preferia que o chamassem de honesto". Tendo assim garantido nossa certeza de que não é um bajulador, ele, indivíduo complexo que era, comete então um erro terrível: sobre o fato de ser honesto, diz que "possui uma centena de cartas que assim o definem".

Depois disso, somos imediatamente levados a simpatizar um pouco com o irritado Drummond. Um cavalheiro deve corrigir as coisas nesses casos difíceis de administrar. Essas conversas são de fato muito estranhas.

O que há de mais parecido com os Goncourt em inglês é De Quincey – suas extraordinárias impressões sobre os Lake Poets,[4] que dificilmente serão superadas em matéria de estilo, brilho de observação, habilidade narrativa e sabedoria psicológica incisiva. Entretanto, De Quincey não se parece tanto com os Goncourt devido à sua ternura ímpar e à uma surpreendente inocência no que diz respeito à vida mundana. Grasmere é uma coisa, Paris outra; em Paris se janta com Gautier na casa da princesa Mathilde, aqui você anda quase 40 quilômetros na chuva com Dorothy e William Wordsworth. As colinas solitárias alimentam a excentricidade, não o escândalo. Apesar de serem nobres e adoráveis, as impressões de De Quincey provocaram ressentimentos em Wordsworth, Southey e naqueles parentes de Coleridge que estavam vivos quando da publicação. Elas de fato registram alguns momentos trágicos: as horríveis acomodações em Londres onde Coleridge sofria com as dores e a confusão causada pelo láudano, sentindo-se miserável com a perspectiva de ter de fazer uma série de conferências no Royal Institution. Também não faltam episódios cômicos. De Quincey adorava o poeta, mas, "apesar de úteis, as pernas de Wordsworth certamente não eram ornamentais". Além disso, o distinto poeta tinha os ombros estreitos e caídos, fazendo com que Dorothy, caminhando atrás dele, exclamasse: "Será possível que seja mesmo o William? Que aparência ruim ele tem!" Southey pode ter sentido que seus hábitos calmos, sua vida regulada, sua imensa energia e a biblioteca de volumes lindamente encadernados talvez tenham sido descritos por De Quincey com certo excesso de fidelidade; a descrição sugere uma profusão de habilidades literárias menores que abafam as de primeira grandeza, mais difíceis de manejar. Não obstante, a genialidade de todos, em especial do próprio De Quincey, é brilhantemente exposta nesses ensaios. Não perderíamos por nada neste mundo a imagem de Wordsworth abrindo as páginas de um dos encantadores livros de Southey com uma faquinha engordurada.

No livro de De Quincey e no *Johnson* de Boswell praticamente não há referência a "sexo" – todos os personagens são extremamente excêntricos em sua falta de atenção a esse

[4] Grupo de poetas românticos formado na primeira metade do século 19 em torno de William Wordsworth, Samuel Taylor Coleridge e Robert Southey, na região de Lake District, no norte da Inglaterra. O livro de De Quincey é *Recollections of the Lakes and the Lake Poets – Coleridge, Wordsworth and Southey* (1862). [N. do E.]

instinto. Nossos tempos são até mesmo mais pudicos a tal respeito; a liberdade nas conversas e na literatura aumentou, mas foi quase revogada nas memórias e perfis, de modo que só são dadas sugestões psicanalíticas indiretas sobre fatos não revelados. Se para nós já seria difícil escrever uma frase como "afinal me encontrei com André Gide" sem imprimir a ela ambiguidade ou fazer dele uma piada, é quase impossível imaginar a malícia de escrever algo como "encontrei-me com Gide, mas ele estava distraído com a visão de um belo menino na praia...". Uma cena interessante desse tipo é registrada por Roger Martin du Gard ao contar como mostrou seu diário a Gide, que ficou fascinado por ele. Os retratos amigáveis e muito circunspectos de pessoas vivas feitos por Spender foram vistos por alguns como "escandalosos". Qualquer autor provavelmente seria considerado um criminoso se passasse por sua cabeça contar a seguinte história de Flaubert, imagine se a registrasse em seu diário como fizeram os Goncourt:

> Quando eu era jovem, minha vaidade era tamanha que, ao visitar um bordel com amigos, eu escolhia a moça mais feia e insistia em ter relações com ela na frente de todos sem tirar o charuto da boca. Não me divertia nem um pouco, fazia isso para a plateia.

A peculiar aura sagrada que cerca nossa imagem de Flaubert, a inigualada pureza do homem e de sua arte não se alteram pela crueza dessa historinha.

Frank Harris,[5] que claramente tomou como modelo a obra dos Goncourt, foi esquecido ou, quando lembrado, malvisto. Esse ser inefável tem certas habilidades como "retratista", mas suas observações são quase todas prejudicadas por um incurável moralismo de cunho inglês ou norte-americano. Harris era extremamente sensível a uma "oportunidade"; numa reunião, se aproximava da celebridade com a expectativa respeitosa e plausível de alguém junto ao leito de morte de um parente abastado. Não se fingia de desinteressado nem se diminuía, podendo dizer com toda a honestidade que *se importava*. E isso é verdade: ele era profundamente interessado em pessoas famosas. Sua "cobertura" era ampla e internacional; a narrativa dos casos e a descrição dos personagens são divertidas, embora ele gostasse de enfeitá-las com expressões como "bebedores de vinho no banquete da vida", assim como de acrescentar toda espécie de fragmento de conversa que parece ter

---

[5] Editor e escritor de origem irlandesa, Frank Harris (1856-1931) viveu nos Estados Unidos, onde ficou célebre pelas indiscrições de seus livros de memórias, como o escandaloso *My Life and Loves*. [N. do E.]

o simples objetivo de repetir seu nome: "Compreende isso, Frank?", ou "vou lhe contar uma história, Frank". O grande problema de Harris é nunca perder uma chance de apontar algum "defeito" na fala de seus personagens. Ficamos conhecendo não apenas a interessantíssima reivindicação de Shaw de que o seu César é superior ao de Shakespeare, mas também a tediosa defesa de Shakespeare contra Shaw feita por Harris. Ele quer que você saiba que não hesitará em procurar os grandes, porém não permitirá que os maiores entre eles escapem ilesos caso digam alguma "bobagem". Sem indicar sua recusa a concordar ou praticar um silêncio cordial, talvez ele não pudesse justificar uma empreitada tão exorbitante. Isso é quase fatal tanto para o drama quanto para o humor de seus perfis. Eis aqui uma amostra de um diálogo pavoroso extraído da obra dos Goncourt, o tipo de entrada que confere uma vida assustadora ao registro que os irmãos faziam:

> Taine: "Na cidade de Angers, as mulheres são tão vigiadas que não há o menor rumor de escândalo sobre uma única delas".
> Saint-Victor: "Angers? Mas são todos pederastas."

Harris, é quase certo, daria sequência a esse momento tresloucado com a frase: "Me permitam, mas fiz uma viagem especial a Angers e ambos os senhores estão cometendo um erro estúpido".

Será que alguém, escrevendo em inglês, deveria querer competir com os Goncourt? Em vez de trabalhar para ampliar esse tipo de "história", talvez devêssemos considerar a leitura do clássico dos Goncourt uma espécie de prazer inconfessável, secreto. Henry James ficou profundamente chocado com a publicação dos *Journals*. A ele parecia se tratar de uma atividade de todo deplorável, dos registros que os irmãos fizeram de seus contemporâneos até as anotações de Edmond sobre a morte de Jules. O fato de manterem um diário é "muito interessante e notável", porém "tem um ar quase vulgar diante da circunstância de que um deles julgou ser melhor tornar público o documento". James não suporta aqueles "investigadores desmoralizados", sente horror do retrato que fazem de um Sainte-Beuve rabugento e mesquinho. E assinala com veemência que os 30 volumes das *Causeries du lundi*, do próprio Sainte-Beuve, "contêm uma resposta bastante substancial à impressão que ele causou neles quando jantaram juntos, como seus convidados ou membros de um clube de pessoas brilhantes". James revela-se interessado não apenas nos artistas, mas também na empregada doméstica dos Goncourt, cujas amargas aventuras são narradas, e em certas senhoras da sociedade: "Se Madame de Païva era boa companhia para jantar ou qualquer outra coisa, era suficientemente boa para não ser mencionada com grosseria ou simplesmente para nem ser mencionada". E a princesa Mathilde: "Ele se hospeda em sua casa durante dias, semanas, e depois, a fim de nos divertir, retrata sua pessoa, suas roupas, seus gestos [...], contando pequenas histórias dela [...], as expressões picantes que brotaram de seus lábios". Segundo entendo do que li sobre as encantadoras entradas que mencionam a princesa Mathilde, James tem uma noção muito monástica do que significa "expressões picantes", porém suas objeções não são desprezíveis. Pelo contrário, são extremamente sérias e pertinentes, devendo ser reconhecidas mesmo depois que fechamos nosso exemplar dos *Diários* e declaramos que foi uma leitura deliciosa. Todas as pessoas hoje estão mortas, e as que não sobreviveram por sua arte ou importância histórica estão definitivamente enterradas, exceto quando continuam presentes para um fã dos Goncourt ou em outros registros de época. Algumas criaturas mais ousadas sem dúvida prefeririam a imortalidade em qualquer circunstância a enfrentar o esquecimento absoluto de seus nomes. No entanto, não sabemos disso com certeza, e a pergunta nem pode ser feita de fato ao sofredor em potencial, uma vez que a permanência de um retrato, cruel ou agradável, não pode ser conhecida até que transcorra muito tempo. Uma pessoa astuta pode até dizer: se o livro for uma obra-prima, não me importo de estar presente de um modo atroz, pois até mesmo os medíocres e os patifes, retratados com brilhantismo, têm uma espécie de grandeza – mas, se o livro for ordinário, então me deixe de fora!

Na Inglaterra e nos Estados Unidos, onde a tentação de usar diretamente personagens conhecidos está sujeita a muitas hesitações, onde tanta coisa parece proibida, tal prática pode ser acompanhada de malícia e distorções deliberadas: alguma deusa da vingança e da brutalidade pode de fato dar as mãos à musa da história. Todavia, tanto escritores quanto leitores têm profundo interesse pelas personalidades vivas, um interesse que não se constrange mesmo diante de revelações sórdidas ou ridículas. Se não nos dedicamos a escrever memórias e diários com uma confiança inabalável, contamos com o *roman à clef* e com as sátiras, como aquelas de Pope. Permite-se que essas formas sejam bem mais cruéis que a simples reportagem, em que deve haver um conjunto de fatos e a precisão se impõe. No romance ou na sátira, todos os esforços se concentram em identificar as pessoas de carne e osso sem efetivamente lhes dar nome; porém, uma vez que a identidade fique clara, não há nenhuma restrição ao livre exercício da imaginação maliciosa. O autor pode escolher o que bem quiser, exagerar, inventar; na verdade, precisa ampliar aqui e apertar ali dada a

Eigenschriften, 1970
Cortesia da artista, da galeria P420, Bolonha, e da Coleção Ramo, Milão
Foto: Lorenzo Palmieri

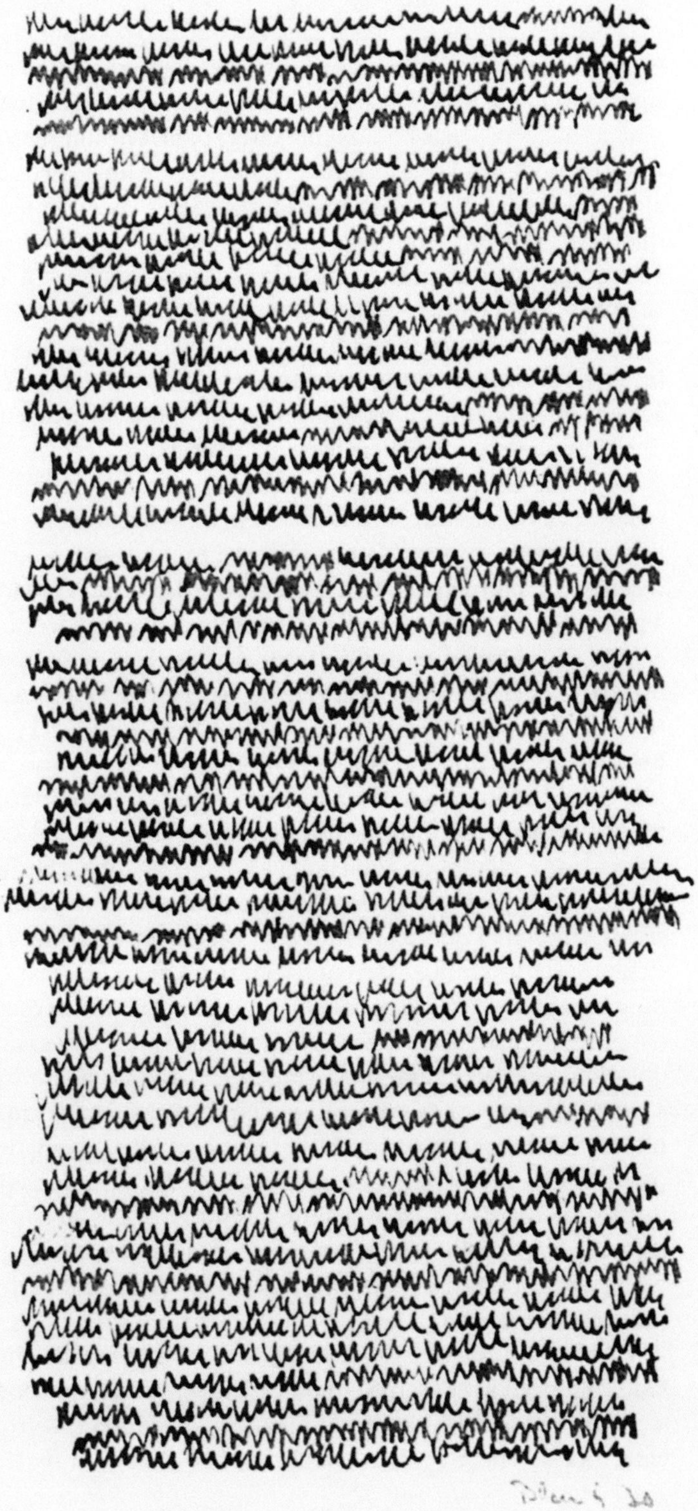

necessidade de criar um "personagem", que não pode ser tão pleno nem tão excêntrico quanto o indivíduo em questão, devendo ser "revelado" de forma mais arrumada, segundo as exigências artísticas. Tal método é menos útil para a "história", mas lindamente eficaz para ferir um ser vivo. A infeliz vítima não pode dizer que foi falsamente retratada uma vez que é a sua própria alma que se encontra sob exame. Motivações sujas e fraquezas degradantes que a pessoa nunca expressou lhe são alegremente atribuídas pelo satirista. Quase qualquer um, ao longo de toda a sua vida, preferiria a "dissecação" dos Goncourt à crucificação de "The Dunciad".

Contudo, mesmo contando com o silêncio dos contemporâneos, a celebridade sensível não é capaz de manter a posteridade sob controle. Numa sociedade altamente industrializada, a "pesquisa" é uma ocupação honrosa. Como a polidez e a decência nada guardaram dos desmaios ou palpitações suspeitas de Emily Dickinson, as senhoras e os senhores que vieram depois estão inevitavelmente confrontados com o dilema do agnóstico uma vez que, tal qual ocorre com a vida no além, as hipóteses sobre o tratamento que receberão no futuro não podem ser provadas como verdadeiras ou falsas a partir dos relatos correntes. Os estudiosos podem fazer o que quiserem com Walt Whitman ou deitar Herman Melville numa cama de pregos edipianos que perfurariam o sono até do artista mais durão. Mergulhando na *Harper's Bazaar*, nas "entrevistas" do *New York Times* e daí por diante, a posteridade encontrará um Faulkner mudo e pouco glorioso, uma Marianne Moore brincalhona, um Dylan Thomas sóbrio – e talvez não haja nenhuma palavra, mas apenas uma ilustração recordando um Allen Tate de granítica solenidade e dignidade, uma linda e pouco falante Katherine Anne Porter, um professor barbudo chamado Randall Jarrell. Com base nos periódicos sérios, saberemos que nossos literatos, e também os do passado, não tinham vida própria: viveram e morreram como uma metáfora. Mas as pessoas vivas, mesmo milhares e milhares de alunos, conhecem nossos escritores e sabem em primeira mão como eles são fantasticamente interessantes e – quem o questionaria? – frequentemente *fantásticos*. Nossos melindres com relação à privacidade e sua glorificação podem nos custar um grande vazio. Até mesmo um burocrata ou produtor teatral, se pensar bem, hesita em entrar para a história como tema de um desses "perfis" e matérias de capa que se tornaram uma incontornável fonte de enfado graças à bajulação galhofeira, cujo único propósito parece ser o de manter ativos os advogados literários e simpáticos pesquisadores empregados na acumulação de uma benigna montanha de fatos.

Claramente era necessário algo novo – ninguém é *tão* idiota, o atormentado editor ouviu em seus sonhos. Essa novidade foi descoberta, uma nova abordagem, inédita e assustadora, um cruzamento pioneiro e monstruoso entre a indiferença e o registro total: o "artigo" da revista *The New Yorker* sobre

6. O perfil de Hemingway escrito pela jornalista Lillian Ross saiu na edição de 13 de maio de 1950 da *New Yorker*, com o título "How Do You Like It Now, Gentlemen?". Uma das precursoras do chamado novo jornalismo ou jornalismo literário, Ross trabalhou na revista de 1945 até se aposentar, sete décadas depois. O perfil foi publicado na ***serrote*** #27, com o título "Que tal, senhores?", em novembro de 2017, dois meses depois de Ross morrer, aos 99 anos. [N. do T.]

Hemingway.[6] Antes dele, aparentemente nunca nos ocorrera que o som bruto, por assim dizer, poderia constituir uma novidade, que artigos, reportagens ou ensaios poderiam finalmente ser compostos por palavras, quaisquer palavras, desde que tivessem sido realmente pronunciadas por alguém que gozava de certa notoriedade. Era de esperar que tal produto fosse assinado com iniciais bem pequenas, indicando um estenógrafo, ou, melhor ainda, consistisse em umas poucas marcas gravadas no aço por alguma máquina ainda não disponível no mercado, mas demonstrando em sua simplicidade e eficiência a possibilidade de ser produzida em massa. Na França, uma pessoa iria para a guilhotina por tal invenção, e esse tipo de texto foi uma invenção, talvez na aurora dos tempos relacionada com a entrevista ou a conversa, que com elas tem tanta relação quanto um acesso de tosse com um recital lírico. Em comparação, as duquesas de Aubrey que "morreram de varíola" parecem ter sido lembradas com carinho.

As reminiscências de Górki sobre Tolstói – uma obra-prima. Se alguém nos dias de hoje fosse capaz de compor um trabalho tão elevado acerca de um gênio vivo, o autor ficaria tão confuso, tão preocupado em ser criticado com violência, tão temeroso de incluir alguma coisa e deixar outra de fora, que seria mais sensato abandonar de vez a empreitada e retornar a um trabalho "criativo". Como lidar consigo mesmo na reminiscência? Admitir a própria existência, ou isso seria uma autoafirmação indesculpável? E não seria pretensioso demais "conhecer" aquele indivíduo maravilhoso quando tantos outros o conheciam havia mais tempo e "melhor"?

Para essas questões morais e estéticas não há resposta. Em vez disso, sempre existe a *publicidade* – tão fácil de engolir, tão difícil de lembrar um minuto depois.

Elizabeth Hardwick (1916-2007) é uma das referências do moderno ensaísmo americano. Versatilidade e ousadia argumentativas fizeram dela uma dos principais nomes dos chamados "intelectuais nova-iorquinos", grupo que, entre as décadas de 1930 e 1970, deu o tom do debate político e estético no país. Publicado em 1953 na *Partisan Review*, este ensaio marca o início de uma carreira que se daria quase toda nas páginas da *New York Review of Books*, publicação que ajudou a fundar. Dela, a ***serrote*** publicou "Zelda" (#9) e "Triste Brasil" (#16). Tradução de **Jorio Dauster**

A escrita é um elemento de destaque na obra visual de **Irma Blank** (1934). A artista alemã, radicada na Itália, apresenta, em uma de suas séries mais conhecidas, *Eigenschriften* ("Autoescritos"), um conjunto de trabalhos marcado por textos que não se deixam decifrar.

Bacante, Regina Parra

ela lavou as mãos
e deixou as cobras
lamberem
o sangue da sua
bochecha

eu sou a bacante

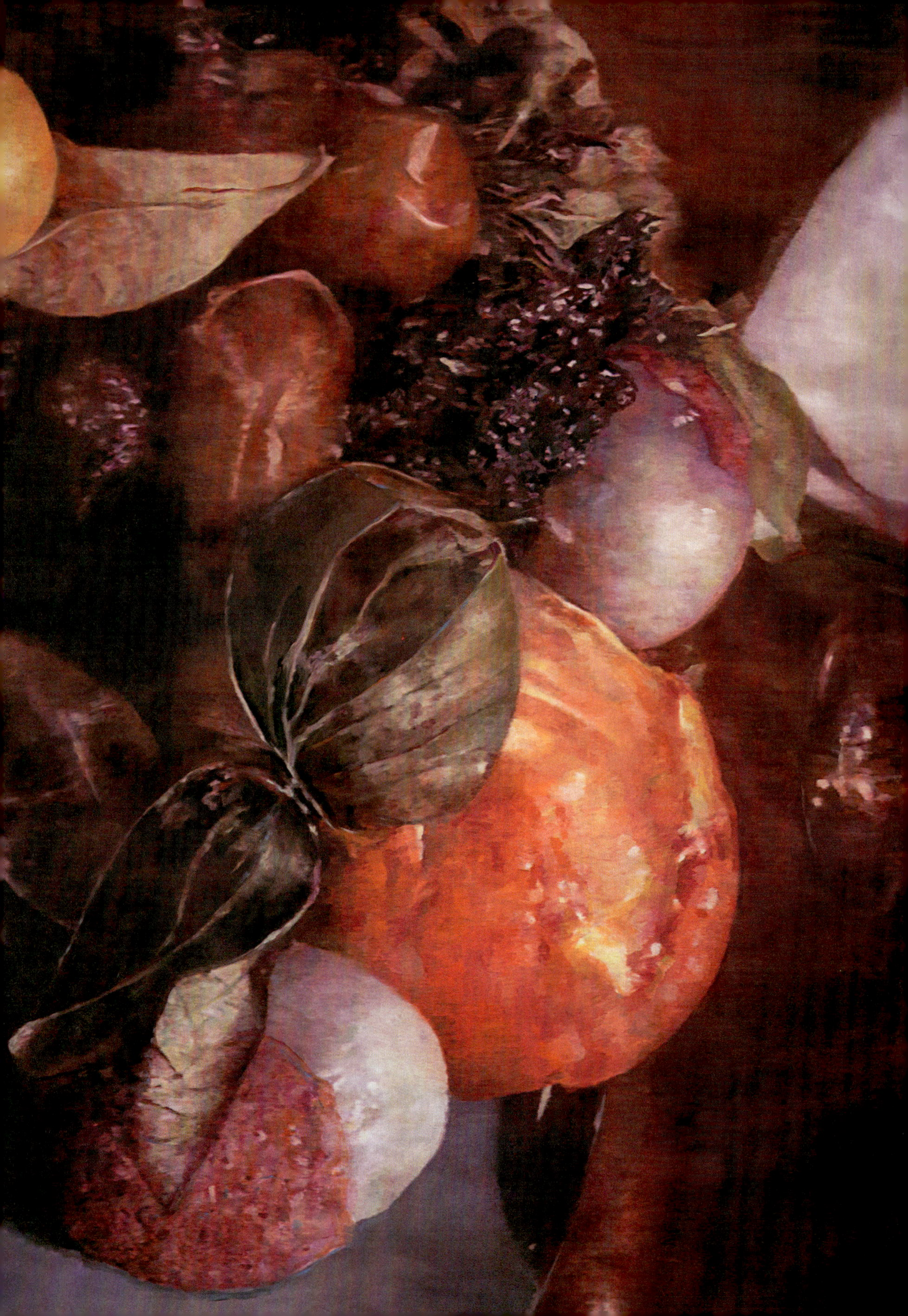

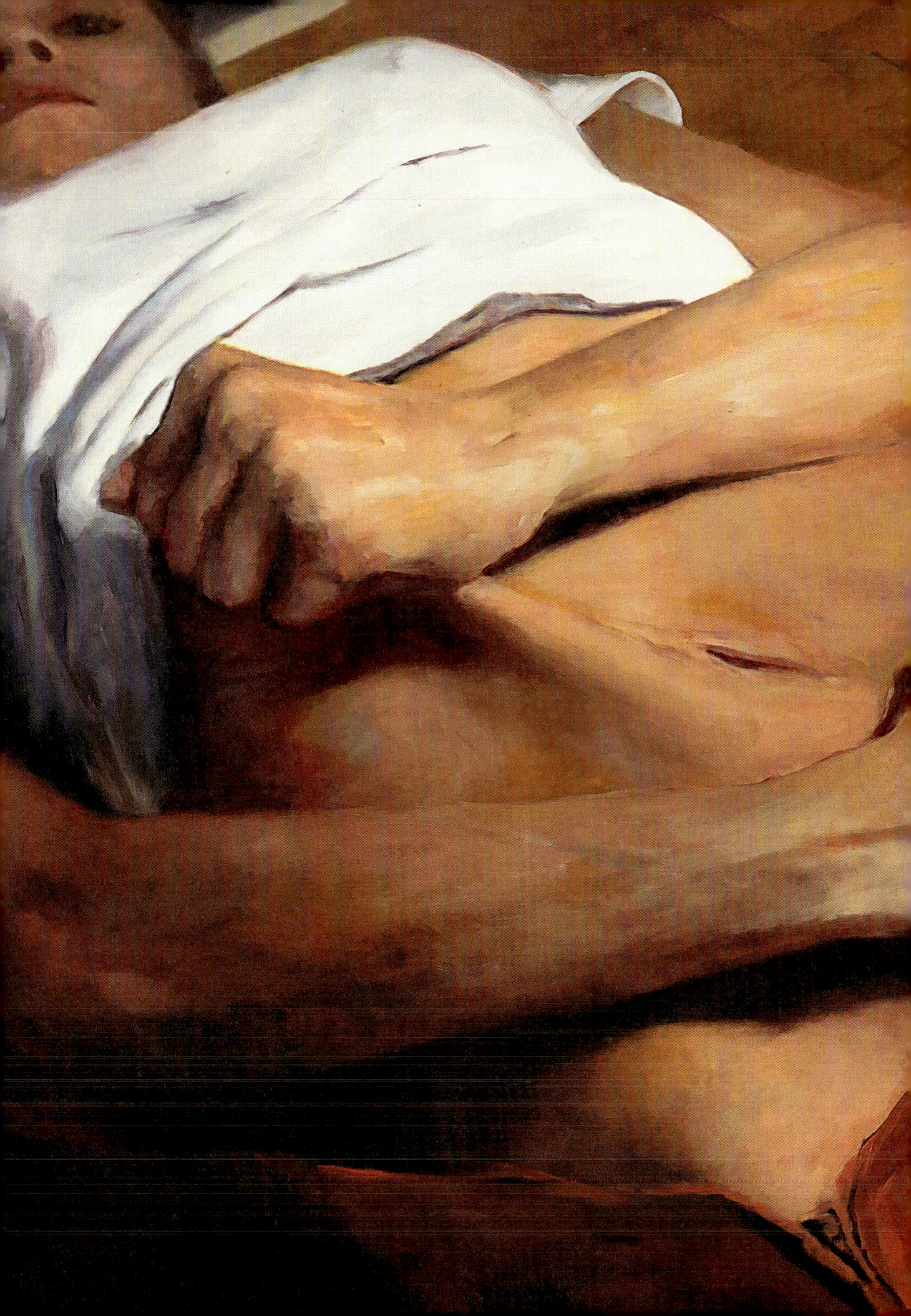

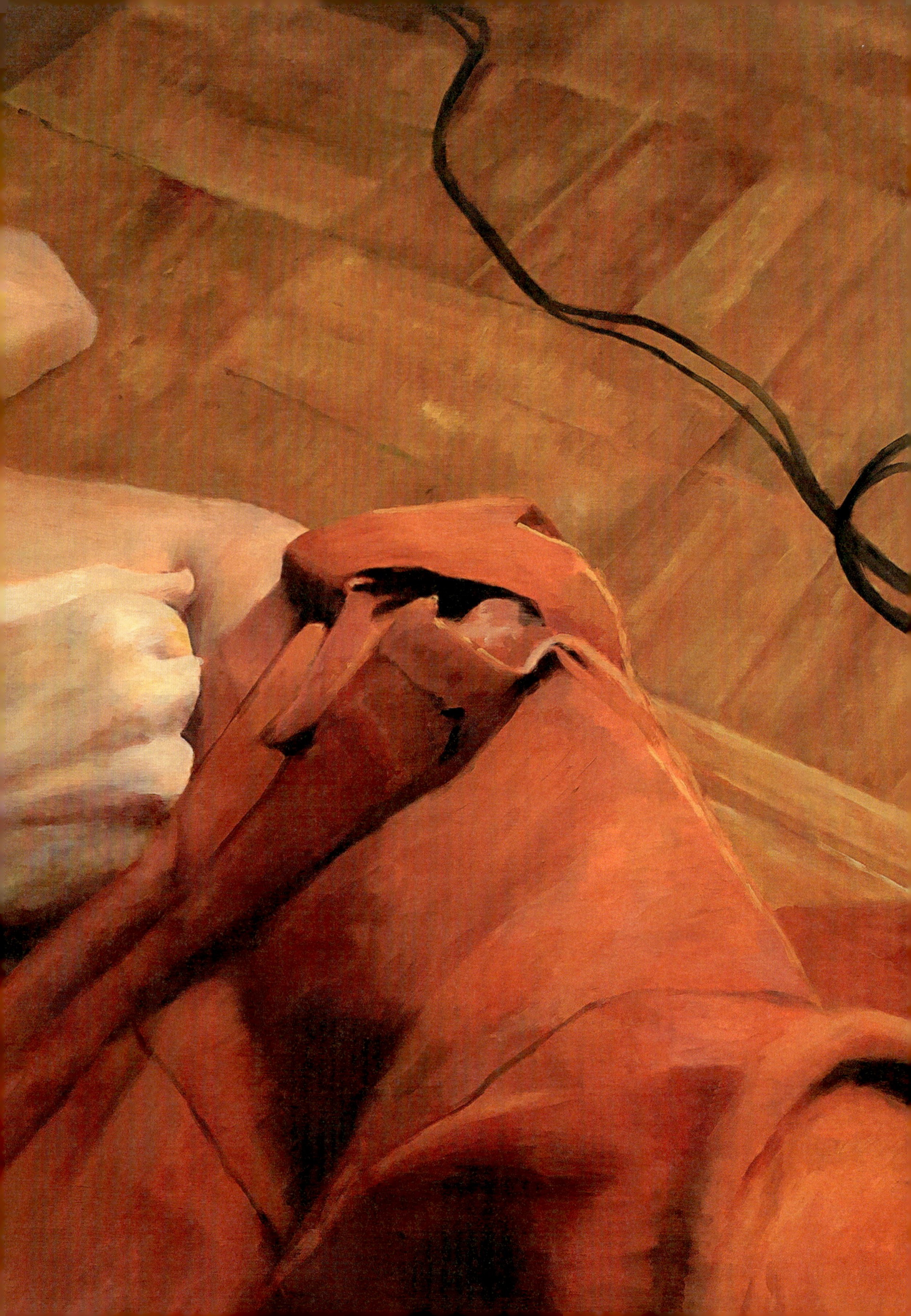

a intratável
a intempestiva
a nervosa
a trêmula
a febril
a fatigada
a excessiva
a distorcida
a venérea
a intoxicada
a paradoxal
a complicada

a vibratória
a desviada
a ecstática
a indomesticável
a desejante
a resistente
a ácida
a amorosa
a venenosa
a impossível
aquela que
já teve medo

sonho com uma tarde
perfeitamente clara

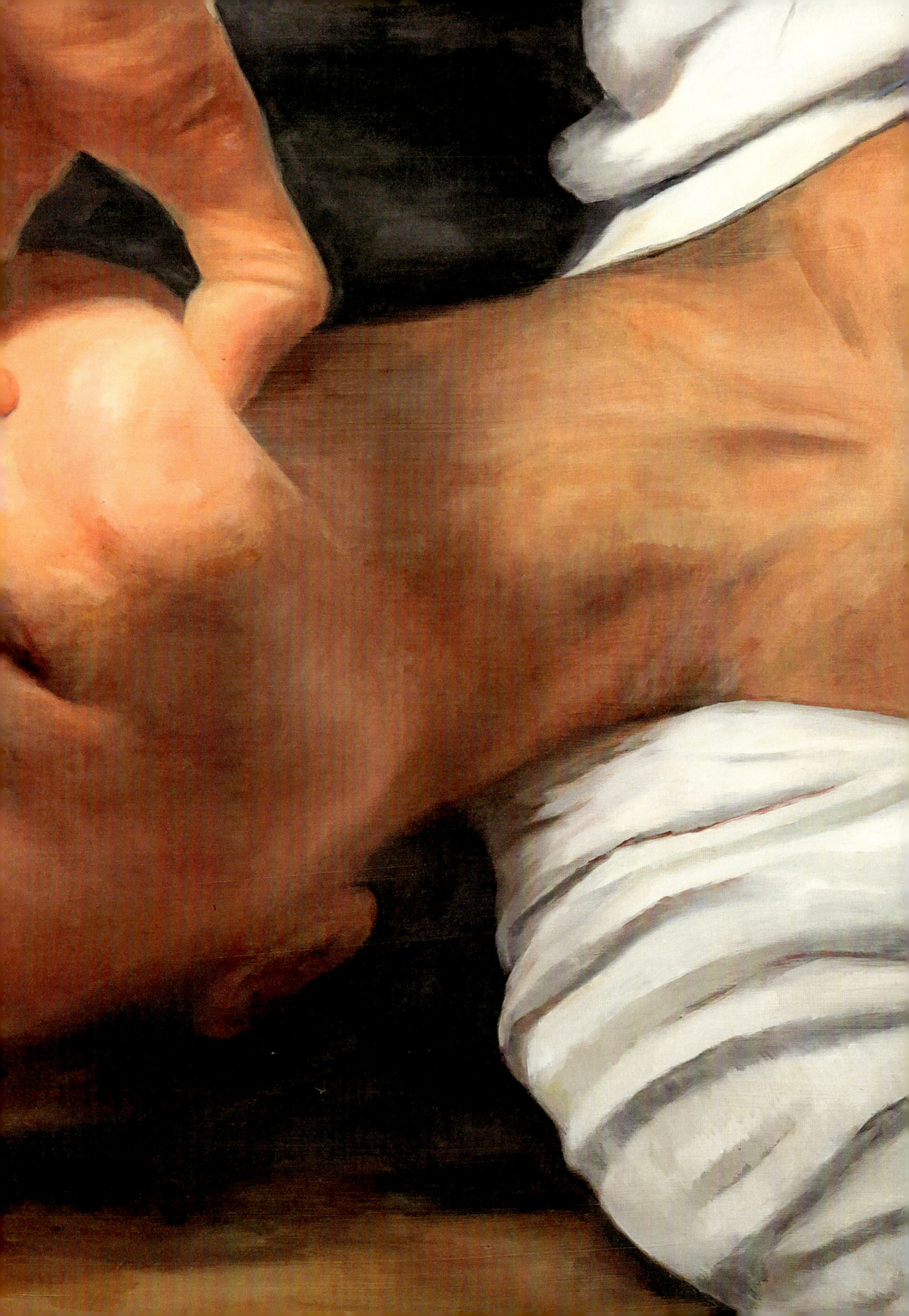

sonho com rios e
centenas de bocas

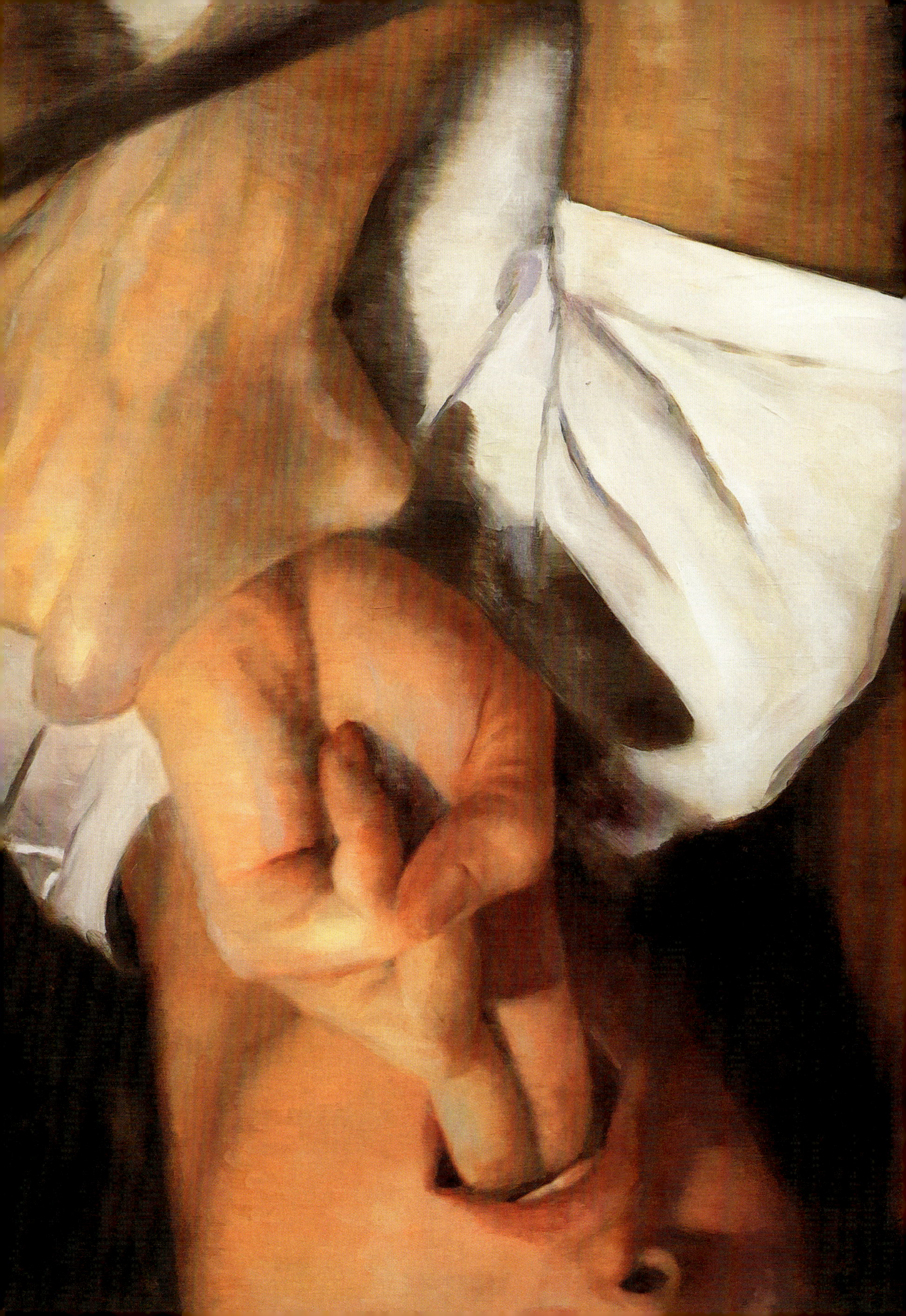

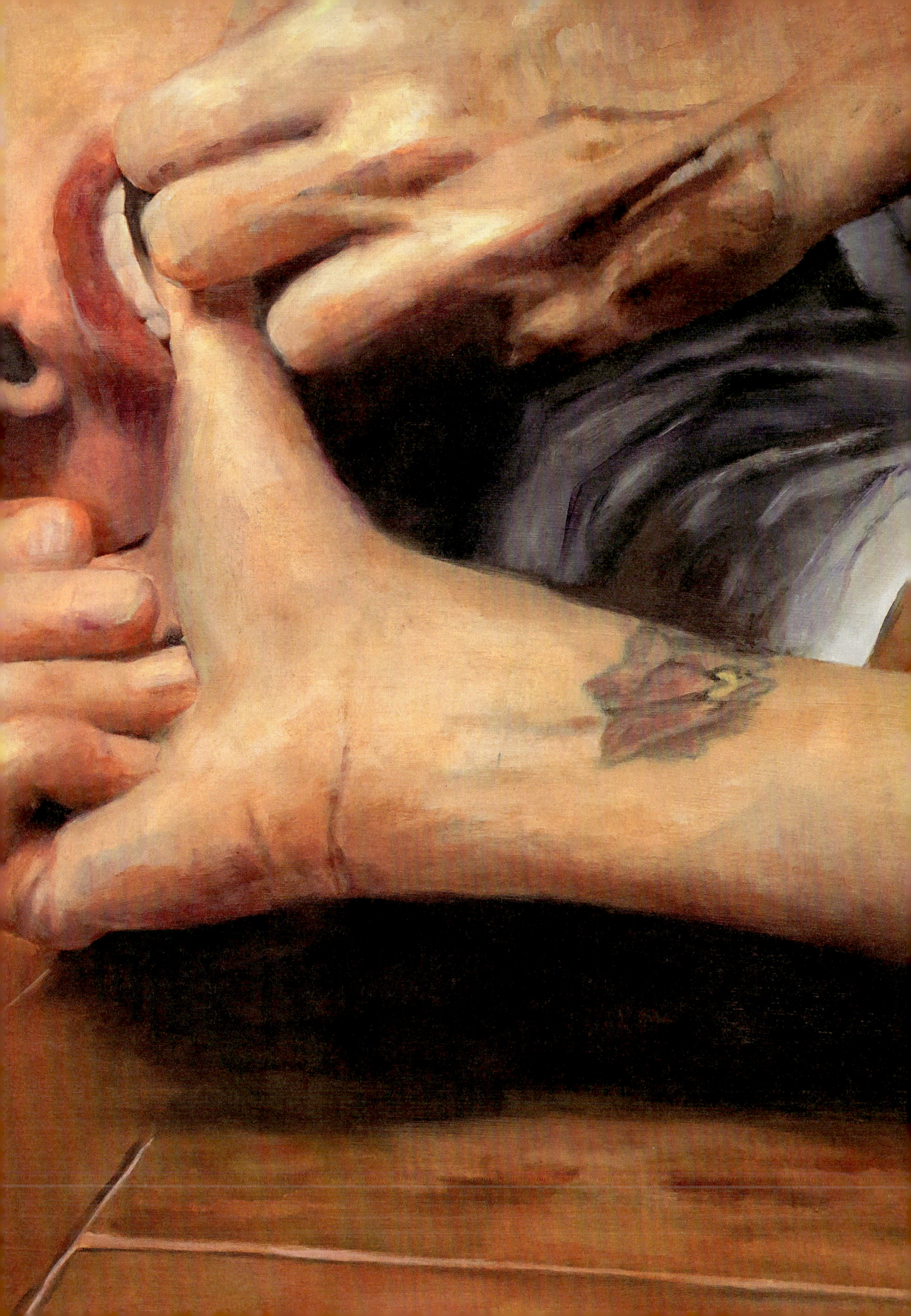

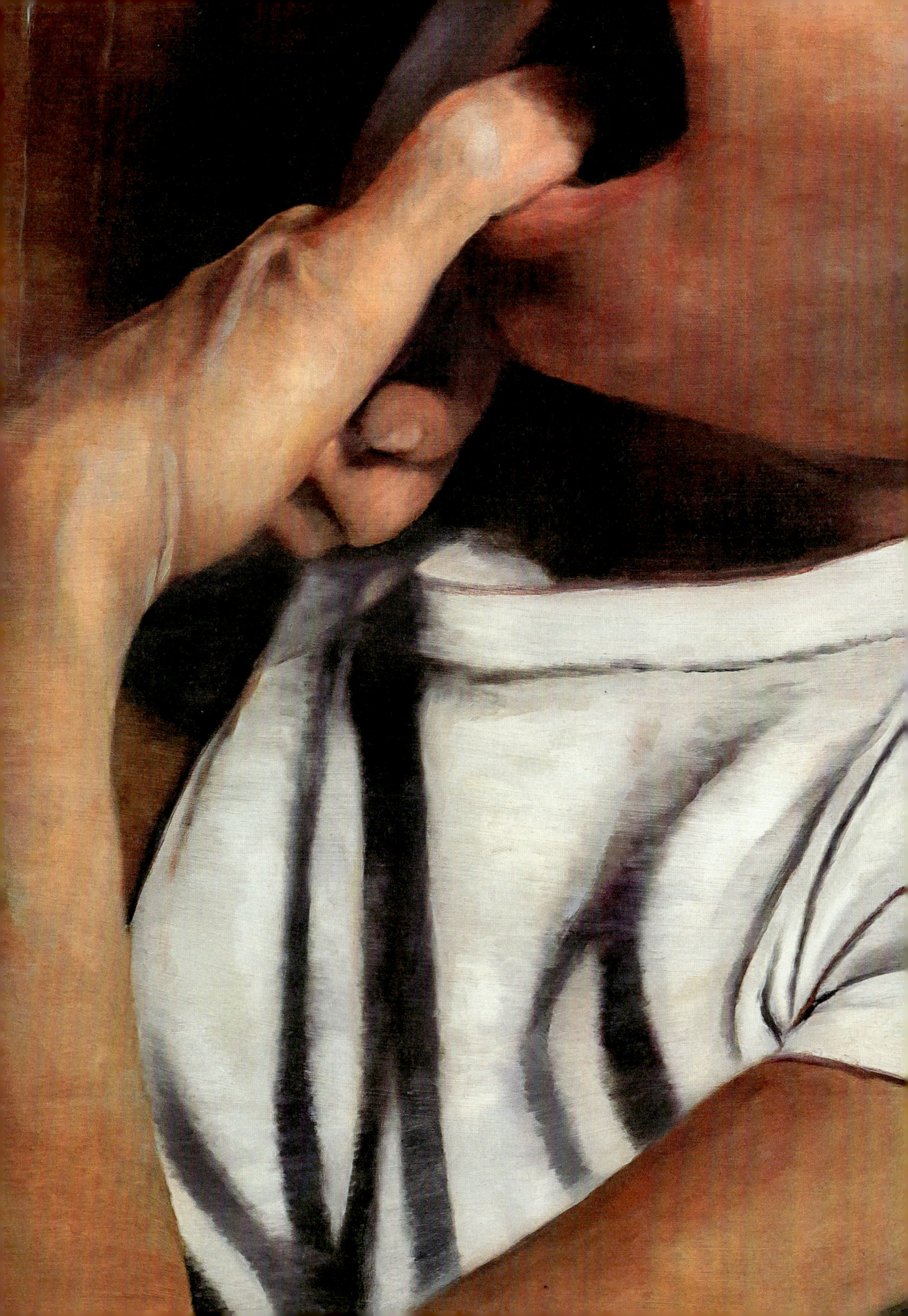

desejar é
fazemos
sobreviver.

o que
para

[sai dionísio]

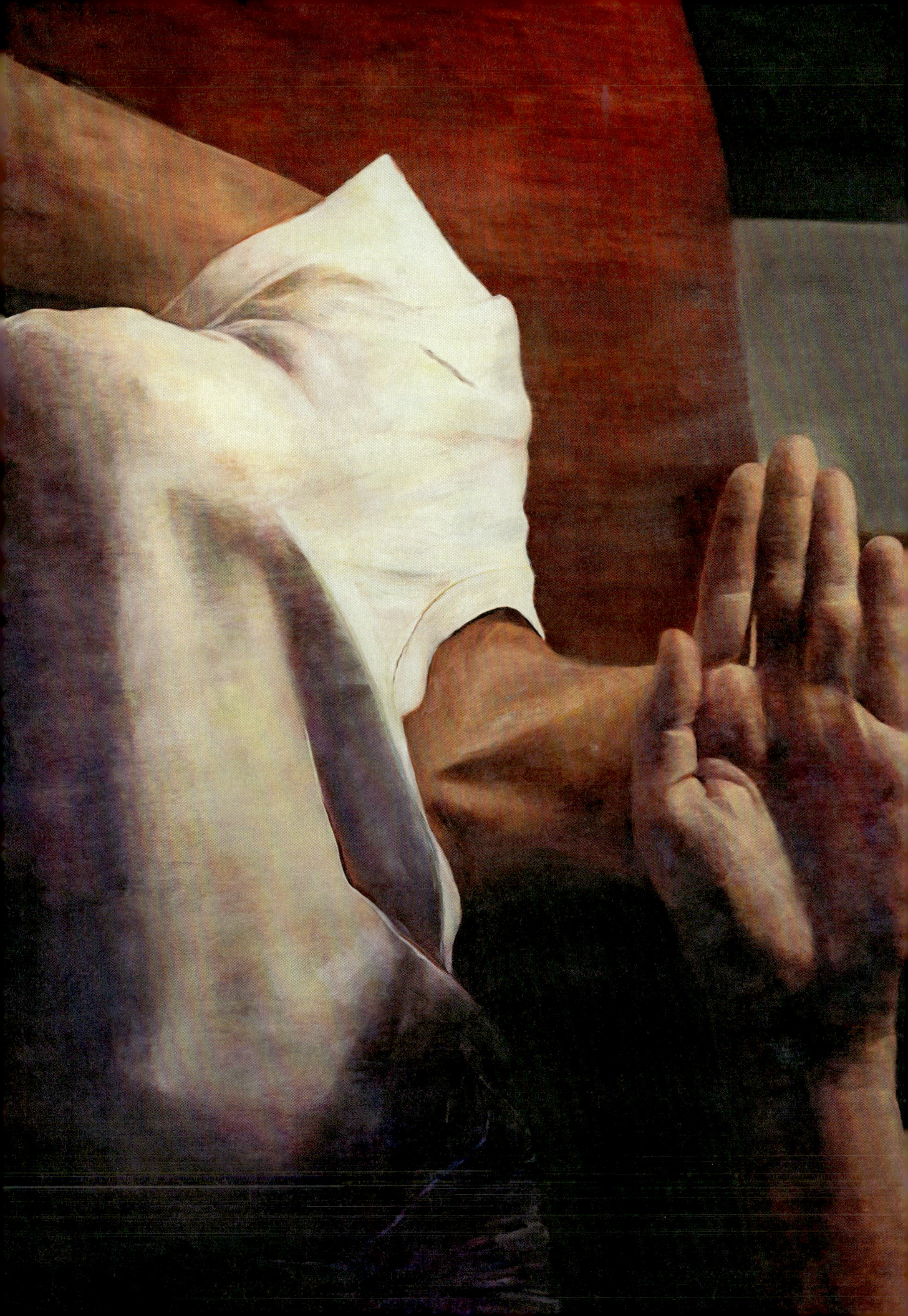

Com exposições recentes em países como EUA, Itália, Portugal e Suíça, o trabalho da artista paulistana **Regina Parra** (1984) tem se concentrado em reflexões sobre o lugar do corpo feminino. Neste ensaio visual, ela mescla referências à tragédia *As bacantes*, de Eurípedes, e reflexões fragmentadas sobre a condição da mulher, da Antiguidade aos dias atuais, passando por uma pesquisa sobre imagens de pacientes diagnosticadas com histeria no século 19.

O gênero do som

Anne Carson

A definição de natureza humana preferida da cultura patriarcal baseia-se na articulação das vozes: mulheres são demoníacas e homens, justos a partir do que propagam

Em grande medida, julgamos as pessoas de acordo com os sons que elas produzem: se são loucas ou equilibradas, homens ou mulheres, boas, más, confiáveis, depressivas, bom partido, agonizantes, propensas a nos atacar ou não, um pouquinho superiores aos animais, movidas pela fé em Deus. Tais julgamentos são feitos rapidamente e podem ser brutais. Aristóteles diz que o tom agudo da voz das mulheres é uma prova de sua disposição demoníaca, pois os seres que são corajosos ou justos (como leões, búfalos, galos e o macho humano) têm a voz bastante grave.[1] Se ouvimos um homem falando num tom de voz delicado ou agudo, sabemos que ele é um *kinaidos* ("catamita").[2] O poeta Aristófanes reproduz esse clichê com um toque cômico em *A revolução das mulheres*. Enquanto as mulheres de Atenas se preparam para se infiltrar na assembleia ateniense e assumir o poder político, a líder feminista Praxágora tranquiliza as colegas ativistas garantindo que elas têm o tipo de voz adequado para a tarefa. Pois, como ela afirma, "dizem que, entre os homens jovens, aqueles que se revelam grandes oradores são os mais devassos".[3]

[1] Aristóteles, *A fisiognomonia*, 807a.
[2] *Ibidem*, 813a. Sobre *kinaidos*, ver Ésquines 1.131 e 2.99; sir Kenneth James Dover, *Greek Homosexuality* [1978]. Cambridge: Harvard University Press, 1989, pp. 17, 75; Maud W. Gleason, "The Semiotics of Gender: Physiognomics and Self-Fashioning in the Second Century C.E.", in Froma I. Zeitlin *et al.* (orgs.), *Before Sexuality*. Princeton: Princeton University Press, 1990, p. 401. Também sou grata a Maud W. Gleason por ter me enviado um capítulo inédito ("O papel da voz na manutenção das fronteiras de gênero") de seu livro sobre a autorrepresentação na Segunda Sofística (*Making Man: Sophists and Self-Presentation in Ancient Rome*. Princeton: Princeton University Press, 1994).
[3] Aristófanes, *A revolução das mulheres*, 113-114.

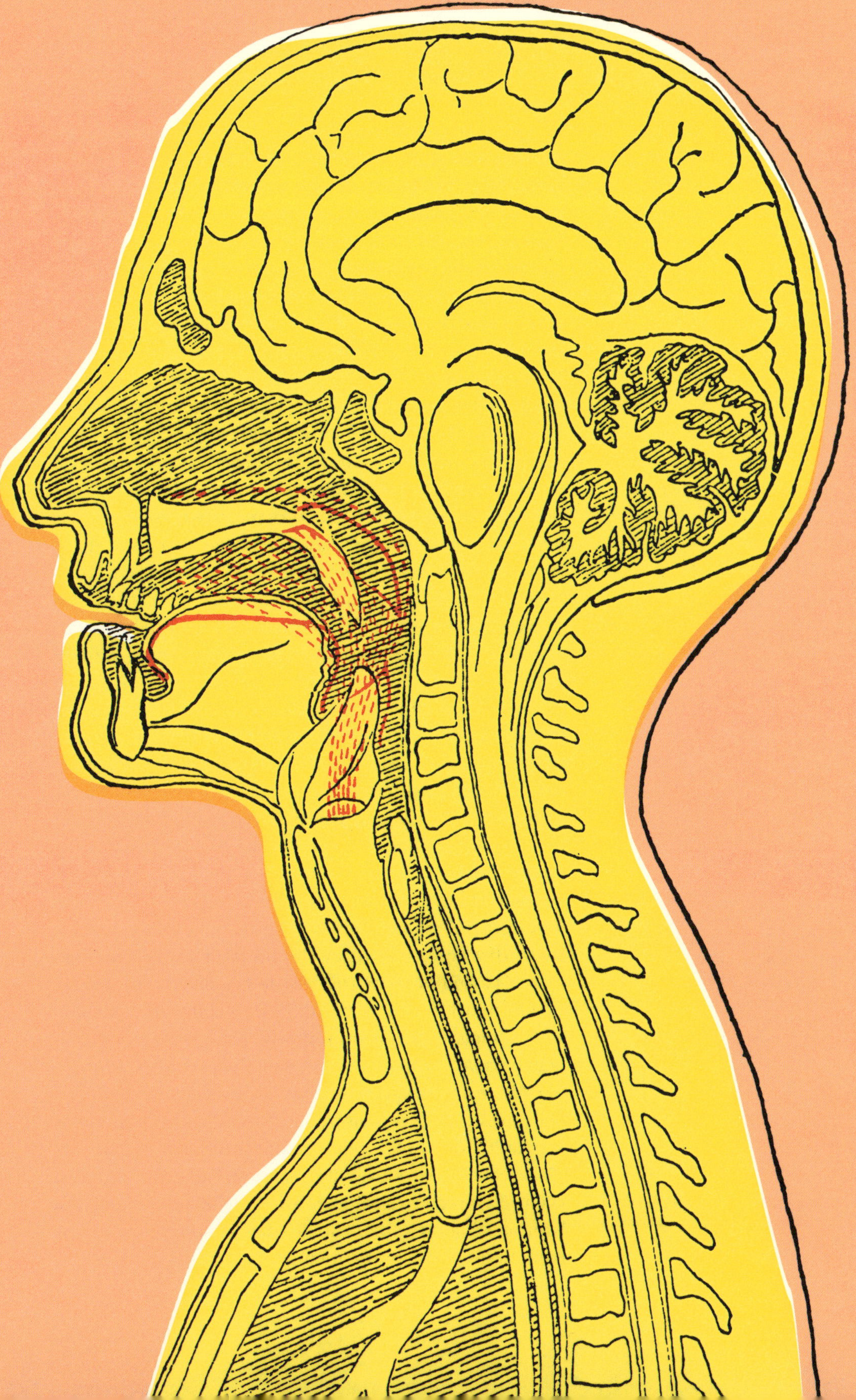

Daniel Trench
A partir de ilustrações do livro
Como cantar (1902), de Lilli Lehmann

4. Aristóteles, *Da geração dos animais*, 787b-788.

5. Oribasios, *Collectionum medicarum reliquiae*, org. de J. Raeder, 4 vols. Leipzig: Teubner, 1928-1933. 6; Maud W. Gleason, *op. cit.*, 1994, p. 12.

6. No original, "Atila, *the hen*", trocadilho com as expressões em inglês para huno (*hun*) e galinha (*hen*). [N. do E.] Adam Raphael, *The Observer*, 07.10.1979.

A graça do comentário depende da fusão de dois aspectos diferentes da produção de som: o tipo de voz e o uso da voz. Os antigos fizeram um esforço contínuo para reunir esses dois aspectos sob uma rubrica geral de gênero. Um tom de voz agudo se associa de imediato à tagarelice para caracterizar uma pessoa que não se enquadra no ideal masculino de autocontrole. Mulheres, catamitas, eunucos e andróginos se situam nessa categoria. Os sons produzidos por eles são desagradáveis de ouvir e incomodam os homens. A dimensão desse incômodo pode ser medida pelo tanto que Aristóteles discorre para explicar em termos fisionômicos o gênero do som; por fim, ele atribui o tom grave da voz masculina à tensão exercida pelos testículos sobre as cordas vocais do homem, funcionando como pesos de uma máquina de tear.[4] Nos períodos helênico e romano, os médicos prescreviam aos homens exercícios vocais para curar todos os tipos de dores físicas e psíquicas, de acordo com a teoria de que declamar aliviava a congestão na cabeça e reparava o mal causado aos homens no dia a dia por usarem a voz para produzir sons agudos, gritos e conversas fúteis. Nesse ponto, nota-se outra vez uma confusão entre o tipo de voz e o uso da voz. A terapia descrita acima não era de modo geral recomendada a mulheres ou eunucos ou andróginos, pois acreditava-se que eles tinham um tipo de corpo inadequado e que seus poros eram desalinhados, características que tornavam inviável alcançar um tom de voz mais grave, mesmo com muito treino. Por outro lado, para os homens a prática vocal era vista como um modo efetivo de restaurar o corpo e a mente, já que levava a voz de volta ao tom másculo apropriado.[5] Tenho um amigo jornalista que trabalha em rádio e ele me garante que tais suposições acerca da voz perduram até hoje. Ele é homem e gay. E passou os primeiros anos de sua carreira em rádio se esquivando dos produtores que descreviam a voz dele como "feliz demais" e tentavam torná-la mais grave, mais triste, mais pesada. São pouquíssimas as mulheres com vida pública que não se preocupam se sua voz é aguda demais ou fraca demais ou estridente demais para impor respeito. Durante anos, Margaret Thatcher fez treinamentos vocais para que sua voz soasse como a dos outros integrantes do Parlamento e, ainda assim, ela recebeu o apelido de Átila, a galinha.[6] Essa analogia lembra o falatório em torno de Nancy Astor, primeira mulher a assumir o cargo de membro da Câmara dos Comuns britânica, em 1919, e que foi descrita por seu colega sir Henry Channon como "uma mistura excêntrica de bondade, originalidade e estupidez [...]; ela anda de um lado para outro como uma galinha sem cabeça [...] chamando atenção e aproveitando o cheiro de sangue [...]; a bruxa louca".[7] A loucura e a bruxaria, assim como a bestialidade, são condições que costumam ser associadas ao uso da voz feminina em público, tanto em contextos antigos quanto modernos. Basta pensarmos em quantas personagens do mundo clássico – mitologia, literatura e cultura – são censuradas pelo modo como fazem uso da voz. Há, por exemplo, o gemido desolador das Górgonas, cujo nome deriva da palavra em sânscrito *garg, que significa "uivo gutural animalesco que produz um grande sopro vindo do fundo da garganta até a boca bem aberta".[8] Há as Erínias, cujas vozes agudas e horrendas são comparadas por Ésquilo aos uivos de um cachorro ou aos gemidos de alguém sendo torturado no inferno (em *Eumênides*).[9] Há as vozes mortais das sereias e o perigoso ventriloquismo de Helena (na *Odisseia*),[10] a tagarelice inacreditável de Cassandra (em *Agamenon*, de Ésquilo)[11] e o barulho assustador de Ártemis ao adentrar na floresta (no *Hino homérico a Afrodite*).[12] Há o discurso sedutor de Afrodite no qual seu poder assume um caráter tão concreto que ela pode usá-lo no cinto como um objeto físico ou emprestá-lo a outras mulheres (na *Ilíada*).[13] Para não falar da velha Iambe, da lenda de Elêusis, que grita obscenidades e levanta a saia até o alto para mostrar a genitália.[14] Ou do falatório obsessivo da ninfa Eco (filha de Iambe na lenda ateniense), descrita por Sófocles como "a moça que não tinha porta na boca" (no *Filoctetes*).[15]

Colocar uma porta na boca das mulheres tem sido um importante projeto da cultura patriarcal desde a Antiguidade até os dias presentes. Sua estratégia principal é criar uma associação ideológica do som produzido pelas mulheres com o monstruoso, a desordem e a morte. Veja a descrição a seguir, feita por um dos biógrafos de Gertrude Stein, acerca do som que ela fazia: "Gertrude era ruidosa. Tinha o hábito de gargalhar bem alto. A risada dela era como um bife. Ela adorava bife."[16]

Essas frases, que confundem de modo engenhoso os planos factual e metafórico, trazem consigo, a meu ver, sinais de puro medo. É o medo que projeta Gertrude Stein para além dos limites de mulher e humana e espécie animal para um

---

7. S. Rodgers in Shirley Ardener, *Women and Space*. Londres: Croom Helm, 1981, p. 59.

8. Thalia Phillies Howe, "The Origin and Function of the Gorgon Head", *American Journal of Archaeology*, v. 58, 1954, p. 209; Jean-Pierre Vernant, *The Origins of Greek Thought*. Ithaca, NY: Cornell University Press, 1982, p. 117.
9. Ésquilo, *Eumênides*, 117, 131.
10. Homero, *Odisseia*, 4.275.
11. Ésquilo, *Agamenon*. 1213-1214.

12. *Hino homérico a Afrodite*, 18-20.

13. Homero, *Ilíada*, 14.216.

14. Sobre Iambe, ver Maurice Olender, "Aspects of Baubo: Ancient Texts and Contexts", in Froma I. Zeitlin, *op. cit.*, pp. 85-90 e referências.
15. Sófocles, *Filoctetes*, 188.

16. Mabel Dodge Luhan, *Intimate Memories*. Nova York: Harcourt Brace, 1935, p. 324.

tipo de monstruosidade. A analogia "a risada dela era como um bife", que identifica Gertrude Stein com o gado, é seguida pela declaração "ela adorava bife", indicando que Gertrude Stein comia carne de gado. Criaturas que comem a própria espécie costumam ser chamadas de canibais e são vistas como anormais. Os outros atributos anormais de Gertrude Stein, em especial seu enorme porte físico e o lesbianismo, foram enfatizados com insistência por críticos, biógrafos e jornalistas que não souberam lidar com a prosa dela. Marginalizar a personalidade de Stein era um modo de desviar sua escrita da questão literária. Se ela é gorda, se tem uma aparência esquisita e a sexualidade desviante, então deve ser um talento marginal. Essa é a hipótese.

Um dos escritores do patriarcado literário que mais temia Gertrude Stein era Ernest Hemingway. É interessante ouvir sua narrativa de como pôs fim à amizade com Stein por não conseguir tolerar o som de sua voz. A história aconteceu em Paris. Hemingway escreve a partir do ponto de vista de um expatriado desiludido que acabou de perceber que não conseguirá, afinal, se estabelecer dentro de uma cultura estrangeira na qual se sente desamparado. Num dia de primavera, em 1924, Hemingway toca na casa de Gertrude Stein e é recebido pela empregada:

> A empregada abriu a porta antes que eu tivesse tocado a campainha, fez-me entrar e pediu-me que esperasse um pouco, pois miss Stein desceria em seguida. Ainda não era meio-dia, mas a criada serviu-me um copo de *eau-de-vie* e deu um sorriso matreiro. O álcool incolor produziu uma sensação agradável em minha língua e eu nem tinha tomado um gole inteiro ainda, quando vi a voz de alguém que conversava com miss Stein num tom que eu jamais ouvira, usado entre duas pessoas, fosse qual fosse o lugar, fosse qual fosse o tempo. Ouvi depois a voz da própria miss Stein, chorosa, implorando: — Não, gatinha. Não, por favor, não. Farei o que você quiser, gatinha, mas não faça isso. Não, por favor... Não, gatinha!
>
> Engoli a bebida de uma só vez, coloquei o copo na mesa e dirigi-me para a porta. A empregada sacudiu o dedo para mim, dizendo-me baixinho: — Não vá embora, ela desce já, já.
>
> — Sinto muito, mas preciso sair imediatamente.
>
> Esforcei-me por não ouvir mais palavra alguma daquela conversa, mas o diálogo continuava e o único meio de não tomar conhecimento era mesmo dar o fora o quanto antes. Se o tom em que falava a desconhecida era desagradável, as respostas de miss Stein eram ainda mais constrangedoras. [...]
>
> Foi assim que terminou nossa amizade, dessa forma estúpida, pelo menos no que me diz respeito. [...] Miss Stein começou a ficar parecida com um imperador romano, o que não tem nada de mais se a gente não se incomoda com o fato de nossas amigas ficarem parecidas com imperadores romanos. [...] Mas o coração é fraco, e seus velhos amigos de novo se aproximaram dela. Ninguém gosta de ser metido a besta ou a moralista. Eu também não gosto. No entanto, já não era a mesma coisa,

nem em meu coração, nem em meu espírito. Quando uma antiga amizade não se refaz por completo, é na cabeça que a gente sente mais. Mas de que servem estas palavras? A coisa toda era muito mais complicada.[17]

[17] Ernest Hemingway, *Paris é uma festa*. Trad. Ênio Silveira. Rio de Janeiro: Bertrand, 2013, pp. 141-142.

De fato, é mais complicado do que isso. É o que veremos relacionando a história de Hemingway e Gertrude Stein com outra descrição de um homem que confronta a voz de uma mulher. Esta é do século 7 a.C. Trata-se de um fragmento lírico do poeta arcaico Alceu de Lesbos. Assim como Hemingway, Alceu era um escritor expatriado. Ele fora expulso de sua cidade natal, Mitilene, por insurgência política, e seu poema é um lamento solitário e desmoralizado feito no exílio. Como Hemingway, Alceu resume o sentimento de estar alheio a tudo retratando a si mesmo como um homem preso numa antessala da alta cultura, exposto a um ruído perturbador de vozes femininas que vêm da sala ao lado.

> Miserável eu
> existo na solidão da minha sorte
> esperando ouvir o barulho da Assembleia
> sendo convocada, ó Agesilaidas,
> e o Conselho.
> De todas as coisas que meu pai e o pai do meu pai
> gostavam de fazer –
> em meio aos cidadãos que enganam os outros –
> dessas coisas estou banido
>
> um exílio na margem mais extrema das coisas, como Onomaklees,
> aqui, totalmente só, montei minha casa
> no matagal dos lobos. [...]
>
> [...] Eu vivo tentando manter os pés fora da maldição
>
> em que as mulheres de Lesbos em seus concursos de beleza
> entram e saem com roupões longos
> e tudo ao redor reverbera
> o eco transcendental dos gritos agudos tão terríveis (*ololygas*)
> das mulheres.[18]

[18] Edgar Lobel e Denys L. Page, *Poetarum Lesbiorum Fragmenta*. Oxford: Clarendon, 1955, fr. 130.

Esse poema é sobre uma solidão radical, que Alceu destaca fazendo uso de um oximoro. "Totalmente só (*oios*), montei minha casa (*eoikesa*)", diz ele, mas esses termos não fariam sentido para um ouvido do século 7 a.C. O verbo (*eoikesa*) deriva do substantivo *oikos*, que denota todo o complexo de relações entre espaços, objetos, parentes, criados, bichos, rituais e emoções que constituem a vida de uma família dentro da *polis*. Um homem totalmente só não pode constituir um *oikos*.

A condição oximorônica de Alceu é reforçada pelos seres que estão ao redor dele. Lobos e mulheres substituíram "os pais dos meus pais". O lobo é um símbolo comum usado para expressar a marginalidade na poesia grega. O lobo é um fora da lei. Ele vive para além das fronteiras do espaço habitado e cultivado, delimitado como sendo a *polis*, ele vive naquela terra de ninguém, lugar vazio chamado *o ápeiron* ("o ilimitado"). Segundo o ponto de vista da Antiguidade, as mulheres partilham desse território em termos espirituais e metafóricos em virtude de uma afinidade feminina "natural" com tudo aquilo que é bruto, sem forma e que precisa da mão civilizada do homem. Assim, por exemplo, no documento *Tabela pitagórica de opostos*, citado por Aristóteles, são relacionados às mulheres atributos como encurvado, obscuro, secreto, malvado, em constante movimento, não contido em si mesmo e sem limite claro, em contraposição a características atribuídas aos homens, como reto, claro, honesto, bom, estável, contido e bem delimitado.[19]

Não suponho que seja novidade tal polaridade ou hierarquização, já que os historiadores do período clássico e as feministas passaram os últimos dez ou 15 anos dedicando-se a reunir os vários argumentos usados pelos antigos pensadores gregos para convencer a si próprios de que as mulheres pertenciam a uma raça diferente da dos homens. Mas me interessa o fato de que a diferença radical das mulheres seja experimentada por Alceu, bem como por Hemingway, na forma de sons de vozes femininas que causam desconforto nos homens. Por que os sons femininos causam todo esse desconforto? O som ouvido por Alceu vem das mulheres de Lesbos que estão realizando um concurso de beleza e fazem o ar reverberar com seus gritos. Tais concursos de beleza das mulheres de Lesbos chegaram a nós por meio de uma nota do escólio da *Ilíada* indicando se tratar de eventos anuais feitos provavelmente em honra da deusa Hera. Alceu cita os concursos de beleza para dizer que faziam um barulho tremendo e, com isso, inscreve seu poema numa estrutura de "composição em anel". O poema começa com o som urbano regular de um mensageiro convocando os cidadãos homens para cumprir seu dever cívico e racional na Assembleia

---

19. Aristóteles, *Metafísica*, 986a22.

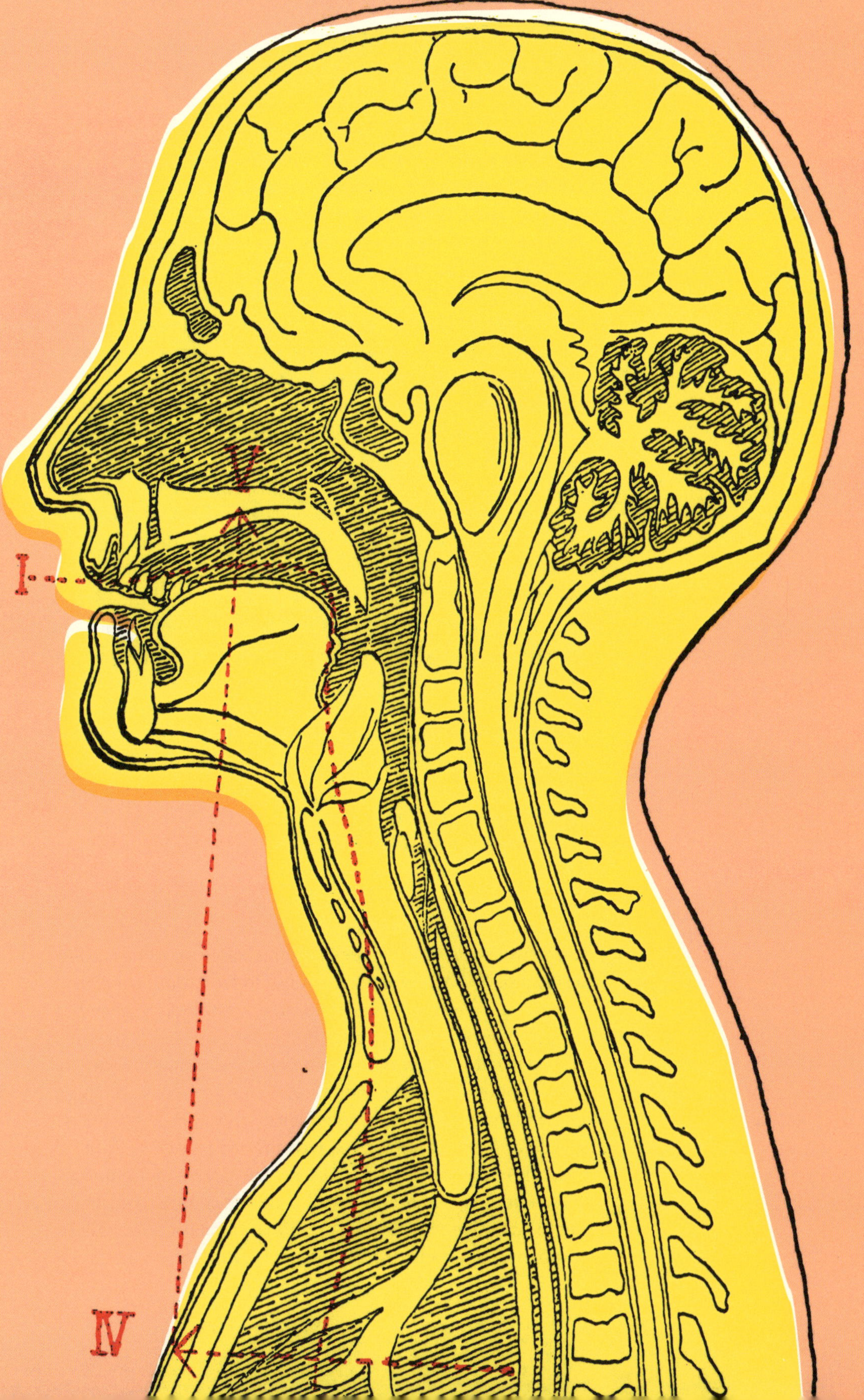
V
I
IV

20. Samson Eitrem (*Beiträge zur griechischen Religionsgeschichte* III. Kristiana: J. Dybwad, 1919, pp. 44-53), reúne os textos pertinentes.

21. Émile Boisacq, *Dictionnaire étymologique de la langue grecque*. Heidelberg: Carl Winter, 1907, p. 698.
22. Louis Gernet, *Les Grecs sans miracle*. Paris: La Découverte, 1983, p. 248 e n. 8.

23. Homero, *Odisseia*, 6.122.

24. Ibidem, 9.105-106.

e no Conselho. O poema termina com um eco sobrenatural de mulheres gritando no matagal dos lobos. Além disso, as mulheres estão emitindo um tipo específico de grito, o *ololyga*. Esse é um grito ritual característico das mulheres.[20] É um grito agudo lancinante proferido em um momento específico de clímax na prática ritual (por exemplo, no momento em que a garganta da vítima é cortada durante o sacrifício) ou em um momento de clímax na vida real (por exemplo, no nascimento de uma criança); e também um elemento comum nas cerimônias femininas. O *ololyga*, com seu verbo cognato *ololyzo*, vem de uma família de palavras que inclui *eleleu*, e o verbo cognato *elelizo*, e *alala*, com o verbo cognato *alalazo*, provavelmente de origem indo-europeia e, claro, de origem onomatopaica.[21] Essas palavras não significam nada além do próprio som. O som representa um grito de prazer intenso ou de dor intensa.[22] Emitir tais gritos é uma especialidade feminina. Quando Alceu se encontra cercado pelo som do *ololyga*, ele quer dizer que está fora da cidade. Nenhum homem produziria tal som. Nenhum espaço cívico adequado manteria um som descontrolado como esse. As cerimônias femininas nas quais os gritos rituais podiam ser ouvidos em geral não eram permitidas dentro dos limites da cidade, e sim relegadas a áreas periféricas como as montanhas, a praia ou os telhados das casas, locais onde as mulheres podiam se divertir sem contaminar os ouvidos ou o espaço cívico dos homens. Para Alceu, ficar exposto a esses sons é uma condição de desnudamento político tão assustadora quanto a de Ulisses, que acorda sem roupa num bosque na ilha de Feácia no canto 6 da *Odisseia* de Homero, cercado por gritos de mulheres. "Mas que gritaria de mulheres ao meu redor!", exclama Ulisses,[23] começando a imaginar o tipo de selvagens ou seres sobrenaturais que seria capaz de fazer tal balbúrdia. Os selvagens acabam por ser Nausícaa e suas amigas jogando bola na beira do rio, mas o interessante nesse cenário é a associação automática feita por Ulisses entre o som feminino descontrolado e o espaço não civilizado, a selvageria e o sobrenatural. Homero compara brevemente Nausícaa e suas amigas com as moças selvagens que andam pelas montanhas atrás de Ártemis,[24] deusa que, segundo os epítetos homéricos, é conhecida pelos sons que faz. Ártemis é chamada de *keladeine*, palavra derivada do substantivo *kelados*, que significa barulho alto de gemido como o do vento ou da água caindo ou o tumulto de uma batalha. Ártemis também é chamada de *iocheaira*, cuja etimologia na maioria das vezes remete a "aquela que emite flechas" (de *ios*, que significa "flecha"), mas também poderia vir do som de exclamação *io* e significar "aquela que emite o grito io!".[25]

As mulheres gregas dos períodos arcaico e clássico não eram encorajadas a emitir gritos descontrolados dentro do espaço da *polis* ou em qualquer lugar que estivesse ao alcance dos ouvidos masculinos. Aliás, a masculinidade nessa cultura se define pelo uso diferente que os homens fazem do som. A contenção verbal é uma característica essencial da *sophrosyne* ("prudência, sanidade mental, moderação, parcimônia, autocontrole"), virtude masculina que estrutura quase todo o pensamento patriarcal em assuntos éticos ou emocionais. Na condição de espécie, a mulher com frequência é vista como desprovida do princípio organizador da *sophrosyne*. Freud formula de modo sucinto esse duplo padrão num comentário a um colega: "Um homem pensante é o seu próprio legislador e confessor, e obtém a própria absolvição, mas a mulher [...] não possui em si uma dimensão ética. Ela só consegue agir se puder se manter dentro dos limites da moralidade, seguindo o que a sociedade estabeleceu como adequado."[26] Do mesmo modo, as discussões antigas acerca da virtude da *sophrosyne* demonstram claramente que, quando aplicada às mulheres, essa palavra possui uma definição diferente da usada para os homens.[27] A *sophrosyne feminina* coincide com a obediência feminina à orientação dos homens, e é raro significar alguma coisa além da castidade. Quando significa algo mais, costuma-se aludir ao som. Se um marido recomenda à esposa ou namorada que tenha um tanto de *sophrosyne*, é provável que esteja querendo dizer "fique quieta!".[28] A heroína pitagórica Timyche, que corta fora a própria língua para não dizer a coisa errada, é enaltecida como sendo uma exceção à regra feminina.[29] De modo geral, as mulheres na literatura clássica são uma espécie entregue ao fluxo caótico e descontrolado de sons – gritos agudos, lamúria, soluços, lamentos estridentes, risadas altas, gritos de dor ou de prazer ou acessos de pura emoção. Como observou Eurípides, "pois sentir suas últimas emoções chegando à boca e saindo pela língua é um prazer inato à mulher".[30] Quando um homem deixa suas últimas emoções chegarem à boca e saírem pela língua, ele é, consequentemente, feminilizado, assim como Héracles ao final de *As Traquínias*, agonizando porque se depara consigo mesmo "soluçando como uma menina, quando antes eu costumava

---

25. Também Louis Gernet, *op. cit.*, pp. 249-250, seguido de Hugo Ehrlich, *Zur indogermanischen Sprachgeschichte*. Königsberg: Altstädtische Gymnasium, 1910, p. 48.

26. Sigmund Freud, carta a Eduard Silberstein, *apud* Phyllis Grosskurth, "Review of R.W. Clark, *Freud, the Man and the Cause*", TLS, 8 ago. 1980, p. 889.

27. Helen North, *Sophrosyne*. Ithaca, NY: Cornell University Press, 1966; ver especialmente pp. 1, 22, 37, 59, 206.

28. Por exemplo, Sófocles, *Ajax*, 586.

29. Iamblichos, *Life of Pythagoras*, 31, 194.

30. Eurípides, *Andrômaca*, 94-95.

seguir meu caminho sem nenhuma queixa, mas agora sofro por descobrir que me comporto como uma mulher".[31]

Dentro desses estereótipos de gênero, é uma hipótese básica que um homem em sua condição habitual de *sophrosyne* esteja apto a se afastar das próprias emoções e, desse modo, controlar seu som. De onde resulta a teoria de que o homem tem um compromisso cívico com as mulheres de controlar por elas os sons que elas produzem, já que elas não podem controlá-los sozinhas. Vemos um breve instante dessa benevolência masculina no canto 22 da *Odisseia* de Homero, quando a velha sra. Euricleia entra na sala de jantar e encontra Ulisses coberto de sangue e cercado por pretendentes mortos. Euricleia levanta a cabeça e abre a boca para soltar um *ololyga*. Em seguida, Ulisses cobre a boca dela dizendo, *ou themis*: "Você está proibida de gritar agora. Comemore internamente."[32]

Fechar a boca das mulheres era o objetivo de um complexo conjunto de leis e convenções na Grécia pré-clássica e clássica, cujos melhores exemplos documentados são as leis do santuário de Sólon, e cuja ideia principal pode ser vista na genérica afirmação de Sófocles: "O silêncio é o *kosmos* [boa ordem] das mulheres".[33] As leis do santuário decretadas por Sólon no século 6 a.C. buscavam, segundo Plutarco, "proibir todos os excessos desordenados e bárbaros das mulheres nas cerimônias, procissões e ritos fúnebres".[34] Desde remotas eras no mundo grego, o lamento fúnebre era responsabilidade das mulheres. Já na *Ilíada*, de Homero, as mulheres prisioneiras de Troia no campo de Aquiles são obrigadas a chorar a morte de Pátroclo.[35] Apesar disso, legisladores dos séculos 5 e 6, como Sólon, se esforçavam para restringir esses derramamentos femininos a um mínimo de som e exposição emocional.

A retórica oficial dos legisladores é bastante instrutiva a esse respeito. Ela se refere aos sons incômodos como doença política (*nosos*) e fala sobre a necessidade de purificar os espaços cívicos de tal poluição. O som é visto como um meio de purificação, mas também como impureza. Assim, por exemplo, o legislador Charondas, que criou leis para a cidade de Catânia, na Sicília, incluiu em seu código legislativo uma cerimônia pública de *katharsis*. Ela assumia a forma de um canto que buscava limpar o corpo dos habitantes das ideias maléficas ou das intenções criminosas e preparar o espaço cívico para a permitida *katharsis* que viria a seguir. Em seu código legal, Charondas, assim como Sólon, estava preocupado em regular

[31] Sófocles, *As Traquínias*, 1070-1075.

[32] Homero, *Odisseia*, 22.405-406.

[33] *Apud* Aristóteles, *Política*, I, 1260a30.

[34] Plutarco, *Vida de Sólon*, 21 = *Moralia*, 65b.

[35] Homero, *Ilíada*, 18.339.

o barulho das mulheres e voltou toda a atenção para o ritual de lamento fúnebre. As leis passaram a especificar local, hora, duração, pessoas envolvidas, coreografia, conteúdo musical e verbal do lamento fúnebre das mulheres com a justificativa de que esses "sons irritantes e bárbaros" eram um estímulo à "desordem e indisciplina" (nas palavras de Plutarco).[36] Julgavam que o som feminino brotava da loucura e produzia mais loucura.

Notamos, nesse ponto, certa circularidade na argumentação. Se a expressão pública oral das mulheres está o tempo todo circunscrita às instituições culturais, como o lamento ritual, se com frequência se atribuem às mulheres a expressão de sons não racionais, como o *ololyga*, e a emoção bruta de modo geral, então a chamada tendência "natural" das mulheres para gritos agudos, lamúria, pranto, exposição emocional e desarranjo verbal passa a ser uma profecia autorrealizável. Mas a circularidade não é a parte mais engenhosa dessa argumentação. Devemos olhar um pouco mais de perto a ideologia embutida no repúdio masculino aos sons produzidos pelas mulheres. E, nesse ponto, torna-se importante distinguir som de língua.

Afinal, a definição de natureza humana preferida da cultura patriarcal está baseada na articulação do som. Como diz Aristóteles, qualquer animal pode produzir barulhos para registrar prazer ou dor. Mas a diferença entre homem e fera, entre civilização e barbárie, é o uso do discurso racionalmente articulado: o *logos*.[37] A partir de tal preceito, seguem-se regras severas para aquilo que constitui o *logos* humano. Quando a esposa de Alexander Graham Bell, que tinha ficado surda na infância e sabia fazer leitura labial, mas não falava muito bem, pediu que o marido lhe ensinasse a língua dos sinais, Alexander respondeu: "O uso da língua de sinais é pernicioso. Pois a única maneira de dominar por completo uma língua é usá-la para comunicar o pensamento sem ter de traduzi-la para nenhuma outra língua."[38] A esposa de Alexander Graham Bell – com quem ele se casou pouco depois de patentear o telefone – nunca aprendeu a língua de sinais. E nenhuma outra.

Afinal, o que existe de tão pernicioso na língua de sinais? Para um marido como Alexander Graham Bell, assim como para certa ordem social patriarcal como a da Grécia Antiga, há algo de incômodo ou anormal no gesto de usar sinais ao traduzir para uma parte de fora do corpo um sentido vindo da parte de dentro, sem passar pelo ponto de controle do *logos*. Em outras palavras, o sentido, dessa maneira, não fica sujeito

---

36. Plutarco, *Vida de Sólon*, 12.5 e 21.4. Soube por Marilyn Katz que existe um debate contemporâneo sério acerca da reza em voz alta praticada por mulheres (isto é, as leituras da Torá) no Muro das Lamentações, em Jerusalém: "A principal objeção que ouvi diz respeito à exposição forçada dos homens ao *kol ishah* (voz feminina), da qual eles devem normalmente ser resguardados, por um vasto conjunto de motivos nomeados por rabinos no Talmude e em outros lugares, entre os quais a tentação sexual".

37. Aristóteles, *Política*, 1253a.

38. Esta anedota foi contada em uma palestra proferida por Alexander Graham Bell na Social Science Association, Boston, dez. 1871.

ao mecanismo de separação que os gregos chamavam de *sophrosyne* ou autocontrole. Sigmund Freud chamou de "histeria" esse processo que ocorria nas pacientes mulheres cujos tiques e neuralgias e convulsões e paralisias e crises de cegueira e transtornos alimentares podiam ser lidos, na teoria, como uma tradução direta para termos somáticos de eventos psíquicos dentro do corpo da mulher.[39] Freud compreendia sua tarefa terapêutica como uma maneira de recolocar esses sinais de histeria num discurso racional.[40] Heródoto narra a história de uma sacerdotisa da deusa Atena em Pedasa que, em vez de usar a fala para suas profecias, fazia crescer uma barba em si mesma toda vez que via alguma desgraça se aproximando da comunidade.[41] Heródoto não registra surpresa alguma com a "solicitação somática" (segundo Freud) no corpo profético desta mulher, nem denomina sua condição de "patológica". Mas Heródoto era uma pessoa pragmática. Ele não estava tão preocupado em descobrir patologias em seus personagens históricos, mas celebrava-os por introduzirem um elemento de "alteridade" no funcionamento cultural. E, de fato, essa anedota oferece uma imagem forte que mostra que a cultura antiga se empenhou em construir o feminino como "alteridade". A mulher é aquela criatura que coloca para fora o que estava do lado de dentro. Por meio de projeções e desvios de todos os tipos – somático, vocal, emocional, sexual –, as mulheres expõem ou esbanjam o que deveria ser guardado. As mulheres desabafam em uma tradução direta aquilo que deveria ser formulado indiretamente. Conta-se que certa vez a esposa de Pitágoras teria desnudado o braço na rua e alguém comentou: "Que belo braço". Ao que ela respondeu: "Não é propriedade pública!". O comentário de Plutarco sobre essa história é o seguinte: "O braço de uma mulher direita não deve ser propriedade pública, nem o seu discurso, e ela deve evitar com toda a modéstia expor a voz aos outros, bem como despir suas roupas. Pois, quando está tagarelando, ela expõe por meio da voz suas emoções, personalidade e estado físico."[42] Contra a própria vontade, a mulher de Plutarco tem uma voz que se comporta como a língua dos sinais, expondo seus aspectos internos. Os fisiologistas antigos, de Aristóteles até os do primeiro império romano, diziam que a partir do som da voz de uma mulher um homem pode saber fatos privados da vida dela, como, por exemplo, se ela está ou não menstruada, se já teve ou não relações sexuais.[43] Embora sejam coisas úteis de saber, podem ser desagradáveis

---

[39]. Sigmund Freud, *Obras completas, volume 2: estudos sobre a histeria (1893-1895)*, em coautoria com Josef Breuer. Trad. Laura Barreto. São Paulo: Companhia das Letras, 2016.

[40]. "Descobrimos que cada sintoma histérico individual desaparecia de imediato e de modo permanente quando conseguíamos trazer à luz a memória do acontecimento que o havia provocado e [...] quando a paciente descrevia aquele acontecimento com o máximo de detalhes possível e colocava o sentimento em palavras." Freud diz também que o método psicoterapêutico funciona por um processo que "permite que sentimentos estrangulados encontrem uma saída por meio do discurso". *Ibidem*, pp. 6, 253.

[41]. Heródoto, *História*, I.75.

[42]. Iamblichos, *op. cit.*, 142d; Maud W. Gleason, *op. cit.*, 1994, p. 65.

[43]. Aristóteles, *História dos animais*, 581a31-b5; Suidas *s.v. Diagnomon*; Maud W. Gleason, *op. cit.*, 1994, p. 53; Ann Ellis Hanson e David Armstrong, "The Virgin's Neck and Voice: Aeschylus, *Agamemnon* 245 and Other Texts", *Bulletin of the Institute of Classical Studies*, v. 97, 1986, pp. 97-100; Ann Ellis Hanson, "The Medical Writers' Woman", *in* Froma I. Zeitlin, *op. cit.*, pp. 328-329 e referências.

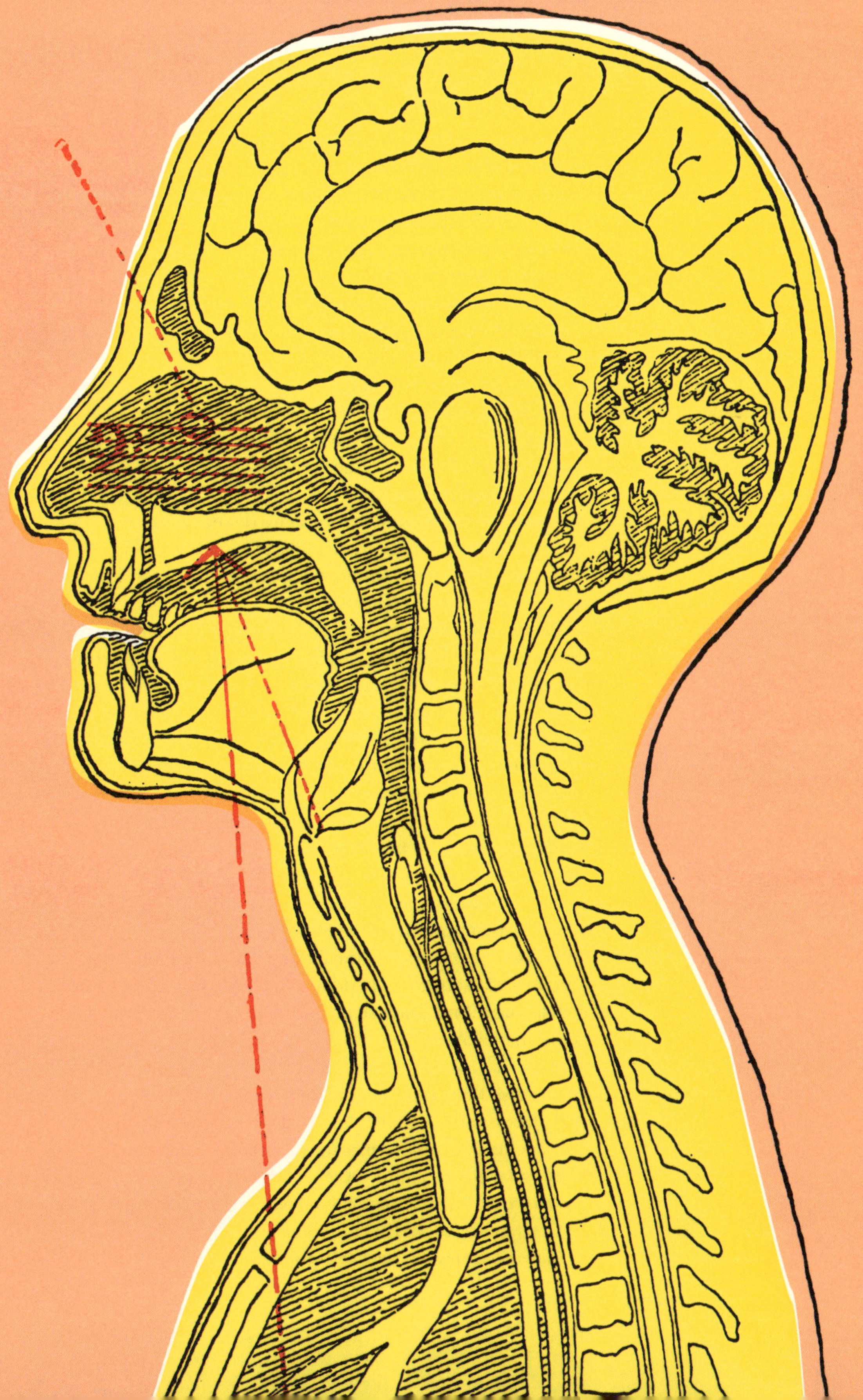

de ouvir ou podem incomodar os homens. A língua de sinais é perniciosa porque possibilita uma continuidade direta entre o lado de dentro e o de fora. Essa continuidade é repugnante para a natureza do homem. A virtude masculina da *sophrosyne* ou do autocontrole busca obstruir tal continuidade, dissociar a superfície exterior de um homem daquilo que está acontecendo em seu interior. O homem interrompe a continuidade ao interpor o *logos* – cuja censura mais importante é o som da articulação racional.

Todo som que produzimos é um pouco autobiográfico. Seu interior é totalmente privado, embora sua trajetória seja pública. Um pedaço de dentro projetado para fora. Censurar essas projeções é uma tarefa a cargo da cultura patriarcal, que (como estamos vendo) divide a humanidade em duas espécies: a dos que são capazes de se autocensurar e a dos que não são.

Para explorar um pouco as implicações dessa divisão, podemos considerar o modo como Plutarco retrata as duas espécies no ensaio "Sobre a tagarelice".

Para exemplificar o modo como a espécie feminina faz uso do som, Plutarco conta a história da esposa de um político que é testada pelo marido. Ele inventa uma história sem pé nem cabeça e um dia bem cedo a conta para a esposa acrescentando que se trata de um segredo. "Boca fechada sobre esse assunto", ele avisa. Na mesma hora, a mulher conta o segredo para a criada. "Boca fechada sobre esse assunto", ela diz para a criada, que, na mesma hora, conta a história para a cidade inteira, de modo que, antes do fim da manhã, a história regressa ao político contada por alguém. Plutarco conclui essa anedota dizendo: "O marido teve cuidado e tomou precauções para testar a esposa, assim como se deve testar um recipiente rachado ou que vaza enchendo-o não com óleo ou vinho, mas com água".[44] Plutarco relaciona essa anedota com uma história sobre o ato de fala masculino. Trata-se de uma descrição de um amigo de Sólon chamado Anacársis:

> Anacársis tinha jantado com Sólon e estava descansando depois do jantar quando foi visto apertando o órgão sexual com a mão esquerda e colocando a mão direita na boca: ele achava que a língua estava precisando de mais contenção. E ele estava certo. Não seria nada fácil calcular quantos homens se perderam por se entregarem sem controle a prazeres amorosos ou quantas cidades e impérios foram destruídos pela simples revelação de um segredo.[45]

---

44. Plutarco, *Sobre a tagarelice*, 7 = *Moralia*, 507b-d.

45. Ibidem, 7 = *Moralia*, 505a.

46. Ibidem, 17 = Moralia, 511b6-10.

47. A lógica da representação tem clara relação com a observação masculina da umidade misteriosamente inesgotável da fisiologia feminina e também com uma antiga concepção médica que via o útero feminino como um jarro de cabeça para baixo. Ver Anne Carson, "Putting Her in Her Place: Woman As Dirty in Ancient Society", in Froma I. Zeitlin, op. cit.; Ann Ellis Hanson, op. cit., 1990, pp. 325-327; Giulia Sissa, Greek Virginity, trad. A. Goldhammer. Cambridge: Harvard University Press, 1990, pp. 125-157.
48. Hipócrates, Diseases of Women, 2.137, 8.310.5 (Littrê); Galen, On the Usefulness of the Parts, 15.3; A. Hanson, op. cit., 1990, pp. 321-329; Maurice Olender, op. cit., pp. 104-105; Giulia Sissa, op. cit., pp. 5, 53-66, 70, 166-168.

49. Galen, On Generation, 15.2-3; Ann Ellis Hanson, op. cit., 1990, p. 328.
50. Sorano, Gynaikea, 1.4.22; Maud W. Gleason, op. cit., 1994, p. 122.
51. Ésquilo, Agamenon. 244; Ann Ellis Hanson, op. cit., 1990, pp. 329-332; Ann Ellis Hanson e David Armstrong, op. cit., 1986.

Para avaliar as consequências de atribuir um gênero ao som numa sociedade como a dos gregos antigos, é preciso levar a sério a relação feita por Plutarco entre moderação verbal e sexual, entre a boca e as genitálias. Afinal, essa conexão se revela muito diferente para homens e mulheres. A virtude masculina de autocensura com a qual Anacársis responde aos impulsos internos é mostrada aqui como inacessível para a natureza feminina. Um pouco adiante no ensaio, Plutarco nos lembra que a *sophrosyne* perfeita é um atributo do deus Apolo, cujo epíteto "Loxias" significa que ele é um deus de poucas palavras e expressão concisa, e não alguém que sairia tagarelando por aí.[46] Mas quando uma mulher sai tagarelando por aí há muito mais coisas em jogo do que apenas o desperdício de palavras: a imagem do jarro com água vazando que conclui a primeira anedota de Plutarco é uma das imagens mais correntes na literatura clássica para representar a sexualidade feminina.

As formas e os contextos de tal representação (a sexualidade feminina vista como um jarro com água vazando) têm sido estudados a fundo por outros pesquisadores, incluindo a mim mesma,[47] então vamos passar direto para o coração, ou melhor, para a "boca" do assunto. Trata-se de um axioma presente na teoria médica e na discussão anatômica na Grécia Antiga e na Roma Antiga que dizia que a mulher tem duas bocas.[48] Tanto o orifício por onde se realiza a atividade vocal quanto o orifício por onde se realiza a atividade sexual ganham o nome de *stoma* em grego (*os* em latim), com a adição dos advérbios *ano* ou *kato* para diferenciar a boca de cima da boca de baixo. Tanto a boca vocal quanto a boca sexual são conectadas ao corpo por um pescoço (*auchen* em grego, *cervix* em latim). As duas bocas dão acesso a uma cavidade oca protegida por lábios que ficam em melhor condição se mantidos fechados. Os escritores médicos da Antiguidade usam não apenas termos homólogos como também prescrevem medicações paralelas para as bocas de cima e de baixo em determinados casos de disfunção uterina. Com todo o interesse, eles observam, assim como poetas e acadêmicos, sintomas que demonstram relações fisiológicas entre as bocas de cima e de baixo. Notam, por exemplo, que o excesso ou a obstrução de sangue no útero ficará evidente na perda ou asfixia da voz,[49] e também que o excesso de exercício vocal resulta na perda da menstruação,[50] e que a perda da virgindade faz o pescoço engrossar e deixa a voz mais grave.[51]

"Ela tem a voz pura e aguda porque ainda não tinha sido afetada pelo touro" – assim Ésquilo descreve sua Efigênia.[52] A voz alterada e a garganta mais grossa da mulher iniciada sexualmente são projeções na parte de cima de mudanças definitivas operadas na boca de baixo. Uma vez iniciada a vida sexual da mulher, os lábios do útero nunca voltam a se fechar de todo – exceto em uma ocasião, como explicam os escritores médicos: em seu tratado sobre ginecologia, Sorano descreve as sensações que uma mulher experimenta durante uma relação sexual no período fértil. No momento da concepção, afirma o médico helenista, a mulher tem um estremecimento e sente a boca do útero se fechando sobre a semente.[53] Essa boca fechada, que produz e dá sentido ao silêncio positivo da concepção, oferece também um modelo de decoro para a boca de cima. A máxima tão citada de Sófocles "o silêncio é o *kosmos* das mulheres" encontra um paralelo no campo da medicina nos amuletos das mulheres da Antiguidade que retratam um útero com um cadeado na boca.

Quando não está trancada, a boca pode abrir e deixar escapar coisas indizíveis. A mitologia, a literatura e os cultos gregos mostram traços de uma ansiedade cultural em torno da ejaculação feminina. Há, por exemplo, uma história sobre a Medusa em que, quando sua cabeça é cortada por Perseu, ela dá à luz, através do pescoço, um filho e um cavalo alado.[54] Ou, de novo, aquela incansável e loquaz ninfa Eco, decerto a mulher mais versátil da mitologia grega. Quando Sófocles diz que ela é a "garota sem porta na boca", podemos nos indagar a qual boca ele se refere. Sobretudo porque a tradição grega arranja um casamento entre Eco e Pã, deus cujo nome sugere que ela esteja casada com todos os seres vivos.

Também devemos levar em conta uma prática religiosa bizarra, explicada de várias maneiras, chamada *aischrologia*. *Aischrologia* significa "dizer coisas feias". Determinadas cerimônias femininas incluíam um momento de intervalo no qual as mulheres gritavam umas às outras ofensas, obscenidades ou piadas pesadas. Historiadores da religião classificam de duas formas esses rituais que contêm sons desagradáveis: como feitiços de fertilidade, segundo James Frazier, ou como uma encenação tosca mas divertida em que (de acordo com Walter Burkert) "o antagonismo entre os sexos é exacerbado para descarregar a tensão".[55] Contudo, a verdade é que, em geral, os homens não são bem-vindos nesses rituais, e a tradição

52. Ésquilo, *Agamenon*. 244.

53. Sorano, *Gynaikeia*, 1.44; *Corpus Medicorum Graecorum*, 4.3.1.9-11 (Ilberg); Ann Ellis Hanson, *op. cit.*, 1990, pp. 315, 321-322.

54. Hesíodo, *Teogonia*, 280-281; Robert Wasson *et al.*, *The Road to Eleusis*. Nova York: Harcourt Brace Jovanovich, 1978, p. 120.

55. "As evidências na cultura grega apontam de forma explícita para o absurdo e ridículo da questão toda: existe uma descida consciente para as classes mais baixas e para as partes de baixo da anatomia." Walter Burkert, *Greek Religion*, trad. J. Raffan. Cambridge: Harvard University Press, 1985, p. 105.

grega registra poucas narrativas exemplares sobre homens que são assassinados ou castrados, tendo seus membros cortados ao entrarem inadvertidamente nos rituais.[56] Tais histórias sugerem um acúmulo de raiva sexual por detrás do rosto sereno de uma encenação religiosa. A sociedade antiga ficava feliz por poder colocar as mulheres para se aliviar de suas tendências desagradáveis e da emoção bruta em um ritual hermeticamente fechado. A estratégia em jogo aqui é catártica, baseada num tipo de divisão psicológica do trabalho entre os sexos, tal como o [pseudo] Demóstenes sugere quando se refere ao ritual ateniense chamado *Choes*. A cerimônia do *Choes* acontecia no segundo dia do ritual dionisíaco da *Anthesteria*.[57] Ela consistia em uma competição entre os participantes que bebiam um jarro desproporcional de vinho e terminava com um ato simbólico (ou talvez não) de união sexual entre o deus Dionísio e uma mulher representante da comunidade. Demóstenes se refere a essa pessoa ao dizer que "é a mulher que descarrega as coisas indizíveis em nome da cidade".[58]

Vamos nos deter por um momento nessa antiga tarefa feminina de descarregar as coisas indizíveis em nome da cidade, e nas estruturas que a cidade cria para conter seu discurso.

Uma estrutura para um ritual como a *aischrologia* levanta algumas questões difíceis de definir, pois ela embaralha em uma única atividade catártica dois aspectos diversos da produção de som. Já vimos essa estratégia de combinação nas discussões sobre a voz na Antiguidade e nos tempos modernos: o som da mulher é desagradável *tanto* porque o tipo de voz feminina é desagradável *quanto* porque a mulher usa a voz para dizer o que não deveria ser dito. Quando esses dois aspectos se confundem num só, questões importantes acerca da distinção entre características essenciais e construídas da natureza humana recaem numa circularidade. Hoje em dia, há diversas pesquisas e debates sem solução em torno da diferença entre os sexos a partir da linguagem. Dizem que os sons produzidos pelas mulheres possuem mais diferenças em padrões de inflexão, campos semânticos, dicções, texturas narrativas, dados comportamentais e tensões contextuais do que os sons produzidos pelos homens.[59] Vestígios assustadores em textos clássicos que servem de evidência para mostrar essa diferença podem ser lidos, por exemplo, em referências rápidas de Aristófanes à "linguagem das mulheres" que um homem pode aprender ou imitar se ele quiser,[60] ou na construção

56. Eurípides, *As bacantes*; Marcel Detienne e Jean-Pierre Vernant, *La Cuisine du sacrifice en pays grec*. Paris: Gallimard, 1979, pp. 184-186; Froma I. Zeitlin, "Cultic Models of the Female", *Arethusa*, v. 15, 1982, pp. 146-153.

57. Sobre a *Anthesteria*, ver H.W. Parke, *Festivals of the Athenians*. Londres: Thames & Hudson, 1977, pp. 107-113; Walter Burkert, *op. cit.*, p. 239.

58. *Contra Neaera*, 59.73.

59. Ver, por exemplo, Max K. Adler, *Sex Differences in Human Speech*. Hamburgo: Buske, 1978; Helene Cixous, "Castration or Decapitation?", *Signs*, v. 7, 1981; Moira Gatens, *Feminism and Philosophy*. Cambridge: Polity, 1991, especialmente pp. 6-84; Luce Irigaray, *Sexes et genres à travers les langues*. Paris: Bernard Grasset, 1990; Cheris Kramarae, *Women and Men Speaking*. Rowley: Newbury House, 1981; Robin Lakoff, *Language and Woman's Place*. Nova York: Harper Colophon, 1975; Edward Sapir, *Selected Writings on Language, Culture and Personality*. Berkeley: University of California Press, 1949; Dale Spender, *Man Made Language*. Londres: Routledge and Kegan Paul, 1985.

60. Aristófanes, *As tesmoforiantes*, 192, 267.

61. Ver também Froma I. Zeitlin, "Playing the Other: Theater, Threatricality, and the Feminine in Greek Drama", *Representations*, v. 11, 1985, sobre a feminização dos homens na tragédia grega.

62. Sigmund Freud, *op. cit.*, p. 51.

63. *Ibidem*, pp. 52-53.

onomatopaica dos gritos femininos, como o *ololyga*, e dos nomes femininos, como Górgona, Baubo, Eco, Sírinx, Ilitia.[61] Mas, de modo geral, nenhum relato claro dos fatos da Antiguidade pode ser extraído de noções estrategicamente borradas, como a homologia entre a boca e a genitália feminina, ou de atividades taticamente borradas, como o ritual da *aischrologia*. O que decorre daí é um paradigma consistente de reação à voz feminina como alteridade. É um paradigma que se forma como *katharsis*.

Como tal, o ritual grego da *aischrologia* mantém certa semelhança com o método desenvolvido por Sigmund Freud e seu colega Josef Breuer no tratamento de mulheres histéricas. Em *Estudos sobre a histeria*, Freud e Breuer usam o termo *katharsis* e também a expressão "cura pela fala" em sua terapia revolucionária. Na teoria freudiana, as pacientes histéricas são mulheres que têm lembranças desagradáveis ou emoções pesadas que ficam presas dentro delas como uma poluição. Freud e Breuer se julgam capazes de libertá-las dessa poluição ao induzir as mulheres à hipnose para que possam dizer coisas indizíveis. As mulheres hipnotizadas produzem sons fora do comum. Num desses estudos de caso descritos por Freud, a mulher no início só consegue matraquear como uma galinha; outra insiste em falar inglês apesar de ser vienense; outra usa o que Freud chama de "jargão parafásico".[62] Mas todas acabam sendo reunidas em uma narrativa conectada e uma exegese racional acerca de seus sintomas de histeria. Freud e Breuer declaram que, depois disso, os sintomas desaparecem – depurados pelo simples ritual catártico de se libertar do som desagradável das coisas indizíveis.

A seguir, pode-se observar o modo como Josef Breuer descreve a interação que teve com a paciente de pseudônimo Anna O.:

> Eu chegava ao anoitecer, quando a sabia em hipnose, e removia-lhe todo o estoque de fantasias que havia acumulado desde minha última visita. Isso devia efetuar-se de modo bastante completo se se quisesse obter um bom resultado. Ela então se acalmava inteiramente, no dia seguinte mostrava-se amável, dócil, diligente, até mesmo alegre [...]. Nessa disposição, mesmo na hipnose, nem sempre era fácil movê-la a se expressar, procedimento para o qual ela havia inventado o nome, apropriado e sério, de "*talking cure*" (cura pela fala) e o humorístico "*chimney sweeping*" (limpeza de chaminé).[63]

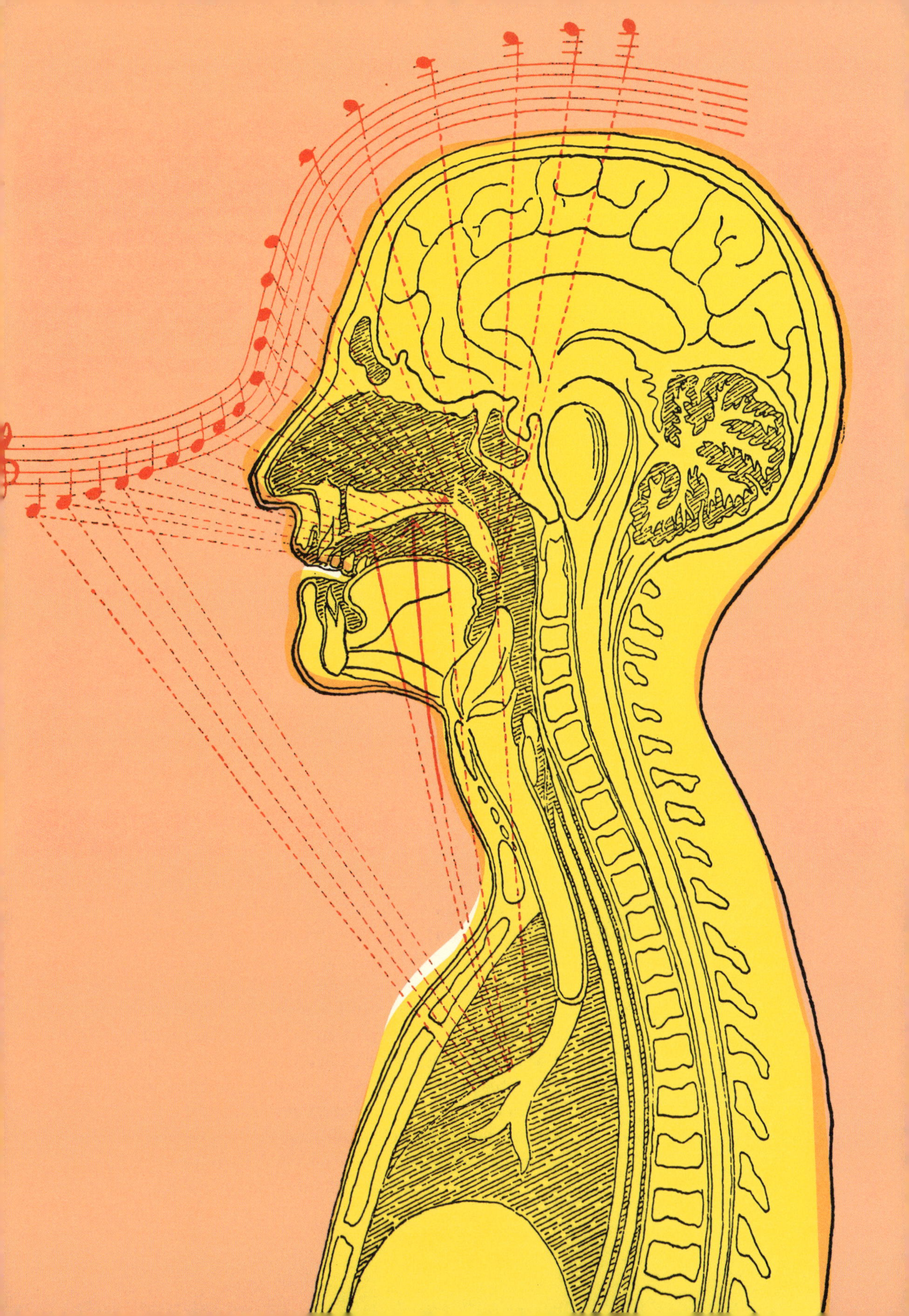

Quer seja chamado de "limpeza da chaminé" ou de *aischrologia* ou de ritual de lamento fúnebre ou de barulheira das mulheres ou de risada que parece um bife, é evidente que o paradigma de reação é idêntico. É como se o gênero feminino fosse de modo geral um tipo desagradável de memória coletiva das coisas indizíveis. Assim como um analista bem-intencionado, a ordem patriarcal talvez assuma que sua responsabilidade terapêutica é dar uma forma politicamente apropriada a sons desagradáveis. Na mulher, tanto a boca de cima quanto a de baixo parecem exigir uma ação controladora desse tipo. Freud menciona em uma nota de rodapé de seu *Estudos sobre a histeria* que Josef Breuer precisou suspender a relação analítica com Anna O. porque "ela de repente demonstrou para Breuer a presença de uma forte transferência positiva não analisada de natureza inequivocamente sexual". Só em 1932 Freud vai revelar (numa carta a um colega)[64] o que de fato aconteceu entre Breuer e Anna O. Na noite da última sessão com ela, Breuer entrou no apartamento de Anna e a encontrou caída no chão se contorcendo com dores abdominais. Quando perguntou o que havia de errado, ela respondeu que estava a ponto de dar à luz o bebê dele. Foi esse "evento adverso", como Freud chamou, que levou Breuer a adiar a publicação dos *Estudos sobre a histeria*, de 1881 para 1895, e abandonar a colaboração com Freud. Até mesmo a cura pela fala deve ser silenciada quando as duas bocas da mulher tentam falar ao mesmo tempo.

É desconcertante e constrangedor ter duas bocas. O som produzido por elas é uma genuína *kakofonia*. Vamos considerar mais um exemplo da Antiguidade. Trata-se da *kakofonia* produzida pelas mulheres em seu caráter mais desconcertante e constrangedor. Há um grupo de estátuas de terracota recuperadas na Ásia Menor datadas do século 4 a.C. que representam o corpo feminino de forma caótica e assustadora.[65] Cada uma dessas estátuas é uma mulher feita de quase nada, com apenas duas bocas. As duas bocas foram fundidas num volume de corpo indistinto que exclui outras funções anatômicas. Além disso, a posição das duas bocas está invertida. A boca de cima usada para falar está situada na base da barriga da estátua. A boca de baixo, a genitália, está aberta no topo da cabeça. Os estudiosos de iconografia identificam esse monstro com a velha senhora chamada Baubo[66] que aparece na mitologia grega como um alomorfe de Iambe (do mito de Deméter), um tipo de santa padroeira do ritual da *aischrologia*. O nome

---

64. Peter Gay, *Freud: uma vida para o nosso tempo*. Trad. Denise Bottman. São Paulo: Companhia das Letras, 2012, p. 83.

65. Maurice Olender, *op. cit.* e lâminas.
66. Hermann Diels faz essa identificação em "Arcana cerealia" 3-14, in *Miscellanea di archeologia, storia e filologia dedicata al Professore A. Salinas*. Palermo: Virzi, 1907; sobre Baubo, ver também Apostolos N. Athanassakis, "Music and Ritual in Primitive Eleusis", *Platon* 28, 1976; Walter Burkert, *op. cit.*, p. 368; Georges Devereux, *Baubo: la vulve mythique*. Paris: Jean-Cyrille Godefroy, 1983; Fritz Graf, *Eleusis und die orphische Dichtung Athens in vorhellenistischer Zeit*. Berlim: W. de Gruyter, 1974, pp. 169, 171; Christian August Lobeck, *Aglaophamus sive de Theologiae Mysticae Graecorum Causis*, 3 vols. Königsberg: Borntraeger, 1829; Maurice Olender, *op. cit.*

de Baubo tem duplo sentido; de acordo com o LSJ, *baubo* é usado como sinônimo de *koilia* (que denota o útero feminino), mas sua pronúncia deriva de *baubau*, palavra grega onomatopaica para o som produzido pelos cachorros.[67] A ação mítica de Baubo também é dupla em seu sentido. Assim como à velha sra. Iambe, a mitologia também atribui a Baubo um gesto duplo de erguer a roupa para mostrar a genitália e de gritar obscenidades ou contar piadas sujas. Os gritos de Baubo oferecem uma explicação para a origem do ritual da *aischrologia*; o ato de expor a genitália também pode ter entrado no culto como um gesto ritual chamado *anasyrma* (ato de "levantar" a roupa).[68] Se de fato foi dessa maneira, podemos entender tal prática como um tipo de ruído visual ou gestual, projetado para modificar as circunstâncias ou se desviar delas, à maneira de uma fala apotropaica. É desse modo que Plutarco descreve o gesto *anasyrma* feito por mulheres que moram em cidades sitiadas: com a intenção de repelir os inimigos, elas ficam de pé sobre o muro da cidade e erguem a roupa para expor as coisas indizíveis.[69] Plutarco enaltece o gesto de autoexposição das mulheres nesse contexto como um exemplo de virtude. Mas a tendência supostamente definitiva que as mulheres têm de colocar algo de dentro para fora poderia provocar uma reação bem diferente. As estátuas de Baubo são prova contundente dessa reação. Com uma simples representação elas nos mostram a identidade feminina manipulada de modo escandaloso. A duplicação e o caráter permutável da boca engendram uma criatura que tem o sexo anulado pelo som e o som anulado pelo sexo. Essa parece ser uma reação perfeita para todas as questões levantadas e os perigos colocados pela desconcertante e constrangedora continuidade da natureza feminina. As bocas de Baubo se apropriam uma da outra.

Os historiadores da cultura discordam quanto ao sentido dessas estátuas, pois desconhecem determinadas informações sobre o gênero, a intenção ou o estado de espírito de quem as construiu. Podemos apenas conjecturar o propósito delas como objetos ou sua disposição como obra de arte. Pessoalmente, eu as considero feias e desconcertantes e quase tão esquisitas quanto a tendência recente da revista *Playboy* de publicar pôsteres de mulheres nuas lado a lado com artigos longos e entusiasmados sobre feministas de destaque. Esse gesto é mais do que um oximoro. Existe uma perda de sentido no arranjo dessa desonestidade. Cada uma dessas mulheres – tanto

---

67. Maurice Olender sugere outra explicação, associada à amamentação do bebê: *op. cit.*, pp. 97-99 e referências.

68. Fritz Graf, *op. cit.*, pp. 169, 195; Maurice Olender, *op. cit.*, pp. 93-95.

69. Plutarco, *As virtudes das mulheres*, 5.9 = *Moralia*, 532f.

a mulher nua no pôster quanto a feminista – é transformada em constructo social comprado e comercializado pela revista *Playboy* com o objetivo de facilitar aquela fantasia da virtude masculina que os antigos gregos chamavam de *sophrosyne* e Freud renomeou de repressão.

    Levando em conta isso tudo, de que maneira nossos pressupostos sobre os gêneros afetam a forma como ouvimos os sons? Fui bastante longe e misturei elementos de várias épocas e de manifestações culturais diferentes – fiz isso de um modo que os críticos ao meu trabalho gostam de condenar, dizendo se tratar de ingenuidade etnográfica. Acredito que exista um lugar para a ingenuidade na etnografia, mesmo que seja apenas com a intenção de irritar. Às vezes, quando estou lendo um texto grego, eu me forço a olhar no dicionário todas as palavras, mesmo as que julgo já conhecer. É surpreendente o que se pode aprender assim. Certas palavras passam a soar de um jeito diferente do que imaginávamos. Às vezes, o modo como elas soam pode nos levar a fazer perguntas que não faríamos em outra situação. Há pouco tempo comecei a questionar a palavra grega *sophrosyne*. Fico me perguntando sobre o conceito de autocontrole e se ele de fato é, como os gregos acreditavam, uma resposta para a maioria das perguntas feitas pelos deuses humanos e para os dilemas da civilidade. Pergunto-me se não haveria outro tipo de ordem humana para além da repressão, outra noção de virtude humana para além do autocontrole, outro tipo de *self* para além desse baseado na separação entre o lado de dentro e o de fora. Ou, na verdade, se haveria outra essência humana para além do *self*.

A canadense **Anne Carson** (1950) une poesia, narrativa e ensaio numa obra frequentemente referenciada na literatura clássica grega, a que se dedica como tradutora, pesquisadora e professora. Dentre seus livros mais conhecidos, estão *Autobiography of Red* (1998), *The Beauty of the Husband: A Fictional Essay in 29 Tangos* (2001) e *O método Albertine* (2014), o único traduzido no Brasil, em 2017, pela editora Jabuticaba. Dela, a ***serrote*** #17 publicou "Breves conferências". Este ensaio faz parte da coletânea *Glass, Irony and God* (1995).
Tradução de **Marília Garcia**

Assine **serrote** e receba em casa a melhor revista de ensaios do país

Assinatura anual R$120,00
(3 edições anuais)
Ligue (11) 3971-4372
serrote@ims.com.br

serrote *Para abrir cabeças*

O cérebro negro de Piranesi

Marguerite Yourcenar

Nas gravuras de *Prisões imaginárias*, o artista veneziano combinou embriaguez matemática e a angústia do espaço prisioneiro, num sonho de pedra que influenciou sucessivas gerações

"O cérebro negro de Piranesi", diz Victor Hugo em algum lugar. O homem a quem pertencia esse cérebro nasceu em 1720 numa dessas famílias venezianas em que coabitavam harmoniosamente a vida artesanal, as belas profissões e a Igreja. Seu pai, talhador de pedra de cantaria, seu tio Matteo Lucchesi, engenheiro e arquiteto, com quem o jovem Giovanni Battista adquiriu os rudimentos dos conhecimentos técnicos que mais tarde fundamentaram sua obra, seu irmão Angelo, cartuxo, que lhe ensinou a história romana, contribuíram para formar os diversos aspectos de seu futuro de artista. O tio Matteo, em especial, foi, se ousamos dizer, uma espécie de primeira versão, bastante medíocre, de Piranesi: dele o sobrinho herdou não só uma teoria errada sobre as origens etruscas da arquitetura

Giovanni Battista Piranesi
Prisões imaginárias, c. 1745
Prancha I

CARCERI
INVENZIONE
G BATTISTA
PIRANESI
ARCHIT
VENE

grega, que ele defendeu teimosamente a vida toda, mas também o respeito pela arte arquitetônica, considerada como forma de criação divina. Até o fim, o grande gravador, que foi intérprete e quase inventor da trágica beleza de Roma, usou com orgulho, e talvez um pouco arbitrariamente, o título de arquiteto veneziano: *architectus venitianus*. Foi também em Veneza que praticou a pintura ao lado dos irmãos Valeriani e, mais significativamente ainda, dos Bibiena, virtuoses e poetas das arquiteturas de teatro. Enfim, de volta a Veneza por alguns meses, em 1744, quando já começava a se enraizar em Roma, parece ter frequentado brevemente o ateliê de Tiepolo; seja como for, sofreu a influência deste último mestre do estilo veneziano.

Foi em 1740, aos 20 anos, que Piranesi, na qualidade de desenhista agregado ao séquito do embaixador veneziano Foscarini, cruzou pela primeira vez a Porta del Popolo. Caso fosse possível, naquele momento, prognosticar seu futuro, nenhum homem teria merecido entrada mais triunfal na Cidade Eterna. O jovem artista começou, de fato, a estudar gravura com um certo Giuseppe Vasi, consciencioso fabricante de vistas de Roma, que achava seu aluno demasiado bom pintor para algum dia ser bom gravador. Com razão, pois a gravura, nas mãos de Vasi e de tantos outros honestos fabricantes de estampas, não era muito mais do que um processo econômico e rápido de reprodução mecânica, em que o excesso de talento era mais perigoso do que útil. Contudo, e por motivos em parte externos, tais como a dificuldade de fazer carreira como arquiteto e como decorador na Roma algo sonolenta do século 18, e em parte decorrentes do próprio temperamento do artista, a gravura tornou-se o único meio de expressão de Piranesi: tudo indica que as veleidades do pintor de cenários e a vocação apaixonada do arquiteto abrandaram; na verdade, impuseram a seu buril um certo estilo e certos temas. Ao mesmo tempo, o artista encontrou seu assunto, que era Roma, e com o qual por quase 38 anos preencherá as cerca de mil pranchas de sua obra descritiva. No grupo mais restrito das obras de juventude em que, ao contrário, reina uma livre fantasia arquitetônica, e em especial nas arrebatadoras *Prisões imaginárias*, ele combinaria audaciosamente elementos que são romanos; transporia para o irracional a substância de Roma.

Excetuando a breve ausência de 1744, quando voltou a Veneza pela razão que obriga artistas e poetas a voltarem para casa – a falta de dinheiro –, Piranesi nunca mais saiu de Roma a não ser para explorar os arredores e para duas peregrinações mais árduas, sobretudo naqueles tempos de estradas difíceis. Uma, à Umbria, em busca das antiguidades etruscas de Cometo e de Chiusi, e a outra, em 1774, ao reino de Nápoles, onde Pompeia e Herculano, recém-descobertas, e Pesto, reencontrada não fazia muito, eram então novíssimas atrações. Piranesi deixou das ruas mortas de Pompeia alguns esboços alucinantes; trouxe de Pesto desenhos admiráveis que provam mais uma vez que o olhar e a mão de um artista são mais sensatos que seu cérebro, já que, até o fim, ele continuou a considerar a arquitetura grega um simples sucedâneo da etrusca, e muito inferior à arte do pedreiro romano. Essa teoria, na época menos indefensável do que hoje, devido à ignorância quase completa que havia sobre a Grécia propriamente dita, o envolveu numa longa disputa com certos antiquários de sua época, entre eles o ardoroso Winckelmann, amante e teórico da estatuária grega. O incomparável abade punha a Grécia, como convém, em primeiro lugar, mas, na ausência quase total de originais helênicos da grande época, acontecia-lhe exaltar como características da arte grega medíocres cópias helenísticas ou greco-romanas, e cair, por sua vez, na sistematização e no erro. Essa contenda vã certamente serviu a Piranesi, ora como excitante, ora como evasão; mereceria ser esquecida caso não fosse interessante ver se afrontarem diante de um problema mal formulado dois homens que revivificaram nossa concepção do antigo.

Conhecemos alguns dos sucessivos domicílios romanos de Piranesi: primeiro, o palácio de Veneza, na época embaixada da Seteníssima República junto à Santa Sé; depois, a loja da via del Corso, onde, ao retornar da visita à terra natal e brigado com a família, que lhe cortara a subsistência, ele se instalou como agente do comerciante de estampas veneziano Giuseppe Wagner; por fim, o ateliê da via Felice, a via Sistina de hoje, em que os segundos estados das *Prisões* estavam à venda pelo preço de 20 escudos, e em que Piranesi terminou sua vida de artista tendo uma boa clientela e coberto de honrarias, membro da Academia de São Lucas em 1761, e nobilitado por Clemente XIII em 1767. Como tantos homens de bom gosto instalados em Roma na época, o cavaleiro Piranesi não descartou dedicar-se ao lucrativo ofício de corretor de antiguidades; certas gravuras de seus *Vasi, Candelabri, Cippi, Sarcofagi, Tripodi, Lucerne ed Ornamenti antichi* serviram para que circulasse entre os amadores esclarecidos a imagem de uma bela peça. Parece que ele se cercou, em especial, de um grupo de artistas e especialistas estrangeiros: o gentil Hubert Robert, que às vezes dá a impressão de ter se atribuído a tarefa de retraduzir em termos de rococó a Roma barroca de Piranesi, o editor Bouchard, que publicou as primeiras provas das *Prisões* e das *Antiguidades romanas* – "Buzard", como Piranesi ortografava, talvez ceceando seu nome à veneziana. Entre os ingleses, o arquiteto e decorador Robert Adam, que adaptou o classicismo italiano aos gostos e costumes britânicos, e outro arquiteto londrino, George Dance, que, dizem, se inspirou nas *Prisões imaginárias* para construir as três reais masmorras de Newgate. O fio que até o fim o ligou a Veneza foi, nesses anos, a amizade com a família de papas e banqueiros Rezzonico: o papa Clemente XIII confiou-lhe pequenos trabalhos de decorador, e a ele se dirigiu em sua qualidade de arquiteto para obras na basílica de São João de Latrão, as quais, por sinal, nunca foram executadas, nem sequer iniciadas. Em 1764, um sobrinho do papa, o cardeal Rezzonico, por sua vez encarregou Piranesi de reconstruir parcialmente e redecorar a igreja de Santa Maria do Priorado, propriedade da Ordem de Malta da qual ele era o grande prior. Essa encomenda modesta prestou-se menos à majestade do que à graciosidade: Piranesi transformou a pequena fachada da igreja e os grandes muros da praça dos Cavaleiros de Malta num agradável conjunto ornamentado de brasões e troféus, em que, como nos seus *Grotescos*, elementos arquitetônicos antigos combinavam-se com uma fantasia veneziana. Foi a única oportunidade que esse homem louco por arquitetura teve de se expressar num mármore de verdade e com pedras de verdade.

O que se sabe da vida privada de Piranesi resume-se a seu casamento com a filha de um jardineiro, bela moça de olhos pretos em quem o artista pensou reconhecer o mais puro tipo romano. Reza a lenda que encontrou essa Angelica Pasquini nas ruínas então nobremente desertas do Foro onde, naquela noite, ele desenhava, e tomou-a como esposa, ato contínuo, depois de tê-la possuído em cima daquele chão sagrado para as memórias da Antiguidade. Se a história é autêntica, esse violento sonhador deve ter imaginado desfrutar da própria Magna Tellus, da Dea Roma encarnada naquele corpo robusto de jovem *popolana*.[1] Uma versão diferente, mas que não contradiz necessariamente a primeira, é que o artista apressou o casamento quando soube que a beldade lhe levaria como dote a quantia de 150 piastras. Seja como for, teve com essa Angelica três filhos que deram continuidade, sem gênio mas assiduamente, a seus trabalhos. Francesco, o mais talentoso, aliou, como o pai, o ofício de gravador ao de arqueólogo e corretor de antiguidades; foi quem conseguiu para Gustavo III da Suécia os mármores medíocres (e eventualmente duvidosos) que hoje compõem, numa sala do Palácio Real de Estocolmo, uma pequena coleção comovente de "amador esclarecido" do século 18.

É a um francês, Jacques-Guillaume Legrand, que devemos por ter recolhido, da boca de Francesco Piranesi, quase todos os detalhes que temos sobre sua vida, seus propósitos e sua personalidade, e o que resta dos escritos do artista confirma suas palavras. Vemos um homem apaixonado, inebriado de trabalho, desleixado com a saúde e o conforto, desprezando a malária do Campo Romano, alimentando-se exclusivamente de arroz frio durante as longas temporadas passadas em locais solitários e insalubres como eram, na época, a Vila de Adriano ou as ruínas antigas de Albano e de Cora, e acendendo uma só

1. Mulher do povo. [N. da T.]

vez por semana sua pobre fogueira para não desviar a atenção do tempo reservado às explorações e a seus trabalhos. "A verdade e o vigor de seus efeitos", anota Jacques-Guillaume Legrand com essa sóbria pertinência que é a marca dos bons espíritos do século 18, "a justa projeção de suas sombras e de sua transparência, ou de felizes licenças a esse respeito, a própria indicação dos tons de cor decorrem da observação exata que ele faria da natureza, fosse ao sol brilhante, fosse à luz da lua." É fácil imaginar, sob o brilho insuportável do meio-dia ou na noite quase clara, esse observador à espreita do inatingível, buscando naquilo que parece imóvel o que se move e se modifica, cavoucando com o olhar a ruína para nela descobrir o segredo de um realce, o lugar de um contratracejado, como outros o fizeram para descobrir tesouros ou fazer surgirem fantasmas. Esse grande artesão exaurido morreu em Roma, em 1778, de uma doença renal malcuidada; foi enterrado às custas do cardeal Rezzonico na igreja de Santa Maria do Priorado, onde hoje se visita seu túmulo. Um retrato posto no frontispício das *Prisões* mostra-nos Piranesi aos 30 anos, cabelos aparados, olhar vivo, feições um pouco flácidas, muito italiano e muito homem do século 18, apesar dos ombros e dos peitorais nus do busto romano. Notemos, somente do ponto de vista da cronologia, que ele era, com diferença de poucos anos, contemporâneo exato de Rousseau, de Diderot e de Casanova, e uma geração mais velho do que o inquietante Goya dos *Caprichos*, do Goethe das *Elegias romanas*, de Sade, o obcecado, e desse grande reformador de prisões que foi Beccaria. Todos os ângulos de reflexão e de incidência do século 18 se entrecruzam no estranho universo linear de Piranesi.

---

2. É por comodidade, e para simplificar, que aqui designamos sob o título *Vistas de Roma*, ou *Antiguidades de Roma*, as inúmeras representações de monumentos antigos deixadas por Piranesi. Além das *Antichità romane* e das *Vedute* e das *Varie vedute di Roma*, uma lista completa da obra descritiva de Piranesi compreenderia também as *Antichità romane de' tempo della Repubblica*, as *Antichità d'Albano*, as *Antichità di Cora*, as gravuras que ornamentam sua grande obra polêmica *Della magnificenza ed architettura de' romani*, e mais algumas coletâneas.

À primeira vista, parece possível fazer uma seleção na obra quase demasiado abundante de Piranesi; relegar, por exemplo, como outrora fizeram certos críticos timoratos, as 16 pranchas das *Prisões* ao claustro reservado da loucura e do delírio, e, por outro lado, reverenciar nas *Vistas* e nas *Antiguidades de Roma*[2] um discurso lógico, uma realidade cuidadosamente observada e nobremente transcrita. Ou, levando em conta que, como sempre, a moda interveio para inverter paradoxalmente os termos, fazer das *Prisões* a única obra em que o grande gravador exerceu o seu gênio livre, e rebaixar as *Antiguidades* e as *Vistas* ao nível dos lugares-comuns de um virtuosismo admirável, mas fabricados para atender às necessidades de uma clientela apaixonada por clichês históricos e locais famosos, o que criava, assim, um mercado seguro. E, decerto, nunca se dirá o suficiente que as volumosas coletâneas das *Vistas* e das *Antiguidades de Roma* representaram para o comerciante e para o homem de gosto do século 18 o equivalente aos álbuns de fotografias artísticas oferecidos hoje em dia ao turista que quer confirmar ou complementar suas lembranças, ou ao leitor sedentário que sonha com viagens. Quase se poderia dizer que, em relação aos gravadores que o precederam, Piranesi, com suas *Vistas*, está na posição que hoje ocupa, entre seus colegas mais medíocres e mais literais, o grande fotógrafo que joga como um virtuose com a contraluz, os efeitos de bruma ou crepúsculo, ângulos de visão insólitos e reveladores. No entanto, deturparíamos completamente a obra de Piranesi ao estabelecer uma escala de valores que partisse do nível quase artesanal de seu álbum *Sobre diversas maneiras de ornar as lareiras*, ou de seus modelos de relógios de pêndulo ou de gôndolas, chegasse em seguida ao patamar ainda semicomercial das *Vistas* e das *Antiguidades de Roma*, e alcançasse nas *Prisões* uma espécie de pura visão subjetiva. Na verdade, o fino álbum das *Prisões*, com suas negras imagens saídas, dizem, de um acesso de febre, corresponde a um gênero estabelecido e quase a uma moda: um pintor como Pannini e gravadores como os Bibiena construíram antes ou ao mesmo tempo que Piranesi essas audaciosas maquetes de ópera ou de tragédias imaginárias, essas construções feitas de elementos reais habilmente imbricados no plano do sonho. Por outro lado, seus desenhos de artesão testemunham não só o mesmo temperamento, mas as mesmas obsessões de suas mais audaciosas ou poderosas obras-primas. A lareira guarnecida de símbolos e animais fabulosos da *Diverse Maniere d'Adornare i Cammini*, digna de aprisionar o fogo no gabinete de um rosa-cruz, é, de fato, da mesma mão que traçou os leões gigantescos da prancha v das *Prisões*; o desenho de um projeto de carruagem atesta a mesma sensibilidade requintada do complicado esquema das *Grandes termas da vila de Adriano*. Sem a advertência dos trabalhos de tipo artesanal, talvez deixássemos de reposicionar suas obras maiores na época e na moda; não valorizaríamos nele o talento de decorador e homem hábil. Sem as *Antiguidades* e as *Vistas*, o universo fantasmagórico das *Prisões* nos pareceria exageradamente harmonioso ou artificial; ali não distinguiríamos os materiais autênticos que reaparecem obsessivamente em pleno sonho. Sem as audácias quase demoníacas das *Prisões*, hesitaríamos em reconhecer, sob o aparente classicismo das *Vistas* e das *Antiguidades romanas*, o canto profundo de uma meditação a um só tempo visual e metafísica sobre a vida e a morte das formas.

Os temas das gravuras descritivas de Piranesi entram em duas categorias, que, naturalmente, se entrecruzam. De um lado, o edifício barroco, ainda novo ou praticamente novo: a fachada retilínea e o muro maciço, o obelisco seccionando as perspectivas, a rua ou os palácios enfileirados desenhando a linha levemente inflectida que é um dos milagres de Roma, a elipse ou o polígono irregular das praças planas e nuas, o paralelepípedo das vistas internas de basílicas, o cilindro e a esfera nítida das vistas internas de igrejas com cúpula, a rotunda que gira a céu aberto, a fonte monumental cuja bacia arredondada imita a curva da onda, o revestimento liso e polido dos solos e muros. De outro, a ruína já com cerca de 15 séculos, a pedra fendida, o tijolo esmigalhado, a abóbada desabando e a favorecer a intrusão da luz, o túnel de salas negras abrindo-se ao longe para uma brecha de claridade, o plinto desaprumado, suspenso à beira de sua queda, o grande ritmo quebrado dos aquedutos e das colunatas, os templos e as basílicas abertos e como que revirados pelas depredações do tempo e dos homens, de modo que o que está dentro torna-se, por sua vez, uma espécie de exterior, invadido de todos os lados pelo espaço como um barco pela água. Um equilíbrio de vasos comunicantes se estabelece em Piranesi entre o que para ele ainda é o moderno e o que já é, para ele e para nós, o antigo, entre o monumento novo solidamente estabelecido num tempo que ainda é o seu, e o monumento já tocando o fim de sua trajetória de séculos. Desmoronado, aquele *São Paulo extramuros* pouco se diferenciava do templo antigo a que, outrora, pertenciam suas colunas; degradada, aquela *Colunata de São Pedro* se assemelharia aos pórticos do Circo de Nero que ela substituiu. Intactos, aquele *Templo de Vênus* ou aquelas *Termas de Caracalla*, pelo luxo dos mármores, pela abundância dos estuques e pelo exagero das estátuas gigantescas, responderiam às mesmas preocupações de pompa e prestígio de uma construção de Bernini. O gênio do barroco deu a Piranesi a intuição daquela arquitetura pré-barroca que foi a da Roma imperial; ele a preservou do frio academicismo de seus sucessores, com quem às vezes o confundem, e para quem os monumentos da Antiguidade são textos escolares. É ao barroco que ele deve, nas *Vistas de Roma*, aquelas súbitas rupturas de equilíbrio, aquele reajustamento mais que voluntário das perspectivas, aquela análise das massas que foi, em seu tempo, uma conquista tão considerável como, mais tarde, a análise da luz pelos impressionistas. Ele lhe deve também aqueles grandes jogos imprevistos da sombra e dos raios, aquelas iluminações que se movem tão diferentes dos céus de eternidade que os pintores do Renascimento as punham atrás dos palácios e dos templos imitados do antigo, e que o Corot da Itália reencontrará no século 19. Por fim, ele deve ao barroco esse sentido do sobre-humano que levará ao extremo nas *Prisões*.

Por certo, o autor das *Vistas* e das *Antiguidades romanas* não inventou o gosto pelas ruínas nem o amor por Roma. Um século antes, Poussin e Claude Gelée também tinham descoberto Roma com olhos novos de estrangeiros; a obra deles se alimentara daqueles lugares inesgotáveis. Mas enquanto para um Claude Gelée, para um Poussin, Roma fora sobretudo o admirável pano

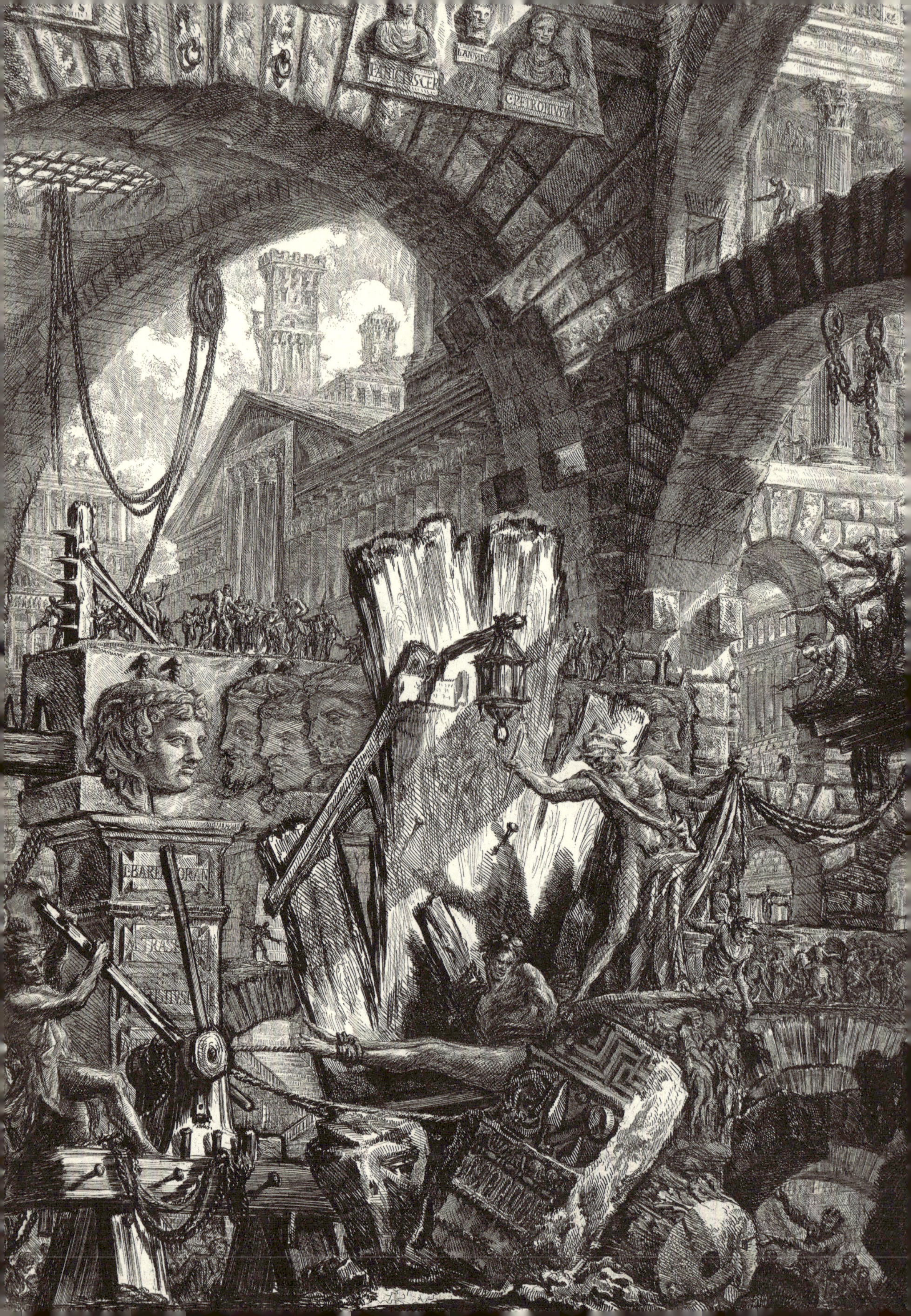

de fundo de um devaneio pessoal ou, ao contrário, de um discurso de ordem geral, um lugar sagrado, enfim, cuidadosamente purificado de qualquer contingência contemporânea, situado a meio caminho do divino país da Fábula, foi a própria cidade, sob todos os seus aspectos e em todas as suas implicações, das mais banais às mais insólitas, que Piranesi fixou, em determinado momento do século 18, nas suas cerca de mil pranchas a um só tempo anedóticas e visionárias. Ele não se limitou a explorar os monumentos antigos como desenhista que busca um ponto de vista; ele mesmo vasculhou seus escombros, um pouco para encontrar as antiguidades que comercializou, mas sobretudo para penetrar no segredo de suas fundações, para aprender e demonstrar como foram construídas. Foi arqueólogo numa época em que a própria palavra não era de uso corrente. Até o final, seguiu prudentemente o costume que consistia em numerar nas pranchas cada parte do edifício, cada fragmento dos ornamentos que subsistiram no lugar, e em fazer na margem inferior as notas explicativas correspondentes, sem jamais se preocupar, como certamente faria um artista de hoje, em diminuir com esses detalhes de manual ou de desenho em tamanho natural o valor estético ou pitoresco de sua obra. "Quando me apercebi de que em Roma a maioria dos antigos monumentos jazia abandonada em campos ou jardins, ou servia de pedreira para novas construções, resolvi preservar-lhes a lembrança com a ajuda de minhas gravuras. Então, tentei conferir-lhes a maior exatidão possível." Existe algo goethiano nessa frase em que já se afirma uma modesta vontade de ser útil. Para sentir a importância dessa empreitada de salvamento, convém lembrar que pelo menos um terço dos monumentos desenhados por Piranesi desapareceram desde então, e que o restante foi, no mais das vezes, despojado dos revestimentos e dos estuques existentes no local, modificado e restaurado, por vezes desastrosamente, entre o final do século 18 e os nossos dias. Em nossa época, quando o artista acredita libertar-se rompendo os laços que o ligavam ao mundo exterior, vale a pena mostrar de qual perfeita solicitude diante do objeto contemplado saíram as obras-primas quase alucinadas de Piranesi.

 Inúmeros pintores geniais também foram arquitetos; pouquíssimos pensaram unicamente em termos de arquitetura em sua obra pintada, desenhada ou gravada. Por outro lado, certos pintores que tentaram ser ao mesmo tempo

Prancha II

arqueólogos, como o Ingres de *Stratonice*, por exemplo, em geral chegaram apenas a uma decepcionante placa de compensado. Inversamente, os estudos de arquiteto de Piranesi o ensinaram a refletir continuamente em termos de equilíbrio e de peso, de argamassa e de alicerces. Além disso, suas pesquisas de antiquário o habituaram a reconhecer em cada fragmento de antiguidade as singularidades ou especificações da espécie; elas foram, para ele, o que a dissecção de cadáveres é para um pintor de nus. Muito em especial, parece que a paixão por construir, recalcada nesse homem que por toda a vida se viu limitado às duas dimensões de uma placa de cobre, o tenha tornado particularmente apto a reencontrar no monumento em ruína o impulso que, outrora, erguera o monumento em construção. Quase se pode dizer que, nas *Antiguidades*, o material é expresso por si mesmo: a imagem da ruína não desencadeia em Piranesi uma amplificação a respeito da grandeza e decadência dos impérios e da instabilidade dos negócios humanos, mas uma meditação a respeito da duração das coisas ou de seu lento desgaste, da opaca identidade do bloco que prossegue, no interior do monumento, sua longa existência de pedra. Inversamente, a majestade de Roma nele sobrevive numa abóbada esburacada, mais do que numa associação de ideias com César morto. O edifício se basta; é a um só tempo o drama e o cenário do drama, o local de um diálogo entre a vontade humana ainda inscrita naquelas pedras enormes, a inerte energia mineral e o irrevogável Tempo.

Essa secreta poesia metafísica por vezes parece, nesse compatriota de Arcimboldo, atingir um rudimento de dupla imagem, mais decorrente da intensidade do olhar do visionário do que de um jogo do espírito. A cúpula desabada de *Canope* e a do *Templo de Diana em Baia* são o crânio estourado, a caixa óssea de onde pendem filamentos de capim; a *Coluna Antonina* e a *Coluna Trajano* lembram irresistivelmente, nessa obra de aparência tão despida de erotismo, porém, um verso delirante de Théophile Gautier sobre a Coluna Vendôme; o obelisco jazendo em fatias ao pé do *Palazzo Barberini* é um cadáver despedaçado por não se sabe quais *bravi*. Com ainda mais frequência, em vez de apenas assimilar à forma humana a forma criada pelo homem, a metáfora visual tende a mergulhar o edifício de volta no conjunto das forças naturais, de que a mais complicada de nossas arquiteturas é sempre um microcosmo parcial e inconsciente. A ruína encosta no palácio novo como um cepo de matas vivas; a cúpula meio afundada parece um montículo escalado por rebanhos de arbustos; a construção toma aspecto de escória ou de esponja, atinge esse grau de indiferenciação em que já não se sabe se aquele seixo que apanhamos na praia foi, outrora, trabalhado por mão humana ou polido pela onda. O extraordinário *Muro de fundação do Túmulo de Adriano* é uma escarpa fustigada pelos séculos; o *Coliseu* vazio é uma cratera apagada. Talvez esse sentido das grandes metamorfoses naturais jamais seja tão visível em Piranesi quanto nos desenhos trazidos de Pesto, e que seu filho Francesco terminou

3. Referência a Teócrito, poeta do período helenístico, autor de *Idílios*. [N. da T.]

honrosamente depois de sua morte, povoando-os de homens rústicos e de gado teocricianos.³ Mas a violência cede lugar à calma; a metáfora se dissolve numa simples afirmação do objeto contemplado. A Grécia, que o desenhista abordava sem conhecê-la, ali respira em sua robusta beleza a um só tempo individual e abstrata, tão diferente da grandeza utilitária e romântica de Roma. O templo destruído não é apenas um destroço sobre o mar das formas; ele mesmo é Natureza; seus fustes são o equivalente a um bosque sagrado; seus cheios e vazios são uma melodia no registro dórico; sua ruína continua a ser um preceito, uma admoestação, uma ordem das coisas. A obra desse poeta trágico da arquitetura chega a seu fim nesse êxtase de serenidade.

Antes de deixarmos as *Vistas*, olhemos um instante, de lupa na mão, para a minúscula humanidade que gesticula sobre as ruínas ou nas ruas de Roma. *Fantoccini, burattini, puppi*: essas mulheres com cestos, esses fidalgos portando espada e casaca à francesa, esses monges encapuzados e esses *monsignori* pertencem ao repertório da Itália no século 18; deles emana uma atmosfera de Goldoni ou de Casanova, um cheiro mais veneziano que romano. A esses personagens de pinturas de gênero reduzidos a ínfimas proporções pela enormidade das arquiteturas, Piranesi misturou a trupe picaresca dos arrieiros do Campo Romano, mulheres do Trastevere carregadas de pirralhos, mendigos, aleijados de muletas e, aqui e acolá, guardadores de cabras hirsutos e ágeis, pouco mais humanos que seus bodes e cabras. Em nenhum lugar o artista tentou harmonizar, como tantos pintores barrocos ou românticos de Roma fizeram antes ou depois dele, a nobreza e a gravidade humanas com a dignidade dos edifícios. Mal e mal, aqui e ali uma miúda figura de belo rapaz em pé ou deitado, viajante solitário, sonhador, ou simplesmente um moço de recados, sugere entre aqueles fogos-fátuos humanos o equivalente a uma estátua antiga. "Em vez de estudar a partir do nu ou a partir apenas dos bons modelos, que são os da estatuária grega", escreve em fins do século 18 seu primeiro biógrafo, Bianconi, "ele gostava de desenhar os estropiados mais feios e os mais horrorosos corcundas que se pudesse ver em Roma. Quando tinha a oportunidade de encontrar um desses monstros mendigando à porta de uma igreja, regozijava-se como se tivesse descoberto um novo Apolo do Belvedere." Por vezes, a presença desses miseráveis confere aos locais ermos de Piranesi uma ideia de perigo. Numa das pranchas das *Antiguidades*, dois insinuantes violadores de sepultura atracam-se por causa de um esqueleto quase tão gracioso como eles; outro ladrão se apossou do crânio, enquanto a dois passos, sobre a tampa derrubada do sarcófago, um bucrânio esculpido dispõe a imagem da caveira animal ao lado da caveira humana. Literalmente, a ruína fervilha: cada novo olhar revela outro grupo de insetos humanos remexendo nos escombros ou no matagal. Andrajos, batinas, babados penetram juntos no interior luzidio de uma igreja, sem esquecer os cães que se mordem e catam pulgas uns aos outros até os degraus dos santos altares. Os curiosos e vadios de Piranesi vivem essa vida alegre, endiabrada, às vezes inquietante e mefistotélica *avant la lettre*, que, a acreditar nos pintores, de Watteau a Magnasco e de Hogarth a Goya, foi do começo ao fim uma das características do século.

O grotesco contraste entre, de um lado, as pompas pontifícias e as grandezas antigas e, de outro, as misérias e mesquinharias da atual vida romana já fora sentido quase 200 anos antes pelo Du Bellay dos *Regrets*, que foi também um dos primeiros poetas a celebrar, ali mesmo, a majestade das ruínas de Roma. Esse contraste torna a explodir em Voltaire, na estridente abertura de *História das viagens de Scarmentado* ("parti muito contente com a arquitetura de São Pedro"); vamos reencontrá-lo um século mais tarde em Belli. Pareceria natural atribuir ao autor de *Vistas* as mesmas intenções de contraponto zombeteiro, mas esses pequenos personagens de comédia de costumes ou de romance picaresco têm aspecto e formato muito correntes para supor que Piranesi tivesse necessariamente um fundo de ironia ou de desprezo bem escondido: essa gentalha leviana e essa elegante alta sociedade simplesmente lhe serviram, como a tantos gravadores de seu tempo, para realçar a altura das abóbadas e o comprimento das perspectivas. Quando muito, foram para ele um *scherzo* contrastando com o solene *largo* das arquiteturas. No entanto, aqueles homúnculos que encontramos absurdamente empoleirados nos andares vertiginosos das *Prisões* correspondem demais a um certo sentido do irrisório e do fútil da vida humana para não adquirirem, ao menos implicitamente, um valor de pequenos símbolos, e para não fazerem pensar em uma brincadeira meio matemática, meio satírica, que obcecou alguns dos melhores cérebros do século 18: *Micrômegas, Gulliver*.

—

O primeiro álbum das *Prisões*, ou, para traduzir mais exatamente seu título, *Prisões imaginárias* [Invenzioni capric di carceri], não traz nenhuma data, mas imagina-se que tenha aparecido em 1745. O próprio Piranesi lhe atribui uma data mais antiga no catálogo de suas obras: "Pranchas feitas em 1742"; na época, o autor tinha, portanto, 22 anos. Assim, essas 14 pranchas das primeiras *Prisões imaginárias* são mais ou menos contemporâneas de duas obras de juventude,

Prima parte di architettura e *Opere varie di architettura*, em que Piranesi constrói edifícios fictícios com perspectivas engenhosamente complicadas, façanhas quase obrigatórias dos artistas educados na tradição barroca, e entre as quais já figura, no acervo de Piranesi, a imagem isolada de uma *Prisão escura*. Essas obras seguem de perto as fantasias arquitetônicas de Giuseppe Bibiena, *Architettura e prospettive*, publicadas em Augsburgo em 1740. A finalização das obras de Piranesi, ou os primeiros retoques, se situa na temporada em Veneza, em 1744, durante a qual, supostamente, ele trabalhou com Tiepolo, outro prestidigitador das arquiteturas de teatro. Mas essas imagens, que por vários aspectos se encaixam num gênero em moda, saem de moda, deliberadamente, pela intensidade, estranheza, violência, pelo efeito de sabe-se lá qual insolação sombria. Se, como se afirma, os delirantes *Carceri* nasceram de um acesso de febre, a malária do Campo Romano favoreceu o gênio de Piranesi liberando momentaneamente elementos que poderiam ter permanecido, até o fim, controlados e como que subentendidos em sua obra.

Convém nos entendermos sobre a palavra "delírio". A supor como autêntica sua lendária malária de 1742, a febre não abriu para Piranesi as portas de um mundo de confusão mental, mas as de um reino interior perigosamente mais vasto e mais complexo do que aquele em que o jovem gravador até então vivera, embora composto, afinal, de materiais quase idênticos. Acima de tudo, ela aumentou até a excitação, e quase até a tortura, as percepções do artista, possibilitando assim, de um lado, o impulso vertiginoso, a embriaguez matemática, e, de outro, a crise de agorafobia e de claustrofobia conjugadas, a angústia do espaço prisioneiro do qual, com toda a certeza, saíram as *Prisões*. Nada mais útil a esse ponto de vista do que comparar as *Prisões imaginárias* com uma das pranchas tecnicamente perfeitas, mas friamente lineares, da *Prima parte di architettura*, como o acadêmico *Projeto de um templo*, datado de 1743, e que portanto é contemporâneo, ou até ligeiramente posterior, aos primeiros estados das *Prisões*. Prolongue essas perspectivas; sobreleve aquela abóbada de caixotões de uma altura já desproporcional; banhe essas arquiteturas ainda secas e aqueles pequenos figurantes de ópera numa atmosfera de sonho; faça subir de modo mais inquietante a fumaça daquelas urnas clássicas; sobrecarregue e simplifique cada linha, e o que você obterá pouco vai se diferenciar daquelas *Prisões* alucinantes. Isso significa, em suma, que nas *Prisões* o gênio de Piranesi entra em jogo pela primeira vez.

Essa sequência inacreditável de 14 pranchas e a série, mais leve, de quatro composições decorativas, os *Grotescos*, de 1744, são as únicas provas em que Piranesi se abandona ao que ele mesmo chama de seus caprichos, ou melhor, às suas obsessões e aos seus fantasmas. Por mais diferentes que sejam, *Prisões* e *Grotescos* registram, um e outro, o primeiro choque do antigo e do romano sobre o veneziano Piranesi. Os *Grotescos* combinam, num delicioso *pot-pourri* rococó, fragmentos de colunas, baixos-relevos quebrados e caveiras que fazem pensar um pouco nos ornatos graciosamente macabros de certas pedras tumulares do século 17, e um pouco nos crânios e esqueletos leves do cinzelamento alexandrino. As altas *Prisões*, por sua vez, oferecem uma espécie de imagem invertida da grandeza romana e barroca refletida no quarto escuro de um cérebro visionário. A sombria fantasia, que mais tarde, reabsorvida dentro do real e do concreto, vai de novo impregnar as *Antiguidades romanas*, está, nessas duas obras de juventude, em estado livre, e por assim dizer quimicamente puro. Quanto às *Prisões*, sobretudo, importa lembrar que o autor dessa sequência extraordinária tinha apenas 22 anos. Caso pudéssemos comparar um artista da era barroca com um poeta da época pós-romântica, nós nos arriscaríamos a mostrar nesses *Carceri* do jovem Piranesi o equivalente às *Iluminações* de um Rimbaud que, em seguida, não tivesse renunciado a escrever. Talvez elas também tenham sido sua *Temporada no inferno*.

Aliás, como era de esperar, essas *Prisões* que a crítica moderna exalta foram pouco apreciadas e de nenhuma forma compreendidas, e, por conseguinte, foram pouco vendidas. Em 1761, isto é, quase 17 anos depois de a coleção ser publicada em sua primeira forma, Piranesi, então com 40 anos, oferecia ao público uma segunda edição de todas elas, fortemente retrabalhadas (*Carceri d'invenzione di G.B. Piranesi*), e que continha, dessa vez, 16 pranchas. Ao mesmo tempo, a palavra *Caprice*, que figurava em lugar de destaque no frontispício do primeiro estado, desaparecera na edição definitiva, por uma omissão talvez significativa, ou talvez decorrente apenas do remanejamento formal da página de rosto.

Olhando mais de perto, as outras mudanças feitas por Piranesi nas *Prisões* são quase todas de duas espécies: ele multiplicou os tracejados, permitindo entintamentos mais generosos, diminuiu os grandes espaços claros, escureceu e aumentou os pontos de sombra; além disso, também acrescentou às misteriosas máquinas que se perfilam em primeiro plano ou nos cantos das salas rodas, polias, gruas, guinchos e cabrestantes, detalhes que, decididamente, os tornam instrumentos de tortura, e não tanto os utensílios de construção que também poderiam ser; rodas e plataformas se guarneceram sinistramente de pregos; de um braseiro crepitante, paradoxalmente à beira de uma galeria lançada em pleno vazio, surgiram postes enegrecidos, numa confusa sugestão de suplícios; na prancha IV do segundo estado, uma imensa e escura roda de Santa Catarina tomou o lugar da nobre coluna sobre a qual estava o

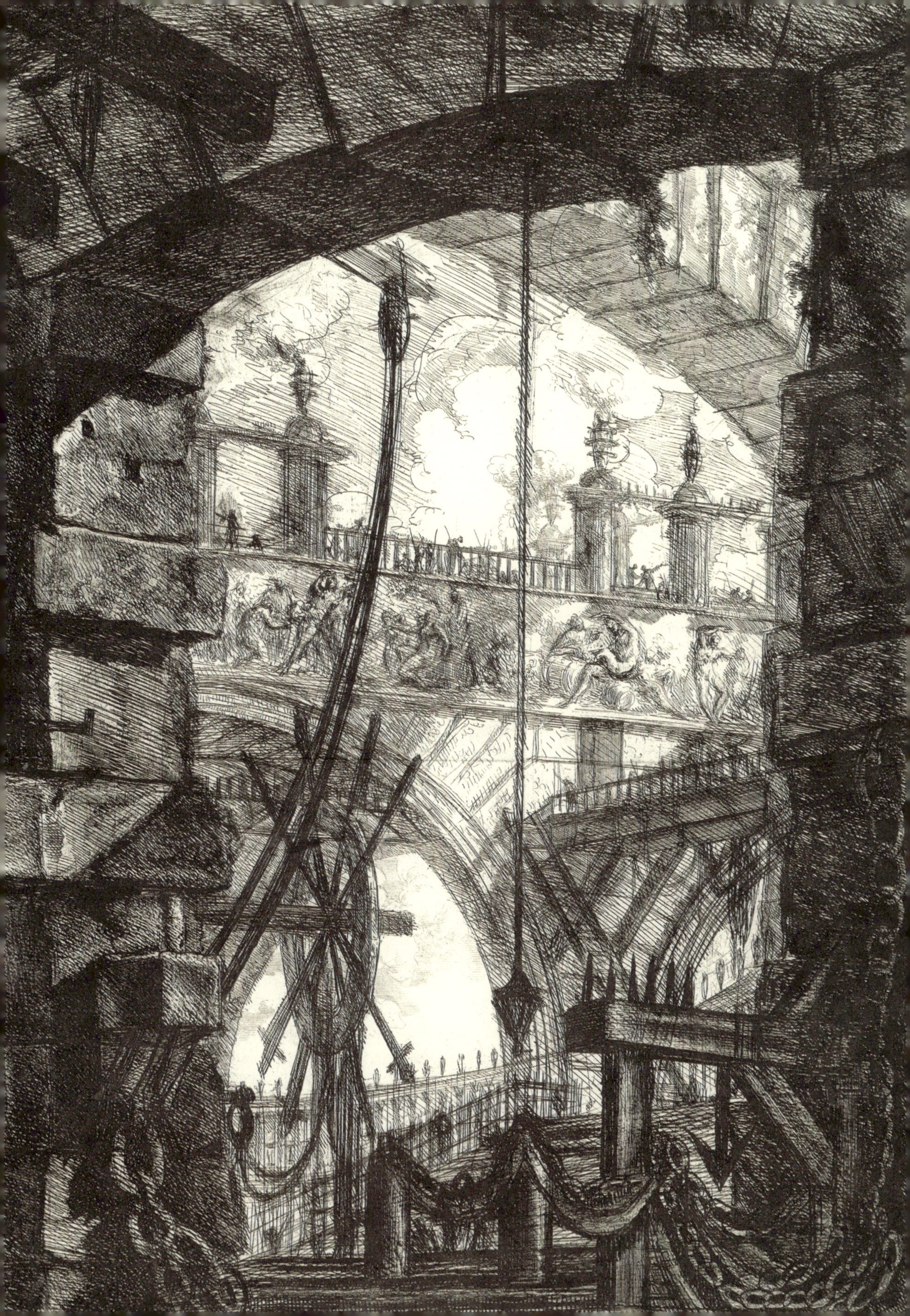

eixo da perspectiva; os cachos de correntes pendendo das muralhas proliferaram como os de uma detestável vinha. Ademais, Piranesi acrescentou à coleção duas pranchas novas (II e V), mais veementes e mais sobrecarregadas que as outras de reminiscências arqueológicas. Por fim, suprimiu a 14ª e última folha do primeiro álbum, onde se viam, contra um fundo quase claro, dois personagens descerem os degraus de uma escada central, enquanto uma pequena figura coberta com um véu, espécie de misterioso contrapeso, aparecia à direita numa escada escondida. Essa obra-prima de estranha graça, que parecia o equivalente prematuro de uma espécie de final de um idealizado *Fidélio*, foi substituída pela imagem de um túmulo negro enfeitado de bustos romanos que fazem caretas e de inscrições lúgubres sublinhando, quase com exagero, que o lugar onde estamos é mesmo uma prisão.

Entre as inúmeras razões que um artista de gênio pode ter para modificar sua obra, a mais corrente não está, aqui, em jogo. Não se trata de um trabalho ainda marcado pela inexperiência e que, mais tarde, é retomado pelo artista que já conquistou a maestria; ao contrário, nada iguala ou ultrapassa o virtuosismo manifestado nesses segundos estados, senão talvez o das primeiras. Quando muito, pode-se dizer que nesse meio tempo Piranesi estudou mais Rembrandt, cuja obra de gravador sabe-se que ele admirava e que com toda a certeza influenciou suas produções tão tipicamente italianas. Sem dúvida, é possível que Piranesi tenha sido arrastado com todo o seu século pela corrente que levava a arte barroca ao pré-romantismo, e que tenha voluntariamente modificado sua obra no sentido do *roman noir*. Também é possível que, por uma razão qualquer, a ideia de crime e a noção de vingança legal tenham preocupado cada vez mais o autor das *Prisões*. Mas, sobretudo, não esqueçamos que o artista do século 18 devia supostamente oferecer ao seu público um discurso organizado cujo significado seria patente para cada um, e não o produto mais ou menos indecifrável de um devaneio subjetivo. No caso desses *Carceri*, tudo se passa como se Piranesi, em perfeita lucidez, tivesse se esforçado para tornar mais convincentes e coerentes essas imagens que talvez houvessem perdido para ele o sentido manifesto que tiveram na inspiração ou no delírio; ou para justificar o título acrescentando aqui e acolá, a essas masmorras transcendentais e àquelas câmaras de tortura, uma vertigem, um detalhe irrecusável transposto de masmorras reais e torturas verdadeiras; ou, no final das contas, para substituir no plano das noções e emoções compreensíveis em estado de vigília, mais sombrias, porém também menos insólitas, o que fora, de início, uma prodigiosa alucinação de arquiteto, o sonho de um construtor inebriado de volumes puros e de espaço puro.

Tomados em seu conjunto, e quer se trate da edição de 1761 ou de um estado mais antigo, o que impressiona de início é que os *Carceri* pouco lembram a imagem tradicional de uma prisão. Em todos os tempos, o pesadelo do encarceramento consistiu sobretudo na *sensação de aperto*, no emparedamento em uma masmorra que já tem as dimensões de um túmulo. *Tu in questa tomba...*

Ele também comporta a miséria física, a imundície, os vermes, os ratos pululando na sombra, todo o cenário hediondo das solitárias e dos calabouços que obcecou a imaginação romântica. A essas características de lúgubre permanência, nossa época acrescentará o frio funcionalismo de suas prisões-modelo, a banalidade sinistra dos barracões dos campos de concentração, atrás da qual se escondem a tortura e a morte modernas, a higiene irrisória dos cubículos com ducha de Belsen, a imagem de uma humanidade trancada em massa nos matadouros da primeira metade do século 20 e naqueles que o futuro nos reserva. Com as *Prisões* megalômanas de Piranesi, estamos longe desse infecto horror ou dessa sórdida hipocrisia. A visão dos locais de encarceramento da antiga Roma não pode ter lhe inspirado esses *Carceri* sublimes: a horrorosa prisão Mamertina, onde agonizaram as vítimas da República e as de César, é formada por apenas dois buracos negros superpostos, sendo que o mais baixo mal atinge a estatura humana; Jugurta e Vercingetorix se sufocaram naquela fossa sem outra saída além do esgoto da Cloaca Máxima. Tampouco foi dos cárceres medievais do castelo Sant'Angelo que Piranesi se lembrou, embora possa ter retido, daquele antigo Mausoléu de Adriano, certos elementos de sua estrutura interna, como o corredor helicoidal ou a cova dos túmulos, para reutilizá-los, modificados, em certas pranchas das *Prisões*; e os Piombi ou os poços de Veneza, cuja memória pode ter obcecado esse veneziano quando desenhava suas masmorras, também pertenciam a esse tipo de prisão em que o encarcerado se sufoca ou gela num espaço estreito. A arte pictórica do passado, em especial todas as velhas pinturas hagiográficas italianas, que esse homem do século 18 provavelmente não olhou, oferece da prisão a variante da gaiola de ferro ou da cela com grades pesadas, mal e mal com espaço suficiente para que o santo possa receber a visita do anjo que vem prepará-lo para o martírio ou, ao contrário, dele salvá-lo; e foi igualmente dessa forma exígua que Rafael representou a prisão de São Pedro nas *Stanze* do Vaticano.

A maioria dos comentadores de Piranesi, ao buscarem um ponto de partida para os delirantes *Carceri*, remonta, à falta de algo melhor, a um certo Daniel Marot, desenhista e gravador francês que trabalhou na Inglaterra e publicou em 1708 uma pequena série de gravuras, das quais a *Prisão de Amadis* já anuncia o estilo exagerado das masmorras piranesianas. Mas esse fio é bem tênue, e mais parece que os dois gravadores tenham partido, separadamente, de um projeto de cenário imaginário ou real: um rei de tragédia cativo do usurpador do trono ou um cavaleiro de ópera prisioneiro de um encantador poderiam, a rigor, encher com o *bel canto* de sua desgraça aqueles palácios vertiginosos que não se aparentam com nenhuma prisão para verdadeiros encarcerados. A cena I do ato III do *Artaxerxes* de Metastasio, composto em 1730, fornece, por exemplo, as breves indicações que se seguem, e que, tendo em vista o gosto da época pelos *trompe-l'oeil* e pelos jogos de perspectiva segundo o maneirismo, poderiam ter levado longe um decorador mais preocupado com os belos efeitos de massa e sombras projetadas do que com a verossimilhança: *Parte interna della fortezza nella quale è ritenuto Arbace. Cancelli in prospetto. Picciola porta a destra, per la quale si ascende alla reggia*. Foi provavelmente de um praticável desse tipo que Piranesi se lançou para alcançar uma região onde reina uma angústia mais misteriosa que a do teatro, e que às vezes parece traduzir a da condição humana inteira.

Olhemos para essas *Prisões*, que são, junto com as *Pinturas negras* de Goya, uma das obras mais secretas que nos legou um homem do século 18. Antes de mais nada, trata-se de um sonho. Nenhum conhecedor de matéria onírica hesitará um instante em presença dessas páginas marcadas pelas principais características do estado de sonho: a negação do tempo, a defasagem do espaço, a levitação sugerida, a embriaguez do impossível reconciliado ou superado, um terror mais vizinho do êxtase do que pensam aqueles que, de fora, analisam os feitos do visionário, a ausência de laço ou contato visível entre as partes ou personagens do sonho, e enfim a fatal e necessária beleza. Em seguida, e para dar à fórmula baudelairiana seu sentido mais concreto, trata-se de um sonho de pedra. A pedra formidavelmente talhada e colocada pela mão humana constitui mais ou menos a única matéria das *Prisões*; ao lado dela, só aparecem, aqui e ali, a madeira de uma viga, o ferro de uma alavanca ou de uma corrente; contrariamente ao que se passava nas *Vistas* e nas *Antiguidades*, pedra, ferro e madeira deixaram de ser substâncias elementares para serem apenas uma parte constituinte do edifício sem relação com a vida das coisas. O animal e a planta são eliminados desses interiores onde reinam exclusivamente a lógica ou a loucura humana; nem um fiapo de musgo estraga aqueles muros nus. Até mesmo os elementos estão ausentes ou rigorosamente subjugados; a terra não aparece em lugar nenhum, coberta pelos lajeados ou pelo calçamento indestrutíveis; o ar não circula; nenhum sopro, na prancha VIII em que figuram troféus, tremula a seda esfarrapada das bandeiras; uma imobilidade perfeita reina naqueles grandes espaços fechados. Bem embaixo, na prancha IX, um marco que é também uma fonte diante da qual uma mulher se inclina (tanto o personagem como o objeto parecem saídos das *Vistas de Roma*) é o único sinal imperceptível da presença da água nesse mundo petrificado. Em diversas pranchas, ao contrário, o fogo está presente; uma fumaça sobe da chama sobre um vaso de pedra, estranhamente colocado à beira do vazio sobre o ressalto de uma cornija, e faz pensar no fogareiro do carrasco ou no defumador do mágico. Na verdade, parece, sobretudo, que Piranesi se divertiu em opor a leve e disforme ascensão da fumaça à verticalidade das pedras. Nem o tempo nem o ar se movem; o claro-escuro perpétuo exclui a noção de tempo, e a assustadora solidez dos edifícios elude o desgaste dos séculos. Quando Piranesi não conseguiu deixar de introduzir nesses conjuntos um barrote corroído ou um nobre muro de ruína antiga, ele os engastou, como preciosas peças transportadas, no meio de pedras sem idade. Por fim, esse vazio é sonoro: cada *Prisão* é concebida como uma enorme orelha de Dionísio. Assim como se ouviam vagamente ressoar nas *Antichità* a harpa eólia das ruínas, o sussurro do vento nas moitas e nas ervas daninhas, o ouvido alerta percebe aqui um formidável silêncio em que o menor passo, o menor suspiro dos estranhos e diminutos personagens perdidos naquelas galerias aéreas ressoariam de uma ponta à outra daquelas vastas estruturas de pedra. Em nenhum lugar estamos ao abrigo do barulho ou do olhar naqueles torreões ocos, como que esvaziados, ligados a outros torreões invisíveis por escadas e claraboias, e essa sensação de exposição total, de insegurança total, contribui talvez mais que todo o resto para fazer desses fantásticos palácios umas prisões.

O grande protagonista das *Antiguidades* é o Tempo; o herói do drama das *Prisões* é o Espaço. A defasagem, as perspectivas voluntariamente enviesadas também abundam nos álbuns romanos de Piranesi; continuam a ser um método de gravador preocupado em reproduzir a totalidade de uma construção ou de um lugar, seus diversos aspectos que, na verdade, o olho não percebe simultaneamente, mas que a lembrança e a reflexão reúnem inconscientemente, depois. Quase por todo lado, em suas vistas internas de basílicas romanas, Piranesi parece se colocar, e nos colocar, na entrada do edifício que ele desenha, como se tivéssemos de cruzar a porta com ele. Na verdade, recuou pelo menos uma centena de passos, suprimindo em pensamento a fachada que se ergue atrás de si e atrás de nós, o que lhe permite incluir em seu esboço todo o interior da igreja, mas reduz as figuras postas em primeiro plano às dimensões de passantes avistados a média distância, enquanto os personagens instalados bem no fundo se tornam simples pontos naquele universo de linhas. A receita tem como resultado aumentar exageradamente a desproporção já existente entre o tamanho humano e o monumento erguido pelo homem. O fato de esticar ou enviesar as perspectivas de ruas e praças produz o mesmo efeito, separando ou afastando as construções que obstruíam a vista, erguendo majestosamente a Fontana di Trevi ou os colossos de Monte Cavallo num vazio maior que a desobstrução real, mas que em seguida influenciou arquitetos e urbanistas do futuro. Nos *Carceri*, esse jogo com o espaço torna-se o equivalente do que são na obra de um romancista de gênio as liberdades tomadas com o tempo.

Nossa vertigem diante do mundo real das *Prisões* decorre não da falta de medidas (pois nunca Piranesi foi mais geômetra), mas da multiplicidade de cálculos que sabemos ser exatos e que se referem a proporções que sabemos ser falsas. Para que aqueles personagens situados numa galeria no fundo da sala tenham dimensões de ciscos de palha, é necessário que aquele balcão, prolongado por outras cornijas ainda mais inacessíveis, esteja separado de nós por horas de caminhada, e isso, que basta para provar que aquele escuro palácio não passa de um sonho, nos enche de uma angústia semelhante à de uma minhoca esforçando-se para escalar muros de catedral. Muitas vezes a base de um arco cobre no alto da imagem os degraus superiores de uma escadaria ou de uma escada, sugerindo altitudes ainda mais elevadas que as dos degraus e patamares visíveis; a indicação de outra escada mergulhando mais baixo que o nível em que estamos adverte-nos de que aquele abismo também se abre mais além da margem inferior; a sugestão fica ainda mais exata quando uma lanterna suspensa quase rente à mesma margem confirma a hipótese de negras profundezas invisíveis. O artista consegue nos convencer de que aquela sala descomunal está, aliás, hermeticamente fechada, mesmo na face do retângulo que jamais veremos, porque se encontra atrás de nós. Nos raros casos (pranchas II, IV e IX) em que uma impraticável saída se abre para um exterior por sua vez contido por muros, essa espécie de *trompe-l'oeil* apenas agrava, no centro da imagem, o pesadelo do espaço fechado. A impossibilidade de distinguir um plano de conjunto acrescenta outro elemento ao mal-estar que nos causam as *Prisões*: quase nunca temos a impressão de estar no eixo do edifício, mas somente num raio vetor; a preferência pelo barroco para as perspectivas diagonais acaba, aqui, dando a sensação de um universo assimétrico. Mas aquele mundo privado de centro é, ao mesmo tempo, perpetuamente expansível. Atrás daquelas salas de respiradouros gradeados, desconfiamos que há outras salas, todas parecidas, deduzidas ou a deduzir indefinidamente em todas as direções imagináveis. As passarelas leves, as pontes levadiças aéreas que duplicam por todo lado as galerias e as escadas de pedra parecem responder à mesma preocupação de lançar no espaço todas as curvas e todas as paralelas possíveis. Esse mundo fechado sobre si mesmo é matematicamente infinito.

Ao contrário de todas as expectativas, esse inquietante jogo de construção revela, ao ser estudado, que é formado por componentes muito concretos que Piranesi reintroduzirá em outros lugares de sua obra, sob aspectos aparentemente mais reais, na verdade não menos visionários. Essas salas subterrâneas assemelham-se aos antigos reservatórios do *Emissário do lago d'Albano* ou à *Cisterna de Castel Gandolfo*; esses troféus ao pé dos nobres degraus da prancha VIII lembram os de Mário na rampa do Capitólio; aqueles marcos ligados por correntes provêm de fachadas e pátios de palácios romanos onde servem banalmente para barrar o acesso aos carros; aquelas escadas enjaulando o abismo com seus balaústres e seus lances são, mas na escala do pesadelo, as que diariamente os príncipes e prelados da Roma barroca subiam e desciam; aquele hemiciclo avistado na prancha IV através de um arco ornado de baixos-relevos antigos parece, mas como as coisas parecem em sonho, a colunata de São Pedro; aquele sistema complicado de abóbadas e arcos de volta inteira é como o das Termas de Caracalla ou de Diocleciano, porém ainda mais ousado; aqueles anéis de bronze entre os dentes dos mascarões de granito são menos feitos para deter fracos cativos do que para atracar no cais as galés de César. A preocupação com o detalhe arqueológico especificamente romano acaba por se impor com pesada insistência nas pranchas acrescentadas em 1761: com seus blocos empilhados na beira de uma escavação imensa, seus baixos-relevos povoados de feras monstruosas, seus bustos avistados numa meia-luz sepulcral, parece cada vez mais que ao delírio do arquiteto tenha ido se somar o resíduo dos pesadelos do antiquário.

Da mesma maneira, as fantásticas máquinas que guarnecem, tão temidas, as *Prisões* não são outras senão os velhos utensílios de construção cujo uso persistiu até os nossos dias, e que um engenheiro acostumado com as antigas ferramentas reconhece e designa à primeira vista. A forca transferida para o segundo estado da prancha IX é o esquadro sustentando uma polia que serve desde tempos imemoriais para levantar fardos; as escadas evocadoras de enforcamento são as dos pedreiros, e aqui e ali, nas *Antiguidades*, se encostam nos muros de Roma; o cilindro armado de pontas longas é um guincho; o cavalete que Piranesi em seguida cobriu de pregos é o dos serradores de pranchas; aquela inquietante pirâmide de barrotes é um macaco cujo esboço o próprio artista desenhou em seu *Modo de elevação dos grandes blocos de travertino e outros mármores que serviram para construir o túmulo de Cecilia Metella*; aqueles cadafalsos são andaimes. A semelhança muito real entre o instrumento de tortura de uma época e suas ferramentas técnicas permitiu a Piranesi sugerir nas *Prisões* a onipresença do carrasco, e ao mesmo tempo manter ali, ao pé de paredes já titânicas, a imagem do inacabado e do provisório, o símbolo extenuante dos trabalhos forçados do arquiteto. Foi muito cedo que Piranesi escolheu explicar a presença daquelas máquinas terríveis por seu emprego nas mãos dos carrascos, pois desde a *Prisão escura*, publicada em 1743 na *Prima parte di architettura*, e que mais tarde o artista não juntou à coleção dos *Carceri*, encontramos a seguinte menção: *Carcere oscura con antenna pel suplizio de' malfattori*. De fato, não se vê em nenhum lugar de sua obra um cadáver balançando-se na ponta daqueles patíbulos imensos, como o *Sonneur* de Félicien Rops suspenso no grande sino de seu campanário. Mesmo nos segundos estados das *Prisões*, mais escuros, a corda de uma polia e o fio de prumo de um pêndulo servem apenas para riscar com uma curva e uma reta magistrais o abismo cercado de muros. O mesmo acontece com as rodas gigantescas erguidas por todo lado no fundo das masmorras, e que encontramos às vezes nas *Antiguidades de Roma* reduzidas ao papel modesto de rodas hidráulicas ou de cabrestantes: nenhum ser humano é triturado em cima de seus aros enormes.

Embora os comentadores tenham de bom grado enfatizado os "suplícios extraordinários" que numerosos condenados estariam sofrendo nos *Carceri*, na realidade ficamos, ao contrário, surpresos com a relativa infrequência, e sobretudo com a insignificância, dessas imagens de tormento. À margem do enorme olho de boi que paradoxalmente enche o alto da prancha IX, minúsculos personagens flagelam um pequeno prisioneiro amarrado a um tronco; um irrequieto, solto de uma cruz de Santo André, cai como um acrobata de uma altura inacreditável; e aquelas silhuetas incertas representam aqui o mesmo papel que, no alto das muralhas das *Antiguidades*, desempenham os mirrados arbustos fustigados pelo vento. No meio da prancha XIII, duas figuras descendo degraus são indubitavelmente cativos com as mãos amarradas; numa das pranchas acrescentadas em 1761 (II), no fundo de uma gigantesca fossa parecida com uma ruína despedaçada de monumento antigo, dois pigmeus arrastam pelos

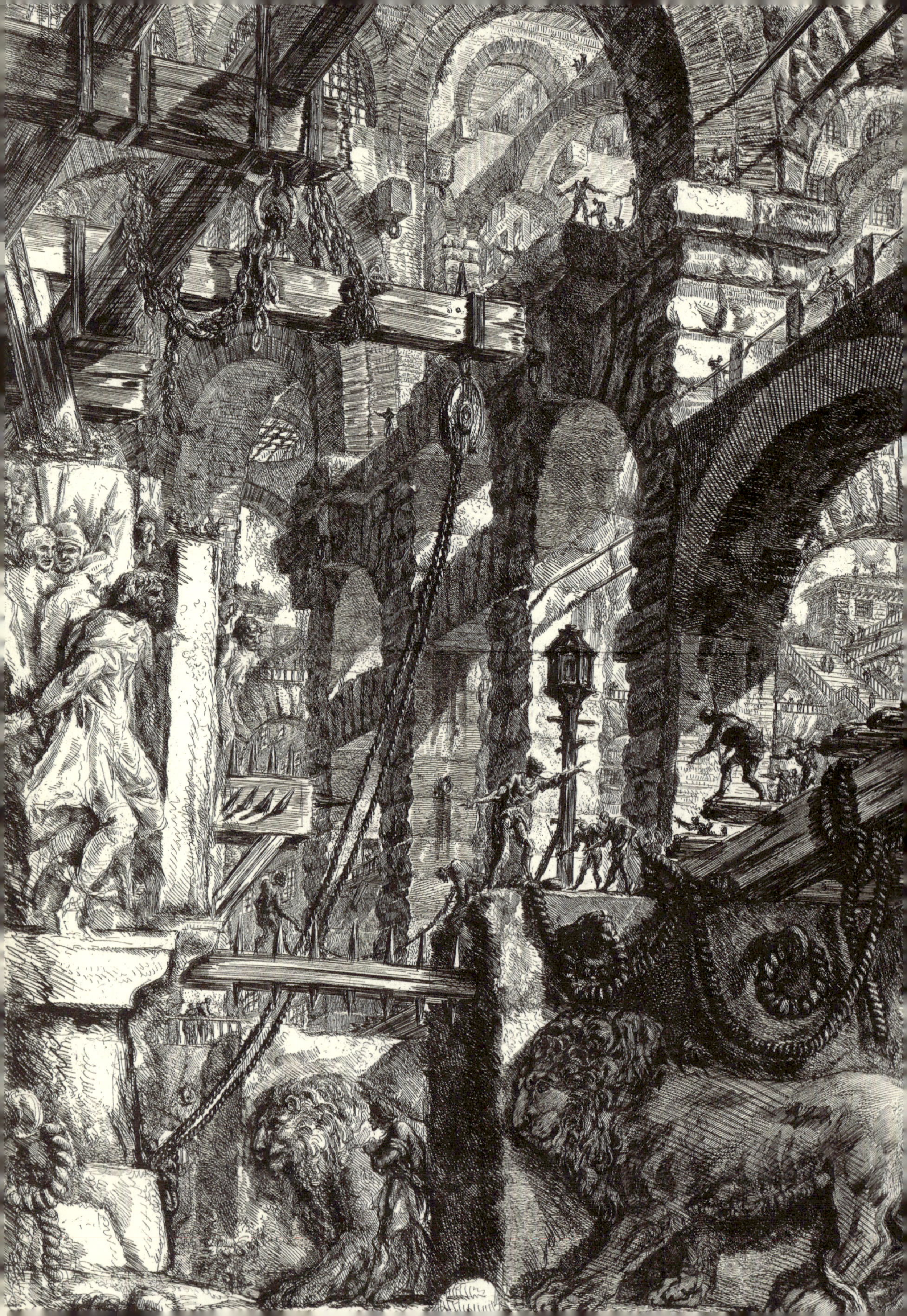

pés um grande condenado, muito semelhante, por sua vez, a uma estátua derrubada; curiosos empoleirados na beira daquela latomia excitam os carrascos, a não ser, porém, que sua gesticulação se dirija a um talhador de pedra que, um pouco mais abaixo, cinzela um bloco. Aqui e ali, de tanto sondar os recantos das *Prisões*, o olho distingue outros cativos e outros carrascos. Mas essas pequenas imagens mal ocupam um lugar maior que o de um combate ou uma agonia de insetos. Uma só vez (prancha x), Piranesi representou bem distintamente o grupo de supliciados: um conjunto escultórico de quatro ou cinco titãs amarrados a pilastras, dobrados ou prostrados no alto de uma imensa aduela. Pareceriam um Cristo ou um Prometeu desdobrados em figuras idênticas como em certas representações dos sonhos. Colossais, sem relação com a pequena humanidade que perambula ao longo das sacadas ou escala os degraus, eles nos comovem um pouco mais que o cativo do frontispício, irmão dos *Ignudi* de Michelangelo e, mais ainda, das jovens figuras dos tetos dos Carracci, que levam no pescoço sua corrente como um laço de fita.

Assim como seus congêneres das *Antiguidades de Roma*, os pequenos habitantes das *Prisões* surpreendem por sua alacridade, que é de fato a do século 18. Passantes, cativos ou carrascos, algumas dessas marionetes que fazem piruetas têm na mão uma varinha que talvez seja um pique, embora mais pareça o arco de sabe-se lá qual música estridente ou a maromba de um funâmbulo, e que aqui substitui o chicotinho dos tocadores de gado que o Piranesi das *Antiguidades* gosta de pôr nas mãos de seus homens rústicos. Uma sugestão de suplícios paira no ar das *Prisões*, mas quase tão vaga como a sugestão de um mau encontro nas *Vistas* dos lugares desertos do Campo Romano. O verdadeiro horror dos *Carceri* está menos em algumas misteriosas cenas de tormento do que na indiferença daquelas formigas humanas vagando em imensos espaços, pois seus diversos grupos quase nunca aparentam comunicar-se entre si, nem sequer se dar conta de sua respectiva presença, e menos ainda reparar que em um canto escuro se suplicia um condenado. E dessa inquietante pequena multidão o traço mais singular talvez seja a imunidade à vertigem. Leves, muito à vontade naquelas altitudes do delírio, aquelas mosquinhas não parecem perceber que beiram o abismo. Mas por que Piranesi deu às *Prisões imaginárias* essas características a um só tempo artificiais e sublimes, ou, o que dá no mesmo, por que

Prancha v

4. Dezoito, caso se contem, além das 16 pranchas da edição de 1761, a admirável prancha XIV do primeiro estado, substituída depois pela prancha XVI da edição definitiva, e a *Prisão escura* da *Prima parte di architettura*, que evidentemente pertence ao grupo dos *Carceri*.

escolheu para aqueles suntuosos fantasmas arquitetônicos o nome de *Carceri*? A influência de uma ilustração de romance de cavalaria produzida cerca de 40 anos antes por um gravador quase desconhecido, a hipótese de um projeto de cenário para uma ópera cujo nome nem sequer chegou até nós só explicam de modo incompleto a escolha desse tema e dessa série de 18 obras-primas.[4] Com toda a certeza, as *Prisões* poderiam ser um dos primeiros e mais misteriosos sintomas dessa obsessão pelo encarceramento e pelo suplício que se apodera cada vez mais dos espíritos nos últimos decênios do século 18. Pensamos em Sade e nas masmorras da vila florentina onde seu Mirsky tranca suas vítimas; não, como vimos, que Piranesi preludie tão significativamente, como se poderia pensar, as manias cruéis do autor de *Justine*, mas porque Sade e o Piranesi das *Prisões* expressam, ambos, esse abuso que é, de certa forma, a conclusão inevitável da vontade de poder barroca. Pensamos no requisitório de Beccaria contra as atrocidades das prisões da época, que breve iria alterar as consciências e ajudar a assaltar as bastilhas do Antigo Regime. Pensamos, sobretudo, com a sensação do contraste quase grotesco entre a visão interna dos poetas e a realidade anedótica da história, que apenas 30 anos separam os fantásticos *Carceri* e as prisões nada poéticas do Terror, as quais o amável Hubert Robert, amigo e êmulo de Piranesi, teria oportunidade de pintar, no sórdido desconforto burguês da Conciergerie, com Camille Desmoulins esperando a morte entre uma cama de lona, um urinol, uma escrivaninha portátil e uma miniatura de sua Lucile. Mas a despeito do grupo prometeico dos cativos da prancha X, a despeito de um gesto de piedade ou de pavor que pequenos personagens às vezes parecem esboçar na sombra, não há a menor certeza de que o próprio Piranesi tenha sido tocado pelo acesso de horror e revolta pré-revolucionária de que suas *Prisões* são, ainda assim, um dos sinais precursores. Na última prancha do segundo estado, as escuras inscrições incompletas, *Infamos... Ad terrorem increscen... Audacias... Impietati et malis artibus* parecem pôr o autor do lado da vingança pública, da ordem romana, e fazer dos prisioneiros dos *Carceri* uns malfeitores, mais do que mártires.

Relegando a segundo plano a explicação pelo sadismo *avant la lettre* ou a presciência revolucionária, talvez se deva buscar o segredo das *Prisões* num conceito que preocupou especialmente a imaginação italiana, e que desde sempre foi fecundo em obras-primas: o do Julgamento, do Inferno, do *Dies Irae*.

Apesar da ausência total de qualquer concepção religiosa como pano de fundo das *Prisões*, aqueles abismos escuros e aqueles grafites lúgubres nem por isso deixam de ser o único e grandioso equivalente que a arte barroca italiana tenha dado da terrível cratera e do *Lasciate ogni speranza* de Dante. Élie Faure, em sua *História da arte*, notara de passagem que o autor dos *Carceri* permanecia na grande tradição do *Juízo final* de Michelangelo, e isso é verdade mesmo se só do ponto de vista das perspectivas inclinadas e do arranjo do espaço, e ainda mais verdade do ponto de vista das perspectivas internas. A obra de Michelangelo, impregnada do pensamento dantesco, parece ter servido de intermediária entre as *Prisões* perfeitamente laicas de Piranesi e as velhas concepções sagradas da Justiça Imanente. Nenhum Deus, é verdade, atribui aos *Carceri* o lugar dos condenados ao longo dos degraus do abismo, mas sua própria omissão apenas torna mais trágica a imagem das ambições desmedidas e do perpétuo fracasso do homem. Aqueles lugares de reclusão dos quais são eliminados o tempo e as formas da natureza viva, aqueles quartos fechados que se transformam tão depressa em quartos de tortura, mas cujos habitantes parecem em sua maioria perigosos e obtusamente à vontade, aqueles abismos sem fundo e no entanto sem saída não são uma prisão qualquer: são nossos Infernos.

"A Dinamarca é uma prisão", diz Hamlet. "Então, o mundo é outra", retruca o insípido Rosencrantz, levando a melhor, ao menos uma vez, sobre o príncipe vestido de preto. Deve-se supor em Piranesi uma concepção do mesmo gênero, a visão distinta de um universo de prisioneiros? Quanto a nós, obscurecidos por mais dois séculos de aventura humana, reconhecemos bem demais esse mundo limitado e no entanto infinito em que pululam minúsculos e obsessivos fantasmas: reconhecemos o cérebro do homem. Não podemos deixar de pensar em nossas teorias, em nossos sistemas, em nossas construções mentais magníficas e vãs em cujos desvãos sempre termina se escondendo um supliciado. Se essas *Prisões*, relativamente esquecidas por muito tempo, atraem a atenção do público moderno, talvez não seja apenas, como disse Aldous Huxley, porque essa obra-prima de contraponto arquitetônico prefigura certas concepções da arte abstrata, mas sobretudo porque esse mundo artificial, e no entanto tão sinistramente real, claustrofóbico e megalômano, não deixa de nos lembrar aquele em que a humanidade moderna se tranca, cada dia mais, e cujos perigos mortais começamos a reconhecer. Quaisquer que tenham sido para seu autor as implicações quase metafísicas dos *Carceri* (ou, ao contrário, sua total ausência), existe entre as palavras saídas dos lábios de Piranesi uma frase, proferida talvez em tom de gracejo, que indica que ele não ignorava os aspectos demoníacos de seu próprio gênio: "Necessito de grandes ideias, e creio que, se me encomendassem o projeto de um novo universo, eu cometeria a loucura de empreendê-lo". Uma vez na vida, conscientemente ou não, o artista fez essa aposta quase arquimediana que consiste em traçar de um mundo unicamente construído pelo poder ou pelo querer do homem uma série de desenhos: deles resultaram as *Prisões*.

—

Como a maioria das glórias artísticas, a de Piranesi foi intermitente e fragmentária, no sentido de que tocou sucessivamente as diversas partes de sua obra. As *Vistas* e as *Antiguidades de Roma* se tornaram imediatamente célebres, sobretudo fora da Itália, onde encontraram, primeiro, menos entusiasmo. Pode-se dizer que fixaram, e para sempre, um certo aspecto de Roma em determinado momento de sua história. Fizeram até mais que isso; uma vez que não temos, das épocas precedentes à de Piranesi, nenhuma documentação igual à sua em abundância e, sobretudo, em beleza, e que jamais conheceremos o aspecto físico de Roma na Antiguidade senão por frias e hipotéticas reconstruções arqueológicas, a imagem que ele deixou das ruínas romanas de seu tempo aos poucos espalhou-se retrospectivamente na imaginação humana; e é nas ruínas de Roma tais como Piranesi as pintou, e não no monumento em seu estado inicial, ou mais antigo, que nos flagramos pensando primeiro, quase mecanicamente, quando nos ocorre designar este ou aquele edifício de Roma.

A partir dos últimos anos do século 18, provavelmente não houve em nenhum lugar aluno de arquitetura que não tenha sido influenciado direta ou indiretamente pelos álbuns de Piranesi, e pode-se afirmar que de Copenhague a Lisboa, de São Petersburgo a Londres, ou mesmo no jovem estado de Massachusetts, os edifícios e as perspectivas urbanas desenhados nessa época e durante os 50 anos seguintes não seriam o que são se seus autores não tivessem folheado as *Vistas de Roma*. Com toda a certeza, Piranesi teve algo a ver com a obsessão que termina por arrastar para a Itália Goethe, que lá encontraria uma segunda juventude, e Keats, que lá morreria. A Roma de Byron é piranesiana, piranesianas também as de Chateaubriand e essa, mais esquecida, de Madame de Staël; e o mesmo ocorre com a "cidade dos túmulos" de Stendhal. Pelo menos até 1870, e até a onda de especulações imobiliárias que se seguiu à escolha de Roma como capital do novo reino da Itália, a aparência da cidade permanecera piranesiana, e ainda é em grande parte a lembrança dessa Roma, meio antiga, meio barroca, que nos arrasta irresistivelmente, hoje, para essa cidade cada vez mais mudada.

Disseminando junto ao grande público o gosto pelas ruínas, limitado até o fim do século 18 a uns poucos artistas e poetas, a influência de Piranesi teve o resultado paradoxal de modificar a própria ruína. O gosto por preservar e restaurar, às vezes abusivamente, as obras de arte antigas precedeu de muito o gosto por preservar e restaurar os escombros de que tinham saído. Até o dia em que se desenvolveu essa poesia da arqueologia cujos primeiros indícios são os álbuns de Piranesi, a ruína, com poucas exceções, fora considerada uma mina de onde extrair obras-primas transportadas em seguida para as coleções papais ou principescas; ou, conforme o próprio Piranèsi se queixava, uma pedreira de mármore explorada para erguer monumentos novos, encomendados por papas preocupados em desviar para a glória do cristianismo (e para sua glória pessoal) o que fora a grandeza pagã da Antiguidade. Foi essa ruína desventrada e trágica que Piranesi gravou, e a própria difusão de sua obra inclui-se entre os elementos que aos poucos mudaram a atitude do público, e finalmente das autoridades, e que nos levaram à ruína etiquetada, desempoeirada e reengessada de hoje, objeto de solicitude do Estado e riqueza nacional do turismo organizado.

A moda das *Vistas* e das *Antiguidades de Roma* baseava-se substancialmente não em um mérito estético ou técnico de que poucos são juízes, mas em seus assuntos; estes respondiam aos gostos dos amadores para quem os grandes nomes e os grandes sítios da história romana faziam parte da bagagem escolar. Nas gerações seguintes, esses conhecimentos se reduziriam a pouca coisa. Além disso, o interesse arqueológico propriamente dito voltava-se, em boa medida, para os monumentos da Grécia até então inacessíveis e agora incorporados ao patrimônio europeu, e depois para o Egito e o Oriente Médio recém-explorados ou decifrados. Roma deixava de ser aquela única rainha do mundo antigo que fora até o final do século 18. Por último, aquelas estampas admiráveis de tantos pontos de vista padeceram da inflação sofrida pela arte da gravura no século 19, confundiram-se na multidão sem glória das imagens de lugares ou monumentos famosos, cujos exemplares com grandes margens, emoldurados em mogno ou jacarandá, decoravam as salas de jantar da província. Aos poucos, as *Antiguidades* e as *Vistas* de Piranesi passaram a um canto escuro dos corredores, ou mesmo ao sótão. Hoje aí as encontramos, com essa admiração ao mesmo tempo nova e motivada que costumamos sentir pela primeira vez em presença de obras que saíram de moda, e depois do esquecimento que se segue à moda.

Os álbuns decorativos de Piranesi, esses desenhos que, mais além do estilo de Luís XV, Luís XVI e Diretório, antecipavam o estilo Império, encontraram de imediato certo eco na Inglaterra, onde o autor era membro, desde 1757, da Sociedade dos Antiquários de Londres; e certamente contribuíram, em quase toda a Europa, para o deslocamento do barroco para o neoclássico. Mas, no conjunto, a fim de que essa obsessão quase alucinante pelo antigo se impusesse à imaginação de decoradores e marceneiros, foi preciso esperar que os acontecimentos tornassem a pôr na ordem do dia a Roma consular e a dos Césares, e os 30 séculos de história do Egito dos faraós. É curioso notar, em especial, que o primeiro germe desse estilo egipcizante, com sua profusão de esfinges, Osíris e múmias, encontra-se não, como seria de crer, nos desenhos de estátuas do vale do Nilo da *Descrição do Egito*, de Jomard, iniciada sob Napoleão e terminada sob Luís XVIII, mas no álbum piranesiano de *L'Arte d'adornare i cammini*, de 1769, por sua vez inspirado nas modestas estátuas pseudoegípcias encontradas na Vila Adriana entre 1740 e 1748, e hoje no Vaticano.

O destino das *Prisões imaginárias* foi diferente daquele do restante da obra de Piranesi. Como vimos, elas foram bem pouco apreciadas na época, a não ser por alguns raros amadores. Mas, desde 1763, as *Prisões* figuravam na biblioteca de Luís XV, e a nota de aquisição louvava seus belos efeitos de luz.

Quase ignorados do grande público durante o século 19, esses edifícios nascidos da varinha de um obscuro feiticeiro deviam, porém, encantar alguns poetas: Théophile Gautier gostaria de ver representarem *Hamlet* num cenário saído das *Prisões*, e nisso ele estava ao mesmo tempo muito atrasado e muito adiantado nas ideias de decoração teatral de seu século. Mas foi sobretudo Victor Hugo que parece ter sofrido mais profundamente a influência de Piranesi, e as alusões ao grande gravador italiano são bastante frequentes em sua obra. Evidentemente, foi pelas *Antiguidades* e *Vistas* que esse homem, que entreviu Roma uma única vez na vida, e com olhos de criança em tenra idade, imaginou a cidade dos Césares; é provável que a ode "Ao arco do Triunfo" com sua evocação das ruínas de cidades do passado e escombros da Paris futura, não fosse o que é se o autor não tivesse folheado muitas vezes aquelas grandes imagens da decrepitude romana. O Hugo poeta (e talvez também o Hugo desenhista) foi obcecado pelas *Prisões imaginárias*. Essas "assustadoras babéis com que Piranesi sonhava" provavelmente serviram de pano de fundo para alguns de seus poemas; ali reencontrava sua tendência ao sobre-humano e ao misterioso. O visionário reencontrava o visionário.

Entretanto, é na Inglaterra que a influência das *Prisões* parece ter se exercido com mais força sobre certas imaginações de poetas e artistas. Horace Walpole via ali "cenas caóticas e incoerentes em que a Morte escarnece", apreciação em si mesma mais melodramática que exata, mas aquelas imagens obscuras parecem ressurgir em seu romance *The Castle of Otranto*, publicado em 1764, portanto três anos depois da edição definitiva dos *Carceri*, e cujo cenário é um imaginário torreão italiano. O fantástico William Beckford incluía-se entre os admiradores de Piranesi, e as vastas salas subterrâneas de seu *Vathek*, publicado em 1786, talvez também se ressintam das fuliginosas *Prisões*. Coisa curiosa, Walpole e Beckford, esses dois mestres do *roman noir*, foram também dois construtores apaixonados, e as caprichosas estruturas rococó-góticas de um, e gótico-mouriscas do outro, sem significarem em nada a continuação do grande estilo barroco de Piranesi, traem, porém, a mesma obsessão por uma arquitetura subjetiva. Porém o mais belo texto inglês sobre Piranesi não emana desses dois ricos amadores, e sim das *Confissões de um comedor de ópio*, de De Quincey, ou melhor, das reminiscências de Coleridge recolhidas por De Quincey. Vamos relê-las:

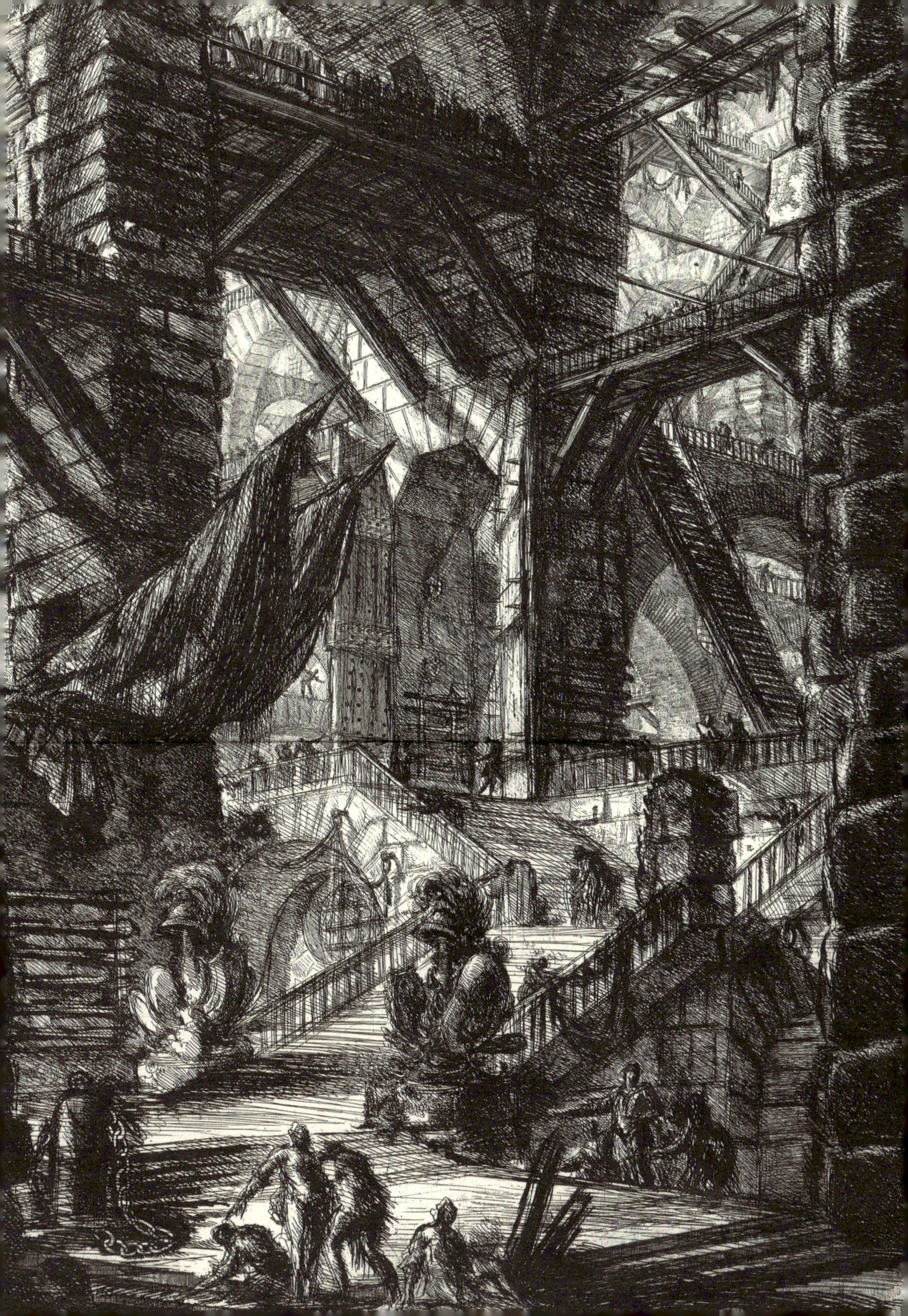

Um dia em que eu olhava as *Antiguidades de Roma* de Piranesi em companhia de Coleridge, este me descreveu uma série de gravuras desse artista, chamada *Sonhos*, e que pintavam as próprias visões durante o delírio da febre. Algumas dessas gravuras (descrevo-as apenas conforme a lembrança do que Coleridge me contou) representam vastos vestíbulos góticos; formidáveis engenhos ou máquinas, rodas, cabos, catapultas etc. demonstram uma força enorme posta em marcha ou uma enorme resistência vencida. Aí vemos uma escada elevando-se ao longo de uma muralha, cujos degraus Piranesi sobe tateando. Um pouco acima, a escada para de repente, sem nenhum corrimão, não oferecendo outra saída senão uma queda no abismo. Não se sabe o que pode acontecer com o desafortunado Piranesi, mas supõe-se que, de um jeito ou de outro, seus cansaços vão, ali, chegar ao fim. Porém, levante os olhos e verá uma segunda escada situada ainda mais alto, sobre a qual se encontra novamente Piranesi, desta vez em pé, na beira extrema do abismo. Mais uma vez, levante os olhos e avistará uma série de degraus ainda mais vertiginosos, e nestes o delirante Piranesi prosseguindo sua ambiciosa subida; e assim por diante, até que essas escadas infinitas e esse Piranesi desesperado se percam juntos nas trevas das regiões superiores. Era com a mesma capacidade de desenvolvimento ilimitado que a arquitetura de meus sonhos crescia e se multiplicava ao infinito.

O que impressiona de saída nessa página admirável é, primeiro, sua absoluta fidelidade ao espírito da obra de Piranesi, e em seguida sua extraordinária infidelidade à letra. Para começar, o título está errado, pois os *Carceri* nunca se chamaram *Sonhos*, e é interessante ver os dois poetas deixarem por assim dizer cair do frontão desses palácios maravilhosos a designação de *Prisões*. Em seguida, há a imagem de vestíbulos góticos, inconscientemente introduzida por esses dois grandes românticos naquele mundo arquitetônico especificamente romano. Mas, sobretudo, em vão procuraríamos nas 18 pranchas que formam a série completa dos *Carceri* aquela delirante escada que continua a subida interrompida aqui e ali por degraus ausentes, e onde um mesmo personagem que seria Piranesi reapareceria a cada vez, um pouco mais acima, em novos degraus separados dos anteriores pelo abismo. Essa representação tão característica de certo tipo de sonho obsessivo, ou Coleridge a transmitiu a De Quincey, ou o próprio De Quincey, que nunca tinha visto com seus olhos o álbum das *Prisões*, a inseriu posteriormente na descrição que Coleridge lhe fez. Um ou outro foi induzido a um erro perdoável pela própria natureza dessa estranha coleção. De fato, as *Prisões* parecem pertencer a esse tipo de obra meio hipnótica, em que se diria que entre uma e outra olhadela os personagens se moveram, desapareceram ou surgiram, e que os próprios lugares se modificaram misteriosamente. Os *Carceri d'invenzione di G.B. Piranesi* suscitaram, assim, no autor de *Christabel* ou no de *Suspiria de profundis*, a imagem de uma escada simbólica e de um Piranesi simbólico, mais verdadeiro que o verdadeiro, emblemas de sua própria ascensão ou de sua própria vertigem. Assim os sonhos dos homens se engendram uns aos outros.

A história das pranchas de Piranesi deveria ser contada à parte. Levadas para Paris por Francesco Piranesi durante o período revolucionário, passaram ao editor Firmin Didot, que as revendeu um pouco mais tarde à Academia de São Lucas em Roma, onde ainda estão. Piranesi calculava poder tirar de cada placa de cobre um total de três mil exemplares, número muito superior ao da maioria dos gravadores da época, cujas pranchas às vezes se deterioravam depois de uma centena de provas. Essa espantosa resistência dos cobres, que permitiu a abundante difusão da obra de Piranesi, decorria da admirável simplicidade de seus métodos de gravador. Ele trabalhava o mais possível com traços paralelos, e mostrava-se avaro em contratracejados, que tendem a formar na placa uma ilhota erodida em que a tinta se amontoa indevidamente durante os entintamentos. Apesar dessa perfeição técnica, os originais de Piranesi terminaram se gastando de tanto que foram usados e hoje já não são utilizáveis. Mesmo em vida, muitas vezes ele tornou a encavar os sulcos que tendiam a se desgastar. É isso que faz com que suas impressões mais recentes sejam também as mais negras. Convém não esquecer esse detalhe quando se buscam as razões psicológicas do escurecimento dos segundos estados das *Prisões*, embora a necessidade desses retoques tenha se imposto menos para elas do que para outras obras do mesmo artista, mais frequentemente reproduzidas. Seja como for, pareceu útil terminar este estudo por alguns desses detalhes técnicos, que provam mais uma vez como as modestas preocupações de perfeição artesanal contribuíram para essas obras-primas tão inquietantes do grande virtuose.

Mount Desert Island
1959-1961

Nascida na Bélgica e naturalizada americana, **Marguerite Yourcenar** (1903-1987) consagrou-se como escritora de expressão francesa. Notabilizou-se, sobretudo, por romances históricos, como *Memórias de Adriano* (1951) e *A obra em negro* (1968). Este último teria origem nas pesquisas realizadas para este ensaio, publicado originalmente em 1961 num volume com as gravuras de Piranesi. Em 1962, o texto passou a ser parte da coletânea *Sous bénéfice d'inventaire*, publicada no Brasil como *Notas à margem do tempo*.
Tradução de **Rosa Freire d'Aguiar**

Giovanni Battista Piranesi (1720-1778) é um dos nomes incontornáveis da arte italiana, célebre por suas gravuras de Roma e pela série aqui reproduzida em parte, *Prisões imaginárias*.

Maria Esther Maciel

BREVÍSSIMA HISTÓRIA NATURAL DAS MARIAS

Em diferentes reinos, espécies e variações

ilustrações de Veridiana Scarpelli

MARIA-BARULHENTA

(*Euscarthmus meloryphus*)

É uma ave que pula alto e dança sobre as árvores. Sua cor é de um marrom quase laranja, com partes claras. Tem bico fino, bochechas castanhas e cauda levemente redonda. Os olhos de canela, envolvidos num leve amarelo, enxergam o que não vemos durante o outono. Alimenta-se de insetos que captura nas folhagens ao rés do solo. Seus ninhos são frágeis e quase caem quando venta muito. Põe sempre dois ovos esbranquiçados, com pequenos pontos lilás. Seu canto obsessivo soa como um ruído e se torna um aviso aos que prestam atenção nos sentidos que traz implícitos. Ela faz do corpo o próprio jogo, entregando-se inteira ao ritmo dos sons do entorno.

MARIA-CABEÇUDA

(*Ramphotrigon megacephalum*)

Possui o bico em forma de triângulo e canta um "riu... ruu" macio, em intervalos de dois segundos, atenta aos sons graves e agudos. Seu corpo é verde-oliva, e os olhos são escuros, com sobrancelhas amarelas, em curva. Discreta como todas as aves de sua espécie, gosta de se recolher entre os bambus das florestas úmidas e costuma fazer seus ninhos em cavidades de troncos de cor escura. Às vezes segue bandos mistos de aves, mas só até certo ponto. E aí volta para seu canto, com a cabeçona erguida, sem medo de se isolar nas sombras.

MARIA-CAVALEIRA

(*Myiarchus ferox*)

Ela só canta alto às sextas-feiras. Em geral, seu som é um chamado ligeiro. De bico negro, tem cauda longa e dorso preto, garganta cinza e algumas claridades nas asas quando voa. Não esconde seu gosto pelos espaços abertos do cerrado, onde se sente em casa. Seu topete se eriça de vez em quando, sobretudo se fica brava. Captura moscas com vontade e não sem ferocidade. Seu canto, dizem, é um "briii" delicado, e poucas pessoas conseguem identificá-lo. Apenas as crianças muito pequenas entendem o que essa maria fala.

MARIA-DA-TOCA

(*Parablennius pilicornis*)

É um peixe que costuma se esconder com seus pares nas tocas de pedras que ficam na beira d'água. Ela atende também pelos nomes "maiuíra", "amoreia", "cudunda" e "peixe-flor". Seu corpo alongado muda de cor conforme o ambiente ou o estado de espírito: as fêmeas chegam ao amarelo vivo, e os machos, a um lilás fechado. A boca, um tanto incomum, tem maxilares com dentes pontiagudos. E as nadadeiras são cobertas de espinhos. Há pouco tempo, li a notícia de que uma dessas marias, por falta de tocas, fez de uma garrafa PET a sua morada, nas águas sujas de um rio.

MARIA-DORMIDEIRA

(*Mimosa pudica*)

É uma planta sensitiva que recolhe suas folhas em resposta a alguns estímulos. Como seu nome científico diz, é mimosa e pudica, preferindo dormir com a porta fechada para evitar as mãos atrevidas. Defende-se, assim, também dos grilos e de outros insetos herbívoros. Por isso, "maria-fecha-a-porta" é o seu apelido. Por outro lado, é bastante invasiva e se espalha com força em terrenos baldios. Todos acham que ela dorme muito, mas, em verdade, seu sono é fingido. Um dado curioso é que, para terem sonhos eróticos vívidos, muitas mulheres põem um ramo dessa maria sob o travesseiro, em noites de lua cheia.

MARIA-FACEIRA

(*Syrigma sibilatrix*)

É uma garça que assobia. Tem a face azulada, bico rosa com mancha roxa na ponta, plumagem amarela na garganta, crista e dorso cinza-claros. Passa a maior parte do tempo no solo, mas quando voa estica o pescoço com uma elegância ousada. Aprecia tanto as regiões alagadas como as de pouca umidade. Alimenta-se de insetos e anfíbios, constrói ninhos com pequenos galhos de arbustos e bate as asas com pressa, sem ganhar altura. Costuma viver solitária, mas, quando casa, não larga seu par por nada. Dizem que tem um andar engraçado e sibila com som de maria-fumaça.

MARIA-FARINHA

(*Ocypode quadrata*)

Ela também é chamada de "caranguejo-fantasma". Sua cor pálida se confunde com a da areia da praia e, por isso, tem o dom da camuflagem. De carapaça quadrada, mora em buracos acima da linha da maré alta e transita com desembaraço entre os espaços terrestres e aquáticos. Ela solta estalos nas garras e ruídos nas patas, ficando furiosa quando se sente ameaçada. Seu maior pavor é ser jogada viva em água fervente, como fazem os humanos quando querem devorá-la. Até pesadelos ela tem, às vezes, ao pensar nessa maldade.

MARIA-FEDIDA

(Nezara viridula)

É um percevejo verde, de olhos vermelhos, que solta um odor fétido quando sofre ameaças. Como uma arma contra os rigores do mundo, esse fedor, para ela, é quase sagrado. Graças a isso, defende-se do bico dos pássaros que tentam capturá-la. Por outro lado, sente pavor do cheiro de alho. E, nesse aspecto, compartilha com os vampiros o seu ponto fraco. Ela aprecia feijão, algodão e a seiva do pé de soja. Em seus passeios pela mata, costuma encontrar insetos que lhe perguntam, meio desconfiados: "Fedes?". Ao que ela responde, de forma robusta, porém acanhada: "Fedo". Não sem dar também um risinho singelo e sem graça.

MARIA-GORDA

(*Talinum paniculatum*)

Ela também se chama "maria-gomes" e "língua-de-vaca". De cor alaranjada, costuma ser nefasta para outras plantas e é meio parente dos cactos. Tem uma autonomia invejável, não dependendo dos humanos para nada. Cresce em lugares diferentes, como rochas, barrancos, pastagens e pomares. De tão gordas, suas folhas parecem ser feitas de carne. Já as flores são graciosas e delicadas. Essa maria não se importa quando dizem que ela está obesa, pois sabe que sua beleza é farta.

MARIA-LEQUE

(*Onychorhynchus swainsoni*)

É uma ave com pinça no bico e crista em forma de um leque aberto. Vive na região Sudeste, onde persegue vespas, libélulas e borboletas com uma avidez precisa, enlaçando-as com as cerdas que possui em torno do bico. Seu corpo varia do laranja ao marrom-fosco, com detalhes escuros no dorso. Quase sem pescoço, seu penacho vermelho tem uma faixa azul nas pontas. Inconfundível é o seu ninho, que, como uma bolsa semifechada, fica dependurado em galhos sobre córregos e riachos, no interior das matas. De tanto observar as coisas, aprendeu que a névoa nem sempre é da paisagem.

MARIA-LUÍSA

(*Paralonchurus brasiliensis*)

É um peixe teleósteo da família dos cianídeos e possui um nome que se confunde com o de muitas humanas que também vivem na zona litorânea. Gosta das profundezas, aprecia crustáceos e moluscos, mas está sempre em desassossego, por saber que a qualquer momento pode ser capturada e comida pelos homens, como já aconteceu com muitas de suas amigas, também marias. Só de pensar nisso, seu coração fica encolhido. Há poucos dias, li no jornal que uma foi encontrada, em apuros, entalada numa argola de plástico, em certa praia do litoral paulista.

MARIA-MOLE

(*Cynoscion striatus*)

É uma pescada olhuda e roliça, em forma de banana. Sua boca grande é cheia de dentes afiados, que lembram os de um cachorro que rosna. Dependendo do ângulo sob o qual é vista, essa maria mostra um olhar meio cínico, porém inofensivo. Acredita-se que ela tem muito talento para lidar com as coisas intrínsecas. Vive em cardumes nos poços e regiões profundas, e às vezes é confundida com a corvina. Suas principais vítimas são os crustáceos, em especial os camarões pequenos e distraídos, que não imaginam que correm perigo.

MARIA-PEIDORREIRA

(*Posqueria latifolia*)

Dá flores brancas e cheirosas, que seduzem os beija-flores nos dias de outubro. Seu fruto é uma baga em tom amarelo-alaranjado que surge, quase sempre, no mês de julho. É conhecida também como "flor-de-mico", "papa-terra" e "laranja-de-macaco". Mas nem por isso deixou de receber um nome lírico: "açucena-do-mato". Os botânicos ensinam que ela possui "folhas simples, inteiras, opostas, cruzadas, glabras e cartáceas, com ápice acuminado". Um dado curioso é que sempre se comporta como se estivesse sendo observada. Mas se ela solta gases, ninguém sabe.

MARIA-ROSA

(*Syagrus macrocarpa*)

É uma palmeira solitária, de beleza rara. Ainda sobrevive em terras de Minas, do Espírito Santo e do Rio de Janeiro, mas sua existência corre perigo, por conta dos desmatamentos indiscriminados. Esguia, se impõe aos nossos olhos mesmo de longe. É também chamada de "jururá" e "baba-de-boi-grande", e adora solos bem drenados, ricos em matéria orgânica. Dá um fruto de polpa doce e carnuda (de sabor meio coco, meio manga), com uma amêndoa saborosa. Fica alegre sob o sol pleno ou nas sombras porosas. E não perde o prumo em dias de tempestade. Não sei por que, mas há quem pense que ela possui uma alma acanhada.

MARIA-SECA

(Tetanorhynchus punctatus)

É uma espécie de gafanhoto que parece um graveto, anda devagar e se confunde com os galhos das árvores, onde permanece por tardes inteiras. De cor castanha ou verde-oliva, cabeça curta e antenas compridas, vive em meio às plantas, alimentando-se de brotos e folhas, convicta de que não pode ser vista. Às vezes, balança o corpo, como se movida pelo vento, mas isso é só um disfarce para despistar os olhos dos predadores. Dependendo do ângulo, fica masculina, o que justifica seus outros nomes conhecidos: "mané-seco", "bicho-de-pau" e "joão-magro". O que não lhe faz nenhum mal; muito antes, pelo contrário.

MARIA-SEM-VERGONHA

(Impatiens parviflora)

Ela prefere os lugares úmidos, seja em pleno sol ou nas sombras. É uma planta fácil, que se adapta sem problema a qualquer terreno. Suas flores variam dos tons vermelhos aos de rosa e laranja, podendo ser também brancas. Algumas pessoas a chamam de "beijinho". Apesar de sua graça, é considerada uma erva daninha, por prejudicar outras espécies, com sua índole atrevida. Cresce em canteiros, trechos de estradas, vasos e jardineiras, sem conter seu impaciente desejo de estar presente em todos os caminhos. Em certas noites, porém, ela gosta de ficar sozinha.

MARIA-VAI-COM-AS-OUTRAS

(*Maria mariensis*)

É uma humana solidária. Se ela vai com as outras marias, é sobretudo para ajudá-las. E não importa que as outras sejam aves, insetos, plantas ou crustáceos, pois todas as criaturas lhe são caras. Por outro lado, se ela a todas ensina o que pode, com cada uma aprende o que não sabe. Juntas, enfrentam qualquer situação complicada. E mesmo quando está só, o que ela aprendeu com as outras deixa sua vida mais calma.

Maria Esther Maciel (1963) é escritora, crítica literária e professora de literatura da UFMG. Publicou, entre outros, *O livro de Zenóbia* (Lamparina, 2004), *O livro dos nomes* (Companhia das Letras, 2009), *As ironias da ordem – Coleções, inventários e enciclopédias ficcionais* (Editora UFMG, 2010) e *Literatura e animalidade* (Civilização Brasileira, 2016). É diretora editorial da revista literária *Olympio*. Os verbetes integram o livro inédito *Pequena enciclopédia de seres comuns*, a ser publicado no segundo semestre de 2020.

Veridiana Scarpelli (1978) é ilustradora, colaboradora da ***serrote***, autora do infantil *O sonho de Vitório* (2012) e ilustrou, entre outros, *A menina do mar* (2014), de Sophia de Mello Breyner Andresen, ambos publicados pela Cosac Naify.

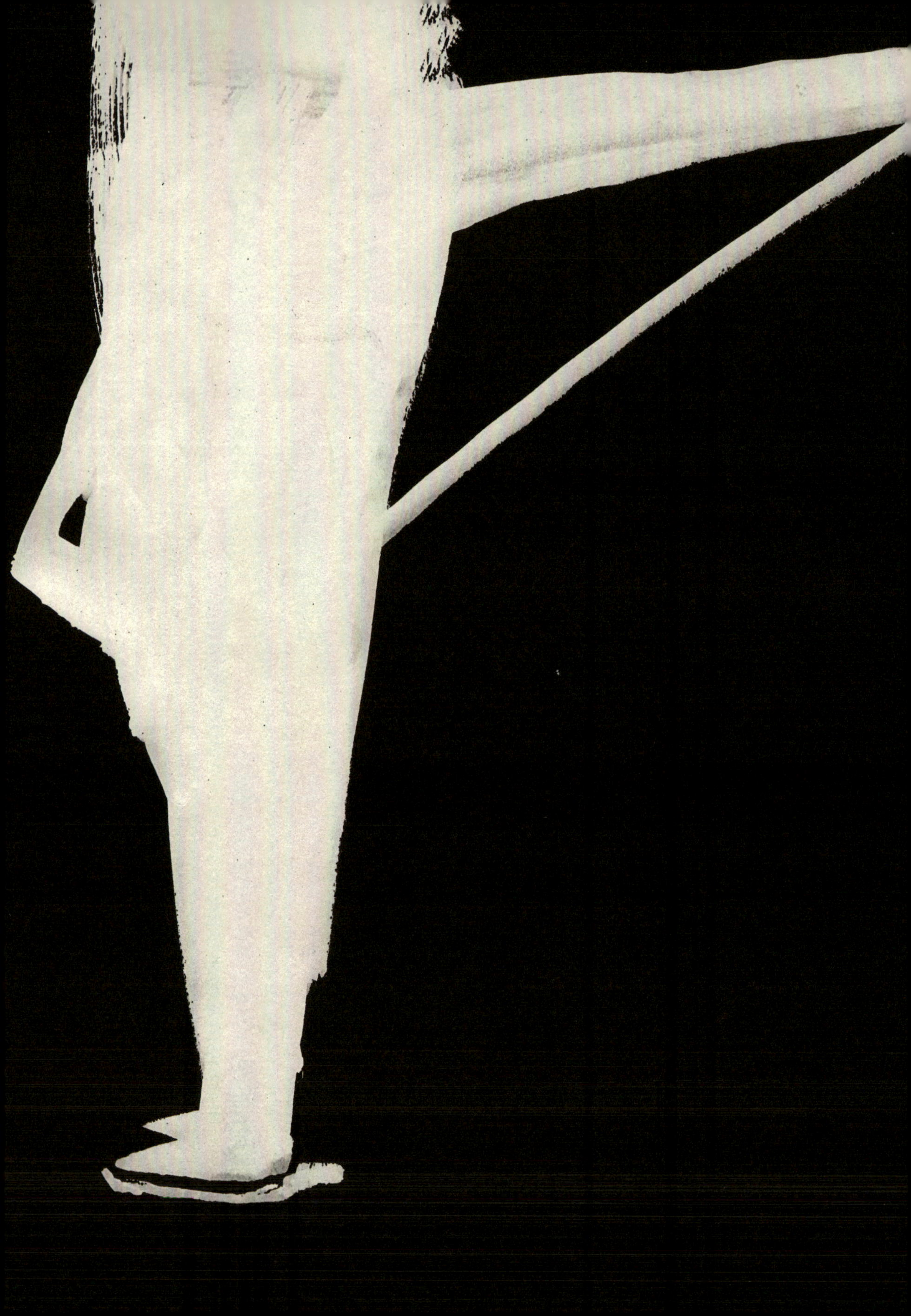

Sobre a dificuldade de contar

Javier Marías

Só a literatura e seu descompromisso com o rigor dos fatos podem ser fiéis à verdade da linguagem, desde sempre condenada ao erro, à imprecisão e à insuficiência

Andrei Roiter
Sem título, 2018
Cortesia do artista

Não sei qual é o critério que os leva a admitir alguns romancistas no seio de sua insigne instituição. Na verdade, me é difícil entender por que admitem qualquer romancista, digo, qualquer um, já que, encarando de um ponto de vista adulto e minimamente sério, nosso trabalho é bastante pueril. Já o qualificou desse modo um dos melhores e mais influentes romancistas da história, Robert Louis Stevenson, que pediu desculpas num de seus poemas por dedicar "as horas do seu anoitecer a esta tarefa pueril" e por não ter seguido a tradição dos seus antepassados, em sua maioria engenheiros e construtores de faróis. "Não digam de mim que, fraco, declinei/ os trabalhos dos meus ancestrais, e que fugi do mar,/ das torres que erigimos e das luzes que acendemos/ para brincar em casa, como uma criança, com papel." Assim começa esse poema.

Mas nosso trabalho não é só pueril, é também absurdo, uma espécie de ilusão de óptica, um embuste, uma alucinação, uma enteléquia, uma bolha de sabão. No fundo, está destinado ao fracasso, e além do mais é quase impossível. Em última instância, se me permitem o exagero, eu até me atreveria a dizer que contar, narrar, relatar é impossível, principalmente quando se trata de fatos reais, de coisas que acontecem de verdade. Por mais que a intenção de um narrador seja contar o acontecimento *tal como ocorreu*; por mais que aquele que narra seja um cronista, não tenha a menor intenção de inventar coisa alguma e, pelo contrário, só queira ater-se exclusivamente ao acontecimento; por mais que se trate, em um tribunal, do depoimento mais conciso e objetivo possível de uma testemunha ocular, alguém que faça o máximo esforço para ser veraz e que, como ouvimos tantas vezes nos filmes americanos, jure dizer a verdade, toda a verdade e nada mais que a verdade; ainda assim, em todos esses casos, pretende-se realizar uma tarefa impossível.

No momento em que a palavra intervém, no momento em que se aspira a que a palavra *reproduza* o acontecimento, o que se está fazendo é suplantar e falsear este último. Sem querer, ele é deformado, tergiversado, distorcido e poluído. Ao ser fragmentado, o que antes foi simultâneo se transforma em sucessivo. Assim, o acontecimento é delimitado por um princípio e um fim artificiais, que ficam a critério, sempre discutível, do narrador; é ele quem os estabelece. Inevitavelmente se introduz um ponto de vista e, portanto, uma subjetividade. Quando menos se espera, as pessoas adjetivam, e os adjetivos habitam o reino da imprecisão: mesmo que seja apenas para indicar que alguém deu uma pancada "forte" em outra pessoa, esse vocábulo tão variável já constitui por si só uma interpretação, uma aproximação, um atrevimento e uma simples conjetura, porque "forte" não pode ter o mesmo significado na boca de uma menina de dez anos e na boca feroz do ex-campeão de pesos pesados Mike Tyson – para recorrer a um contraste extremo na eventual medição da força de uma pancada. De fato, se bem observada, a própria língua não passa de um tateio permanente, um esforço quase inútil, uma busca que nem sequer é muito livre, pois está condicionada pelas convenções e pelo pacto com os outros falantes: é uma espécie de "quero e não posso" ou uma sequência perpétua de tentativas condenadas a nunca acertar o alvo, ou pelo menos não plenamente. Como disse Ortega y Gasset em *Miseria y esplendor de la traducción*, seu velho ensaio de 1937, "há muito, muito tempo, a humanidade, pelo menos a ocidental, não *fala a sério*". E, de fato, a língua é metafórica em seu conjunto, e até mesmo com as frases mais insignificantes, comuns e inócuas, aquelas que podemos considerar mais verídicas e seguras, muitas vezes estamos dizendo disparates, exatamente por recorrer a uma metáfora. Geralmente dizemos algo sem saber o que estamos dizendo, e o próprio Ortega dava este exemplo: "Se eu disser 'o sol sai no Oriente', o que as minhas palavras, e portanto a língua *em que* me expresso, dizem propriamente é que um ente de sexo varonil e capaz de atos espontâneos – o assim chamado 'sol' – executa a ação de 'sair', isto é, saltar, e que o faz em determinado lugar, dentre todos os lugares onde ocorrem os nascimentos – o Oriente. Pois bem, eu não quero dizer nada disso a sério; não penso que o sol seja um varão nem um sujeito capaz de ações espontâneas, nem que esse seu 'sair' seja algo que ele *faz* por si mesmo, nem que nessa parte do espaço aconteçam especialmente nascimentos. Ao usar essa expressão da minha língua materna, eu lanço mão de ironia, desqualifico e levo na brincadeira o que estou fazendo. A língua atualmente é puro gracejo", conclui Ortega, porque ainda estão vigentes, e ainda não encontramos nada melhor que elas, as expressões e frases do tempo em que "o homem indo-europeu achava, de fato, que o sol era um varão, que os fenômenos naturais eram ações espontâneas de entidades voluntárias e que o astro benéfico nascia e renascia todas as manhãs numa região do espaço". Não sabemos fazer, portanto, o que fazia o homem antigo... se queremos nos entender, é claro, e não falar usando uma terminologia. "Falar, então, numa época assim", escreve Ortega, "era algo muito diferente do que é hoje: era falar sério." Até certo ponto, essa fala se fortaleceu de tal modo ao tornar-se metafórica, ao adquirir um "padrão literário", que acabou permanecendo conosco, e nunca mais fomos capazes de prescindir dela ou tivemos medo de fazê-lo. Conservamos, por assim dizer, um belo envoltório já vazio, e com isso renunciamos não ao conhecimento, mas a falar com conhecimento, ou a expressá-lo na comunicação habitual entre nós. Temos que admitir que esse caráter eminentemente metafórico ou irônico da linguagem é o que impede que ela seja uma coisa sempre árida e insuportavelmente tediosa, e sem dúvida o que possibilita a existência da literatura. É graças a esses "gracejos", a esses jogos, a essa falta de seriedade essencial que nós não bocejamos toda vez que alguém diz alguma coisa (ainda assim, muitas vezes o fazemos, e espero que esta não seja uma delas, apesar de seu temerário gênero, "discurso de posse na Academia"; a ver). Mas o fato é que a própria expressão que utilizei antes, "dar uma pancada", é um contrassenso, ou pelo menos é desconcertante, se pensarmos na conotação "dadivosa" que o verbo "dar" tem em tantas outras expressões construídas exatamente da mesma forma, como "dar um beijo", "dar ânimo" ou "dar a bênção".

Além do mais, quando você conhece outras línguas além da que herdou de berço, percebe de forma mais manifesta a condição imprecisa, incerta e volátil dos idiomas, e logo em seguida se depara com uma brutal contradição: por um lado, temos a tendência a acreditar, e até a considerar indubitável, que *tudo* pode ser dito em todas as línguas, ou pelo menos nas mais próximas, e por isso nos parece natural perguntar, sem a menor cerimônia, "como se diz isto em inglês?" ou "essa expressão francesa, o que significa em espanhol?", convencidos de que sem dúvida é possível dizer "isto" em inglês, e de fato se diz, só que de outra maneira, ou de que "essa expressão francesa" tem forçosamente um equivalente em espanhol e, portanto, também deve significar "algo" na nossa língua. Entretanto, junto a essa crença popular e generalizada de que todas as línguas denominam no fundo as mesmas coisas, os mesmos objetos, os mesmos sentimentos, pensamentos, ações, paixões, as mesmas sutilezas e os mesmos fatos – a crença, em suma, de que tudo pode ser dito e de que as línguas são apenas um instrumento intercambiável para referir e nomear o existente, o qual, pelo contrário, é imutável em todos os lugares –, verificamos às vezes que até aquilo que é visível para todos, que a humanidade inteira compartilha e que parece ser idêntico em todas as latitudes e para todos os indivíduos, independentemente de sua procedência e de sua cultura, é necessariamente diverso em virtude do vocábulo que se empregue para denominá-lo.

Lembro que há muitos anos, quando dava aulas de teoria da tradução em universidades britânicas, norte-americanas ou espanholas, pedia aos meus alunos que pensassem naquilo que é mais comum e universal a todos os homens e mulheres, que buscassem algo que todos sem dúvida compartilhamos e que não falta a ninguém. "Pensem no sol e na lua, por exemplo", eu dizia. "De fato não é que são idênticos em todos os pontos do globo, mas são os mesmos astros para todos e, por assim dizer, vão se alternando; nascem e se põem para todos, e seria esperado supor que em cada língua o termo para denominá-los deveria ser inequívoco e equivalente em todas elas." É um exemplo muito conhecido, mas infalível, e assim o aluno que sabia alemão imediatamente se dava conta de que o sol e a lua alemães não podiam ser exata e cabalmente iguais ao sol e a lua espanhóis, italianos ou franceses, porque, assim como nas línguas românicas ou neolatinas "sol" é um substantivo masculino e "lua", feminino, em alemão (e possivelmente em outras línguas germânicas) acontece justamente o contrário, o sol é feminino (*die Sonne*) e a lua, masculino (*der Mond*). E como podem o sol e a lua serem *os mesmos* se, para toda uma tradição, o primeiro possui uma conotação masculina e o segundo, feminina – e assim foram representados pictórica e literária e fabulosamente –, e em toda uma outra tradição têm a conotação inversa? "Continuem pensando", insistia eu aos meus alunos, "em algo ainda mais universal que isso, algo de que ninguém pode escapar e do qual todos nós temos consciência." E logo em seguida aparecia a morte, da qual nunca ninguém se livrou e que aguarda pacientemente a todos. É outro exemplo bem conhecido, mas nele o problema fica patente: como pode isso, que é igual para todos – "a grande niveladora", chamou-a um clássico –, ser sempre o mesmo se em nossas línguas latinas o vocábulo é feminino, e por isso estamos acostumados a representá-lo como mulher, ou mais concretamente como uma velha esquelética com uma foice na mão, mas no idioma alemão é masculino (*der Tod*), e seus falantes, em consequência, estão habituados a figurar a morte como um homem ou como um cavalheiro de armadura, lança e espada? Assim, portanto, nos deparamos com o paradoxo de que tudo pode ser traduzido, ou pelo menos assim acreditamos, e de que a tradução é impossível se formos muito rigorosos ou muito teóricos: ambas as coisas acabam sendo o mesmo.

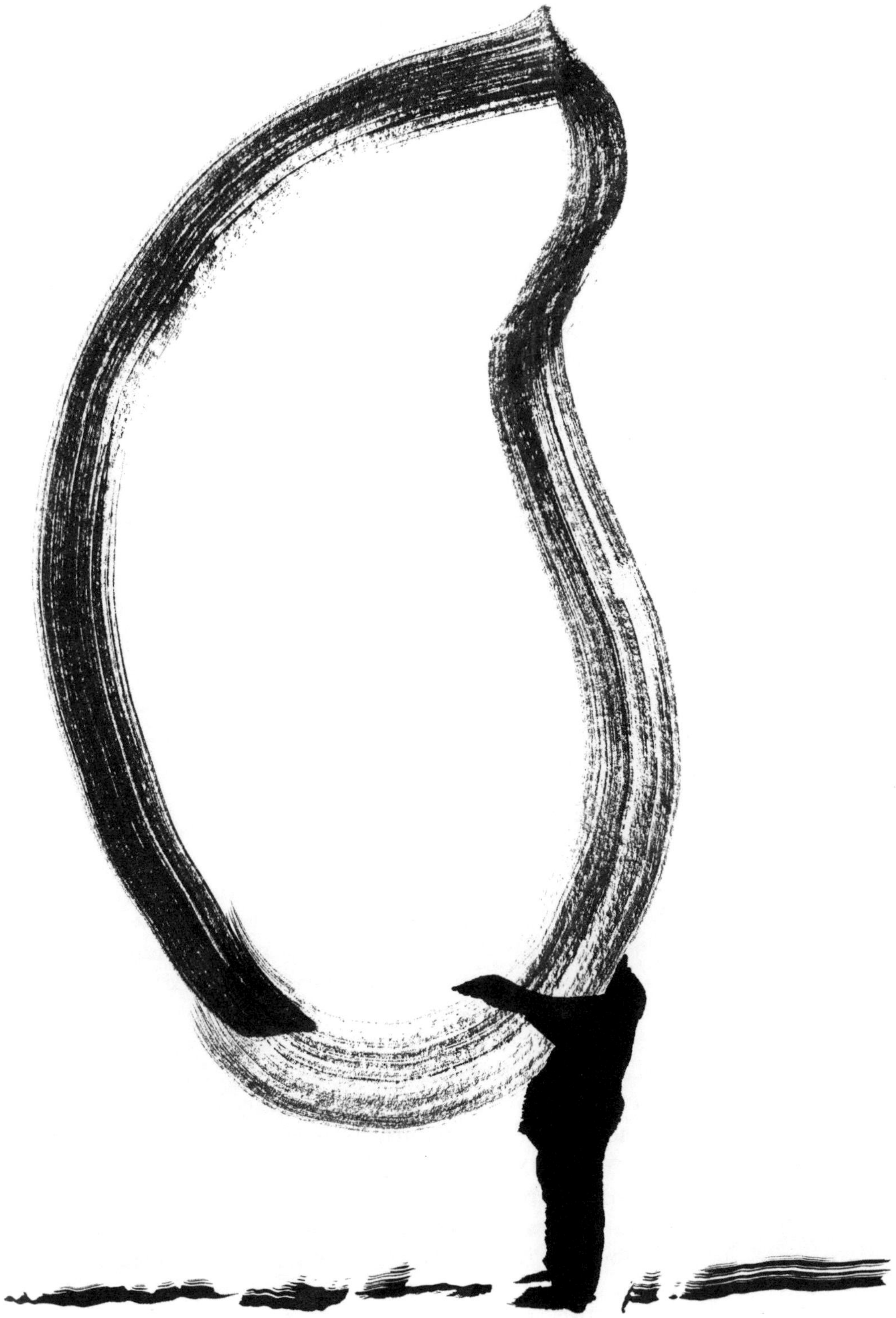

—

Muitos são os mortos que, ao longo da história, tentaram relatar fatos, contar sua vida ou os episódios de que foram testemunhas, ou então, como o grande Bernal Díaz del Castillo entre nós, escrever crônicas fidedignas das empreitadas de que participaram, com a intenção de desmentir os que falavam de ouvido, falseavam ou eram parciais, ou tão somente de registrar um acontecimento que consideravam importante, e assim preservá-lo da tergiversação e do esquecimento. Muitos são os vivos que ainda hoje tentam fazer isso, e todos eles, mortos e vivos, sempre se depararam e continuam se deparando com uma dificuldade insuperável: a simples transposição dos acontecimentos em palavras está necessariamente traindo esses acontecimentos. O que se vê e se vive é fragmentário e malogrado por definição, e a mera ordenação dos vocábulos e frases que empregamos para relatar alguma coisa já é uma infidelidade a isso. A narração não admite simultaneidade, por mais que alguns autores tenham procurado ou inventado técnicas, certamente engenhosas, para produzir ou criar esse efeito. Assistimos aos fatos a partir da nossa subjetividade inescapável e de um único ponto de vista, e de certo modo vemos tudo como se, ante uma escultura, só fôssemos capazes de observar sua parte frontal, a posterior ou um de seus perfis, mas estivéssemos impossibilitados de dar uma volta em torno dela e admirá-la de todos os ângulos, tal como foi concebida e executada. Vemos a realidade como se, em vez de ter volume, dimensões e relevo, ela fosse sempre uma pintura plana, e assim somos obrigados a contá-la.

Algo como um testemunho fidedigno é coisa totalmente impossível, e não só por nossa posição subjetiva e limitada, que nos dá um conhecimento incompleto de tudo, mas também pelo instrumento – a língua – que empregamos. Uma das grandes e primeiras dúvidas que assaltam qualquer narrador – seja ele cronista, historiador ou testemunha ou até um romancista – é por onde começar, ou o que contar antes e o que contar depois. Se você vê um incidente na plataforma do metrô, o mais provável é que comece por situar a si mesmo e diga: "Eu estava esperando o metrô quando...", o que, para início de conversa, nada tem a ver com o incidente em si, é mais uma espécie de justificativa de por que a pessoa que relata viu o que viu. "Quando vi um homem se aproximar de outro e interpelá-lo", poderia continuar a narração. Mas esse narrador já terá introduzido um verbo pouco confiável, "vi", uma vez que outra testemunha talvez tenha visto os tais homens antes da interpelação e, portanto, tenha mais informações e seja mais idônea para contar o que ocorreu; talvez tenha visto que um deles passara um bom tempo olhando para o outro com ódio e resmungando alguma coisa, e talvez um terceiro tenha observado que o interpelado havia subtraído a carteira do interpelador, e que, por conseguinte, este era o motivo mais provável da interpelação. Também é possível que o primeiro narrador, antes de prosseguir seu relato dos fatos, opte simplesmente por descrever os dois indivíduos, ou passe a comentar o susto que os gritos lhe provocaram, ou descreva a reação inicial de alarme das outras pessoas que estavam na plataforma, ou então insira uma menção aos guardas do metrô, que naquele momento não estavam presentes, ocupados com outro incidente em outra parte da estação. Pode ser que tenha ouvido as palavras ditas pelo interpelador, e que decida contá-las de imediato, ou prefira reservá-las para mais tarde. Ou que não tenha distinguido os vocábulos e só possa qualificar como interpelação a *atitude* do suposto interpelador, sem a certeza absoluta de que realmente se tratava disso, por não ter ouvido bem as palavras, e que, na verdade, esteja contando como fato comprovado algo que é apenas presunção. Por isso é muito difícil que o narrador não recorra a fórmulas que expressem matizes ou reservas: "Achei que..."; ou "pelo que entendi..."; ou "se é que se pode dizer...", fórmulas que, no fundo, não fazem outra coisa senão reconhecer o que estou apontando, a impossibilidade de contar algo acontecido, real, de forma absolutamente certa, veraz, objetiva, completa e definitiva. Nem mesmo aquilo que nós mesmos realizamos e que a princípio não depende de mais ninguém. É extremamente improvável, para não dizer impossível que, por exemplo, alguém que confessa um assassinato se atenha exclusivamente aos fatos e diga tão somente: "Eu me aproximei de Sebastián pelas costas, puxei a pistola e dei-lhe um tiro na nuca". O mais provável é que quem confessa tal ato também diga por que o fez, e por que foi nesse dia e não noutro, e por que nesse lugar e não noutro, e por que estava com uma pistola, e o que Sebastián lhe fizera, ou que ordens estava cumprindo caso se tratasse de um desconhecido do qual só lhe haviam revelado o nome e mostrado uma fotografia, ou seja, se aquilo fosse uma encomenda e sua profissão era pistoleiro de aluguel. Mesmo nas frases que acabei de enunciar, extremamente simples, já se está contando mais do que as próprias frases dizem, independentemente da vontade de quem as pronuncia: "Eu me aproximei de Sebastián pelas costas" implica que o assassino talvez o estivesse seguindo (desde quanto tempo antes?) e que, de qualquer maneira, não estava muito perto dele alguns segundos antes de matá-lo, porque teve que se aproximar; "puxei a pistola" implica que o assassino a levava no bolso, num coldre ou numa sacola, de nenhum modo na mão, porque a puxou; "e dei-lhe um tiro na nuca" implica que preferiu que Sebastián não visse seu rosto, talvez para não ficar sabendo quem o matava, ou para que ele mesmo não fosse tomado por dúvidas ou perdesse a coragem na hora crucial, ou talvez – mais simples – porque não queria correr o risco de falhar nem dar à vítima a menor oportunidade de fugir, agachar-se ou defender-se, ou de levantar inutilmente a mão tentando se proteger.

    Isto é, quando contamos algo, é raro que não contemos mais – ou menos – do que queremos contar. É raro que não deixemos escapar informação de mais ou de menos. As palavras, de tão gastas, estão carregadas de significação, e as frases quase nunca são precisas, são imperfeitas, inexatas, escorregadias e indomáveis.

Em certo sentido, é quase impossível obedecer à ordem ou à indicação de um interlocutor, ou de um juiz que nos imponha um "vá direto ao ponto", talvez porque até possa haver dados objetivos nos fatos, mas não na narração deles. E é por isso, certamente, que nos julgamentos que se veem em filmes – e é nos filmes que todos nós vimos tantos julgamentos –, muitas vezes o relato de uma testemunha ou do próprio acusado seja tão insuficiente, tão vagaroso, tão necessariamente inexato que o promotor, o advogado de defesa ou o juiz lhe peça que "reproduza os fatos", que dê ali mesmo, na sala, os mesmos passos que dera antes e apunhale como apunhalara, por exemplo, ou que "represente" ou "recrie" como tal homem bateu com o remo em tal mulher quando os dois estavam num barco no meio de um lago e pensavam que não podiam ser vistos. Exatamente como se as palavras não valessem ou não bastassem. Como se a única maneira inteiramente fidedigna de relatar um fato fosse abrir mão de relatá-lo e optar por repeti-lo, reproduzi-lo, recriá-lo ou representá-lo. Só assim se pode "limitar-se" ao fato.

E caberia acrescentar que, se realmente fôssemos direto ao ponto, nunca haveria literatura. A confissão sumária que usei como exemplo, e que no fundo não era assim tão sumária ou não se atinha estritamente aos fatos, deveria se reduzir a isso, para ir direto ao ponto: "Dei um tiro em Sebastián", e nessa frase quase não há relato e, evidentemente, não há literatura. Aqui me vem à memória um caso da vida real. Já faz muitos anos, um amigo meu teve que responder na Justiça por um disparatado incidente com uma travesti no *paseo* de la Castellana, e esse amigo levou ao julgamento outro amigo, que eu conhecia, como sua testemunha de defesa. Esse segundo amigo, a quem chamaremos de Vián, procurava, a pedido do juiz, contar sua versão atendo-se, na medida do possível, aos fatos – mas não conseguia ou não sabia fazê-lo, como acontece, aliás, com a maioria das pessoas, escritores ou não. As declarações desse Vián ao juiz me foram relatadas e, como eu estava familiarizado com seu "estilo" e sua forma de falar, seu jeito confuso e cheio de rodeios, me era fácil imaginá-lo na situação judicial e imitá-lo, o que eu fazia com frequência, sempre a pedido do meu professor Juan Benet, que se divertia muito com aquela cena semi-inventada, já que nem ele nem eu a tínhamos visto. "Vai, faz um pouco o Vián falando com o juiz", pedia Benet num jantar, como se aquilo fosse uma peça fixa no repertório de um ator. Quer dizer, ele não me pedia um relato já conhecido, como as crianças pedem aos adultos, e sim uma encenação, e ainda por cima de algo que eu não havia presenciado, e portanto admitia variações, inovações e fabulações. O fato é que, quando o juiz o convidou a relatar os fatos, Vián respondeu (era um pouco amaneirado): "Beemm, o que vou dizer, pois veja só, excelência, eu tinha saído para dar uma volta, assim, ao entardecer, sabe, totalmente sozinho, bem à vontade, pela Castellana, veja bem, só para me refrescar um pouquinho, ou seja, sem intenções, certo?, tranquilamente, pensando na vida e tal. Sabe como é, no final do dia o que a gente mais quer é se esticar um pouco, mmm, passadas largas, andar firme e coisa e tal. Bem, digo isso no meu caso, não sei se Vossa Excelência... Bem, então: árvores, cheiro de terra, brisa no rosto, respirar fundo, esticar as pernas, desanuviado... Porque eu trabalho na rádio, sabe, quer dizer, não exatamente como locutor, não tenho voz para isso, minha voz não é profunda, não é sedosa, enfim, mas até que tive que falar em alguns programas e ninguém reclamou... Só que na maior parte das vezes eu só os preparo, mmm, passo muitas horas dentro do estúdio. Então nesse dia fui passear ao entardecer: quase verão, a tarde começando a refrescar, a Castellana típica, carros, multidão, coisa e tal, e umas travestis nas calçadas, exuberantes, muito arrumadas, Vossa Excelência deve saber que elas fazem ponto lá. Bem, nada contra, viu?, porque eu passo quase sem olhar para elas, como se fossem a minha mãe com sua bolsa e umas amigas, sabe como é: bolsa, amigas, lanche e coisa e tal."

O mais curioso do caso era que o juiz, em vez de repreender Vián e instá-lo a ir direto ao assunto e se concentrar nos fatos relacionados à causa, olhava para ele entre estupefato e fascinado, o cotovelo sobre a mesa e a bochecha apoiada no punho, na verdade abstraído da sucessão de detalhes supérfluos e prolegômenos que Vián ia desfiando. Os acusadores – toda uma família, aliás – e seus representantes começaram a ficar nervosos, porque a coisa se prolongava e parecia impossível que fossem chegar a alguma conclusão com aquela testemunha. E enquanto o juiz o ouvia encantado, na verdade fascinado, Vián prosseguia: "E então, sabe, meio que de repente o vejo bem ali, quer dizer, o meu amigo, quer dizer, o acusado. Aliás, injustamente acusado, excelência, porque ele vem e se aproxima de mim, não das travestis, sabe, de jeito nenhum, porque nem ele nem eu, mmm, é que nós não somos disso, zero abaixo de zero. Insisto, nada contra e coisa e tal, mas é que a travesti, quer dizer, ela, foi e se dirigiu a ele, não a mim, só a ele. Cigarro extralongo nos lábios, saia justa, salto enorme e... lhe pede fogo. Mas claramente com segundas intenções, quer dizer, não tipo 'tem fogo?', era mais como '*você* tem fogo?'. Vossa Excelência há de perceber a diferença... etc."

Guardadas as devidas proporções, há narradores que não podem contar nada porque só sabem relatar como esse conhecido meu, Vián, no julgamento. Ou seja, não sabem como ou por onde começar, nem como continuar, nem muito menos como terminar. Na verdade, poderiam não terminar nunca ou, o que é mais grave, jamais começar. Não é simplesmente que, como diz o povo, encham linguiça, é que, ao relatar um acontecimento, em seu afã de "reproduzi-lo" com palavras, eles se sentem obrigados a não prescindir dos infinitos elementos que antecederam ou rodearam tal acontecimento. Têm que dizer a hora, a época do ano, a temperatura, o cenário, os costumes, o estado de ânimo, a profissão de quem narra e dos envolvidos, a perspectiva, o que viram e ouviram a cada instante. Em certo sentido, têm que remontar às origens do mundo antes de contar qualquer episódio, qualquer incidente, qualquer caso, qualquer minúcia. E não começam nunca. Até certo ponto, é o que acontece, só que num romance, e de forma muito deliberada, no clássico do século 18, muito influenciado por Cervantes, *A vida e as opiniões do cavalheiro Tristram Shandy*, de Laurence Sterne. Diferentemente de outros personagens literários que iniciaram o relato de suas vidas a partir de seu nascimento (é famosa a segunda frase de *David Copperfield*, de Dickens: "Para começar minha vida com o começo da minha vida, registro que nasci (conforme me informaram e acreditei) numa sexta-feira, à meia-noite"),[1] Tristram Shandy começa com sua concepção (também, necessariamente, conforme lhe foi informado e ele acredita), e quando já tinha escrito umas 250 páginas, ou três volumes e meio (o romance foi publicado em folhetins durante muitos anos), percebe que ainda não passou de seu primeiro dia de vida verdadeira, ou seja, do dia em que foi dado à luz ou lançado no mundo, e se interrompe para fazer a seguinte reflexão (e vale a pena citar por extenso): "Este mês estou um ano inteiro mais velho do que à mesma data há 12 meses atrás; e tendo chegado, como vedes, quase à metade do meu quarto volume – e apenas ao meu primeiro dia de vida –, fica claro que tenho, sobre que escrever, 364 dias mais do que tinha quando principiei a escrever; assim, em vez de avançar na minha tarefa, como os escritores comuns, à medida que vou escrevendo este volume – eu, ao contrário, se forem tão afanosos quanto este todos os dias de minha vida – estou outros tantos volumes em atraso. – E por que não? – se os sucessos e as opiniões exigirem, uns aos outros, igual descrição. – Por que razão deveriam ser abreviados? E como, neste passo, viverei 365 vezes mais depressa do que escrevo – segue-se, se Vossas Senhorias me permitem dizê--lo, que quanto mais escrevo, mais terei de escrever – e, por conseguinte, quanto mais Vossas Senhorias lerem, mais terão de ler. Será isso benéfico para os olhos de Vossas Senhorias?"[2] E um pouco adiante Sterne, ou Tristram Shandy, se aprofunda no paradoxo e acrescenta: "Quanto à proposta de escrever 12 volumes por ano, ou um volume por mês, ela absolutamente não altera a perspectiva – escreva eu quanto escrever, e por mais que me apresse, indo diretamente ao centro das coisas, como aconselha Horácio – jamais conseguirei alcançar-me – mesmo fustigado e esporeado até o máximo, não conseguirei mais que um dia de avanço sobre a minha pena – e um dia é o bastante para dois volumes – e dois volumes o bastante para

[1] Charles Dickens, *David Copperfield*. Trad. José Rubens Siqueira. São Paulo: Companhia das Letras, 2018, p. 15.

[2] Laurence Sterne, *A vida e as opiniões do cavalheiro Tristram Shandy*. Trad. José Paulo Paes. São Paulo: Companhia das Letras, 1998, p. 283.

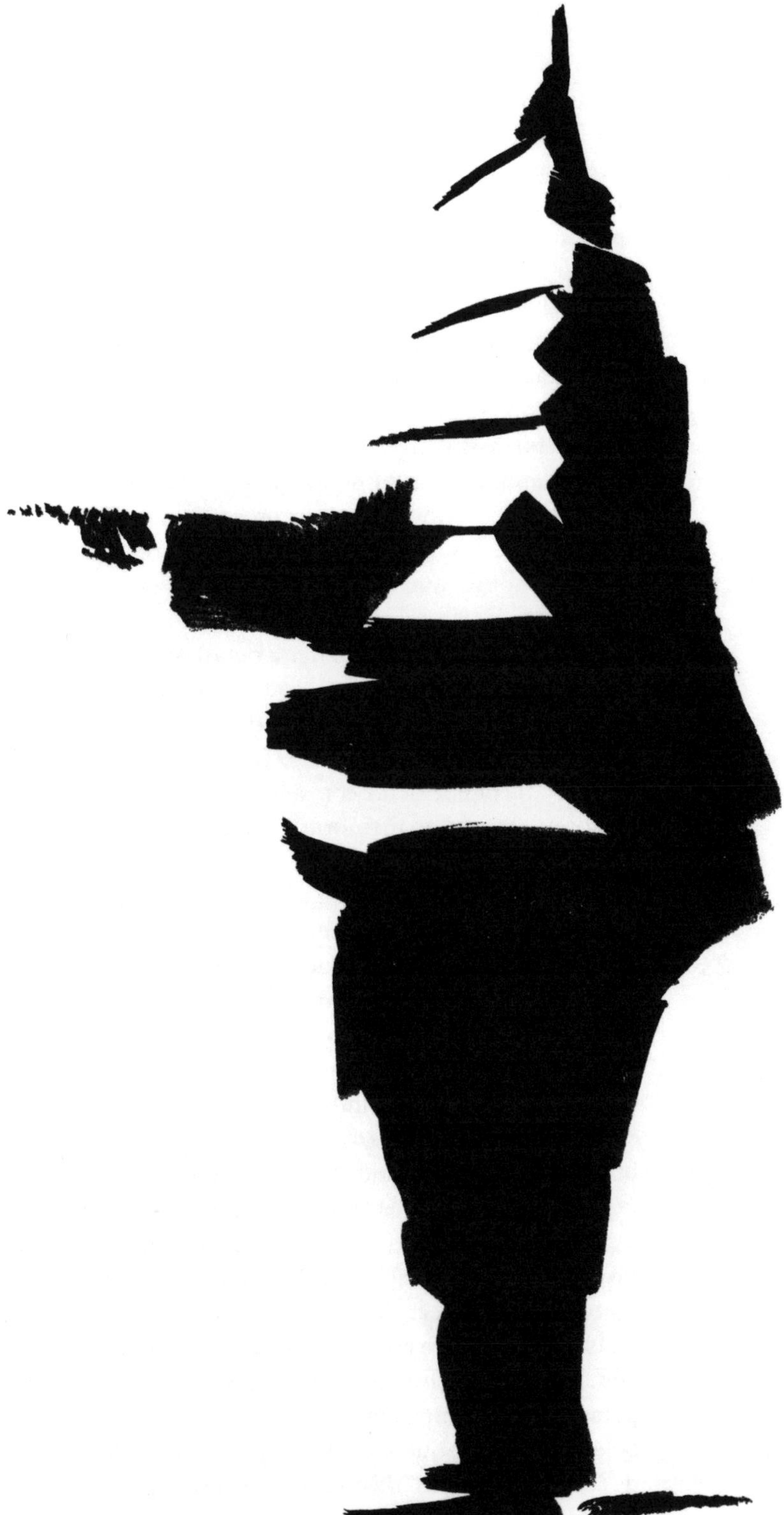

um ano inteiro de trabalho. – Que o céu dê prosperidade aos fabricantes de papel deste reinado propício, que ora se nos abre."[3] Assim, à medida que vai avançando em sua tarefa, Tristram Shandy assume outra tarefa ingente. Quanto mais relata, mais se acumula para relatar, e quanto mais vida tem, mais se multiplica a vida que necessita para contá-la.

Pois bem, mesmo sendo extremo e deliberado o caso desse peculiar narrador, pode-se dizer que o mesmo ocorrerá com qualquer crônica, qualquer história, qualquer volume de anais ou até com qualquer autobiografia ou livro de memórias: por assim dizer, estão todos destinados a ficar coxos, incompletos, a fracassar, serem parciais, incapazes de contar *tudo* o que foi vivido ou que aconteceu, e não só pela impossibilidade de "estar em dia", mas também de conhecer a totalidade. Aquilo que melhor conhecemos (a nossa vida, os nossos atos, os fatos dos quais participamos) só conhecemos fragmentariamente e de maneira nebulosa. Se qualquer um de nós assumisse a tarefa de relatar a própria história, dependeria, em boa medida, como David Copperfield, de informações alheias e da decisão de dar crédito a elas, mas além disso se depararia rapidamente com enormes zonas de sombra, não só por nossa falta de memória, mas também porque muitas das nossas resoluções, ações e omissões não foram determinadas apenas pela nossa vontade nem estão inteiramente ao alcance do nosso conhecimento. Muitas vezes agimos ignorando isso ou aquilo: que alguém nos enganou ou nos fez acreditar em algo falso, que nos ocultaram informações e guardaram segredos, que uma mão alheia nos impulsionou, ou nos persuadiu sem que percebêssemos, ou então nos dissuadiu sibilinamente. Ou então, ainda mais simplesmente: outras pessoas intervêm em muitas de nossas decisões e ações, e sobre os outros nunca se sabe tudo, de modo algum. E às vezes agimos por impulso e contra os próprios interesses, sem saber como explicar isso. Qualquer um que pretenda contar algo indubitável, algo supostamente verídico, algo realmente ocorrido ou transcorrido, seja ele cronista, historiador, memorialista ou biógrafo, sempre estará sujeito a ser corrigido, emendado, aumentado ou desmentido. Os historiadores são sem dúvida perseguidos por uma maldição, pois às vezes acreditam estabelecer e contar o que se chama popular ou jornalisticamente de "versão definitiva" de uma guerra, de um período, de uma conspiração, motim ou episódio qualquer. Eles sempre estão

[3] *Ibidem*, pp. 283-284.

expostos ao risco de surgirem novas informações, novos documentos, testemunhos enterrados. Sempre estão expostos a ter que acrescentar ou retificar alguma coisa em suas versões. E mais, expostos a que essas versões sejam descartadas de cabo a rabo. O mesmo acontece, é claro, com os biógrafos: um dia vem à luz uma carta desconhecida do biografado e, se derem azar e a carta for importante, é o suficiente não só para que "a biografia definitiva" deixe de ser, como também para talvez desmontar suas principais interpretações e teorias. Nem os eruditos, dos quais temos aqui uma boa representação, estão livres disso: para dar um exemplo improvável, mas não impossível, se dentro de alguns anos fosse descoberto um maço de cartas escritas por Miguel de Cervantes entre 1605 e 1616, isto é, entre o ano da publicação da primeira parte do *Dom Quixote* e o ano da morte do autor, o professor Francisco Rico ou don Martín de Riquer, ambos membros ilustres desta instituição, com todos os seus esforços e seu saber a respeito dessa obra e do estabelecimento de seu texto, talvez vissem jogadas por terra algumas de suas atuais conjeturas e afirmações, e de repente seu trabalho já seria antiquado, ou, como se diz hoje, "superado" pelos que viessem atrás deles já conhecendo essas hipotéticas epístolas cervantinas.

Assim, qualquer narrativa ou reconstrução de algo "real", ou, se preferirem, qualquer transcrição de fatos, informações e acontecimentos está condenada a ser provisória e, o que é mais grave ou desesperador, a ser "infiel". Por mais que o historiador, o cronista, o memorialista, o biógrafo, o autobiógrafo e mesmo o erudito se esforcem para ser completamente "fiéis", sua capacidade é limitada, sua visão é subjetiva, seu conhecimento é parcial, suas afirmações são transitórias e, além do mais, ao recorrerem à palavra estão lançando mão, como vimos antes, de um instrumento impreciso, metafórico, sempre inexato, necessariamente figurado, meramente substitutivo e até certo ponto imprestável para a tarefa. Eu disse "substitutivo" e o fiz com plena consciência, porque de modo geral esquecemos ou perdemos de vista que é essa a essência da linguagem, que todo e qualquer vocábulo não passa de um arremedo. Mas basta estar em um país cujo idioma desconhecemos absolutamente para que todos nós lembremos essa essência e recuperemos essa função. Para sermos compreendidos em um lugar no qual não se entende a nossa língua, não temos outro remédio senão voltar às origens e tocar numa árvore, por exemplo, dizendo ao mesmo tempo a palavra "árvore", ou apontar para várias mulheres e pronunciar a cada vez a palavra "mulher". No fundo, cada vocábulo nos serve mesmo é para poder nos referir às coisas sem precisar ter as coisas a nossa frente, o que equivale a admitir que a linguagem em si mesma já é uma tradução: a palavra "árvore" é, para um falante de nossa língua, a primeira tradução da coisa árvore, tal como a palavra "mulher" o é das diferentes pessoas do sexo feminino, ou a palavra "tristeza", de um estado de ânimo impreciso que, ainda assim, de forma misteriosa – muito misteriosa, na verdade –, todos acabamos por compartilhar e reconhecer. "O que eu sinto é tristeza", dizemos, "ou, antes, pena", e o mais assombroso é que todos entendam a que esses dois vocábulos fazem referência, quando se trata de dois sentimentos nada fáceis de definir e nem mesmo de explicar, algo bastante matizado e sutil (não são sinônimos, tampouco são o mesmo que a aflição ou o pesar, por exemplo). Algo que, para o nosso maior espanto, quase nos parece impossível que possa existir sem o seu termo correspondente, quer dizer, sem sua tradução, tão acostumados estamos a ela. Mas não vamos nos enganar: diferentemente do que pode parecer, os sentimentos tiveram que ser anteriores a essas palavras, à palavra "pena" e à palavra "tristeza", e nunca o contrário. A língua traduz a realidade ou o existente – já está traduzindo ao denominá-lo –, e muito raramente, se não nunca (e aqui há linguistas que saberão elucidar a questão), a realidade "preenche", por assim dizer, um vocábulo já existente e sem conteúdo, ou que não seja a substituição de alguma coisa.

E nunca é demais lembrar o que disse Ortega y Gasset no ensaio antes mencionado: "O homem, quando começa a falar, o faz *porque* acha que vai poder dizer o que pensa. Pois bem, isso é ilusório. A linguagem não dá para tanto. Só diz, pouco mais, pouco menos, uma parte do que pensamos e erige uma cerca intransponível à passagem do restante." E acrescenta pouco depois: "Dóceis ao preconceito inveterado de que nos entendemos falando, nós dizemos e escutamos de tão boa-fé que acabamos muito mais vítimas de mal-entendidos do que se, mudos, decidíssemos nos adivinhar. Mais ainda: como o nosso pensamento está em grande medida submetido à língua [...], eis que pensar é falar consigo mesmo e, consequentemente, entender mal a si mesmo e correr o grande risco de fazer a maior confusão."

—

Vistas assim as coisas, e vistas as dificuldades de todo tipo, não seria despropositado dizer que contar com exatidão o que aconteceu – coisa a que o homem aspira há séculos, pela qual se esforça e que até julga conseguir às vezes – é totalmente impossível. Há muitos anos, em outra ocasião solene, mas do outro lado do Atlântico, falei sobre como, com a idade, começa-se a desconfiar da ficção. Não é raro ouvir pessoas maduras ou velhas dizerem que cada vez são menos atraídas a ler romances e contos e custam mais a acreditar neles; cada vez têm mais dificuldade para abrir mão de sua incredulidade, esquecer o autor e se apaixonar pelas vicissitudes de seres que nunca existiram e que, além do mais, "não fazem falta". Lembrei que o filósofo franco-romeno Cioran afirmava que não lia romances por isso: havendo acontecido tanta coisa neste mundo, mais ou menos, dizia ele, como ia se interessar por coisas que nem

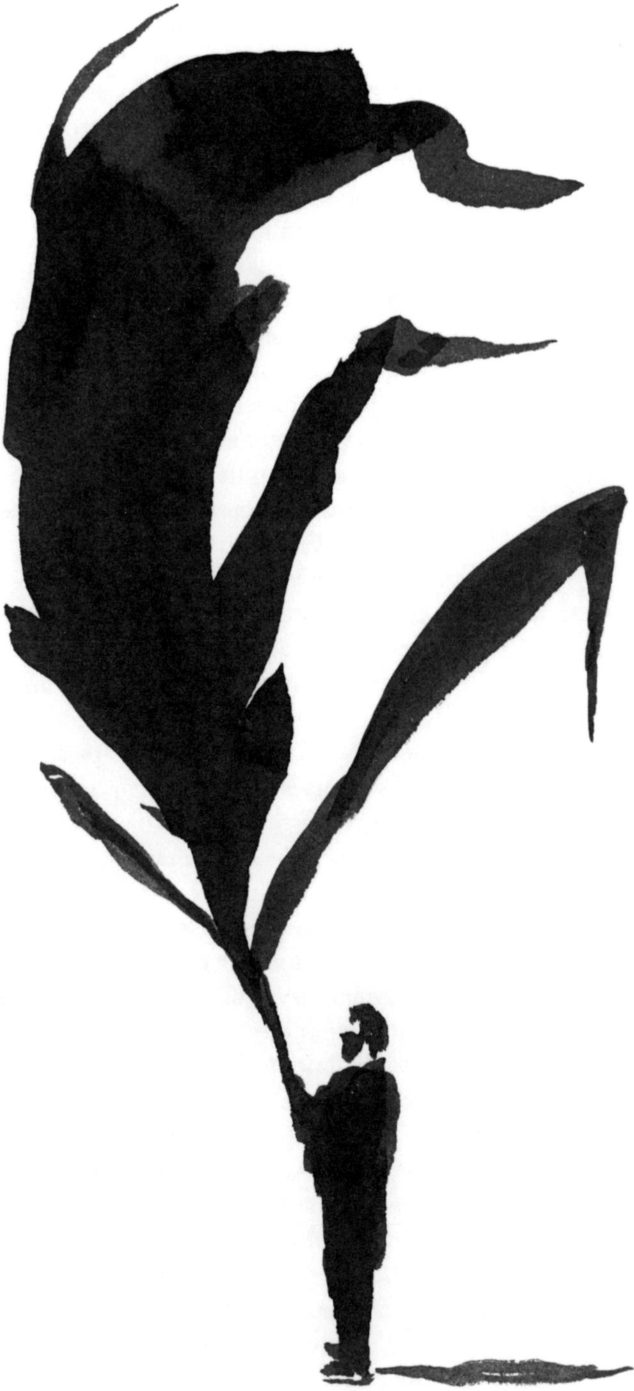

sequer tinham acontecido; preferia, por isso, memórias, diários, autobiografias e biografias, correspondências, crônicas e livros de história. Justamente tudo aquilo que, como venho apontando, talvez não possa ser contado.

O fato é que na recusa de Cioran há algo bastante ou muito compreensível. Pensando bem, que sentido tem ler algo imaginado, algo *somente* inventado, o inexistente, o fictício, as representações, o que não teve lugar, o que não deve ficar registrado? "Vastos são os tesouros do esquecimento", escreveu sir Thomas Browne no século 17, "e inumeráveis os montes de coisas em estado próximo à nulidade; há mais fatos sepultados no silêncio do que registrados, e os volumes mais copiosos são epítomes do que aconteceu. A crônica do tempo começou com a noite, e a escuridão ainda a serve; alguns fatos nunca vêm à luz; muitos foram declarados; muitos mais foram devorados pela escuridão e pelas cavernas do esquecimento. Quanta coisa ficou no vácuo e nunca será revelada." Ou, o que dá no mesmo, qual é o sentido de conhecer, lembrar e conservar histórias que não aconteceram e personagens que jamais pisaram na Terra enquanto tantas e tantas pessoas passaram pelo mundo sem deixar nenhum rastro ou notícia? Por que pessoas que jamais se deram ao trabalho de ler Cervantes ou Conan Doyle ainda assim conhecem suas criações e são até capazes de reconhecer imediatamente Dom Quixote e Sherlock Holmes ao verem uma estátua ou uma ilustração? E qual o sentido de muitas dessas pessoas ignorarem não apenas o que está acontecendo com um vizinho ou um irmão, mas o que ocorreu no próprio país antes do seu nascimento, como já costuma ser habitual hoje em dia, quando a história não parece despertar o interesse de quase ninguém, a começar pelas desastrosas autoridades educacionais dos nossos países ocidentais? Por que será que estamos familiarizados com seres que não existiram muito mais do que com outros que percorreram o mundo e puderam deixar seu rastro? Ou, melhor dizendo, como é que, entre esses últimos, praticamente só estamos familiarizados com aqueles que, *além de* sua existência real e documentada, gozaram de outra, literária e imaginativa? Rodrigo Díaz de Vivar, o El Cid, existiu, mas sua imagem e suas façanhas nos pareceriam turvas, abstratas, desbotadas e frias se ele não tivesse sido retratado num *Cantar* de mais de 800 anos e em inúmeros romances, dramas, novelas e até em filmes posteriores. O mesmo se pode dizer de tantos reis da Inglaterra dos quais não saberíamos nada, e que, sobretudo, não nos importariam nada se não os tivéssemos visto agir e falar – fictícia, imaginariamente – nas tragédias de Shakespeare; e ainda mais: quase nada sabemos a respeito daqueles desafortunados de quem o Bardo não se ocupou, como se não ser matéria da literatura fosse a maior das maldições.

Talvez seja isso o mais curioso: as figuras históricas parecem se desvanecer e desaparecer para as pessoas em geral – não para os historiadores, claro, mas quantos eles são? –, a menos que um literato, ou hoje em dia também um cineasta, se dê ao trabalho de dar-lhes voz e rosto, se dê ao trabalho de imaginá-los e transformá-los em ficção. Ao mesmo tempo, porém, toda vez que isso acontece a representação artística desses sujeitos históricos se sobrepõe aos dados reais que existem sobre eles, a ponto de suplantá-los e assim apagá-los. *Grosso modo*, portanto, enfrentamos o seguinte paradoxo: para que um personagem histórico e real permaneça na memória das pessoas, é necessário que ele se revista de uma dimensão imaginária, ou de ficção, que, por outro lado, é o que vai acabar por falseá-lo, esmaecê-lo e por fim apagá-lo como personagem histórico verdadeiro. É como se o último e mais eficaz reduto da memória fosse aquilo que a nega, a ficção, obrigada a tergiversar os fatos e a distorcer essa memória, ao mesmo tempo que a preserva. Saberíamos muito menos de Lope de Aguirre – ou, melhor, as pessoas em geral saberiam muito menos – se só contássemos, a respeito de suas aventuras e crimes, com a *Jornada de Omagua y Dorado*, de Francisco Vázquez e outras crônicas mais ou menos contemporâneas dele, como as de Pedro de Munguía, Pedrarias de Almesto, Gonzalo de Zúñiga, Toribio de Ortigueira, Custodio Hernández e outros, e não dispuséssemos da magnífica narração mais ou menos romanceada *La expedición de Orsúa y los crímenes de Aguirre*, publicada em 1821 pelo amigo de Coleridge e laureado poeta Robert Southey, e do excelente romance de Ramón José Sender *La aventura equinoccial de Lope de Aguirre* (além de outras dez ou 12 obras, sem esquecer *Las inquietaciones de Shanti Andía*, de Baroja), e de um filme alemão um tanto pesado, *Aguirre, a cólera dos deuses*, de Werner Herzog. E ocorre o mesmo em inúmeros outros exemplos, entre eles um bem recente: há poucos meses, nosso colega desta Real Academia *don* Arturo Pérez-Reverte (que, junto com o sapientíssimo *don* Gregorio Salvador e o falecido e para sempre deslumbrante *don* Claudio Guillén, teve a gentileza e a boa-fé de apresentar minha candidatura à cadeira que ocuparei no futuro) publicou um vibrante romance sobre os acontecimentos de 2 de maio de 1808 em Madri, *Um dia de cólera*. Estou convencido de que graças aos seus retratos – que nem sequer são o cerne da obra –, somados aos de Pérez Galdós em seu "episódio nacional" *El 19 de marzo y el 2 de mayo*, teremos uma imagem muito mais nítida e memorável dos militares Daoiz e Velarde e de todos os civis que intervieram nesse levante de exatamente dois séculos atrás.

Que força estranha tem a literatura, ou a ficção, ou a representação em geral? Num romance recente, levei à ficção o meu próprio pai, *don* Julián Marías, que também foi membro desta ilustre casa durante mais de 40 anos, sob o nome Juan Deza. A lembrança do meu pai ainda está fresca na memória de todos os que conviveram com ele, incluindo a maioria de vocês. Mas um dos meus irmãos já prevê, ou não sei se teme, que talvez, daqui a alguns anos (e na suposição otimista de que esse meu romance continue sendo lido), o que mais permaneça dele para quem não o conheceu não seja ele, mas sua representação literária. E então, se isso acontecer, não sei se lhe terei feito um favor ou lhe causado um prejuízo. Isso também vale para o eminente hispanista sir Peter Russell, da Universidade de Oxford, transformado nesse romance, embora com alterações fundamentais em relação ao que ele foi, no personagem sir Peter Wheeler. Ou o acadêmico que a seguir terá a bondade e a paciência de me dar boas-vindas – bem, é o que espero; com ele nunca se sabe –, o professor Francisco Rico, que também aparece no livro como o próprio *don* Francisco Rico, acadêmico (num papel episódico, diga-se de passagem), mas em companhia de personagens e numa situação inteiramente fictícios.

Bem, certamente nada disso vai acontecer por culpa desse meu romance que não perdurará, mas não existe dúvida, pois já transcorreram 800 anos, de que Asur Gonçález, figura secundária do *Cantar del Mio Cid* que existiu na realidade, irmão dos Infantes de Carrión, e que no poema entra em combate com um dos leais cavalheiros de El Cid, Muño Gustioz, ficará fixado para sempre a um detalhe menor que, no entanto – por literário e por realista, e de todo modo como memorável –, irá caracterizá-lo até o fim dos tempos: "*Asur Gonçález entrava por el palacio,/ manto armiño e un brial rastrando,/ vermejo viene, ca era almorzado*",[4] dizem esses versos do *Cantar*. E por culpa deles, da literatura ou, se preferirem, da ficção, o que tem sido lembrado desse homem durante oito séculos – e sabe-se lá por quantos mais o será – é quase cômico, uma espécie de condenação: não sua força, nem seus atos, nem sua coragem, de que aparentemente não carecia, segundo o próprio *Cantar*; nem sequer sua peleja contra Muño Gustioz, em que foi derrotado. É que chegou ao palácio vermelho, congestionado, porque tinha acabado de se empanturrar.

São muitas as razões que se aventaram para explicar tanto a força como a necessidade da ficção. Costuma-se falar – eu mesmo o fiz em outras ocasiões – da limitação da nossa existência real, da insuficiência de limitar-nos a uma só vida e de como a literatura nos permite espreitar outras e até vivê-las vicariamente, ou vislumbrar as vidas possíveis que descartamos ou que ficaram fora de nosso alcance ou não tivemos coragem de empreender. É como se precisássemos conhecer o improvável além do certo, as conjeturas e as hipóteses e os fracassos além dos fatos, o remoto, o negado e o que poderia ter sido além do que foi ou do que é; e, claro, dialogar com os mortos. Tudo isso nos é dado com uma intensidade quase fascinante, que todos os leitores vivenciaram em algum momento. Às vezes, as páginas de um livro nos mergulham

---

4. "Asur Gonçález entrava no palácio,/ manto de arminho e um brial arrastando,/ vermelho vem, pois tinha almoçado", em tradução livre. [N. DOS T.]

numa espécie de transe e nos parecem muito mais importantes e vívidas que a realidade, e deixamos de comer ou de dormir por causa dessas ficções como se, enquanto as lemos ou quando elas nos esperam e nos chamam, não houvesse nada no mundo mais transcendental que isso. Às vezes, nos instalamos a tal ponto em seu território que desejamos ficar morando ali, praguejamos quando nos obrigam a sair ou sentimos uma verdadeira tristeza quando seus personagens nos dizem adeus. Sim, tudo isso é verdade. Mas também é tão pueril, tão anômalo, tão alucinatório que, à luz do que estou expondo, me permitirei apontar mais uma razão, tanto para a força como para a necessidade da ficção ou dos fatos reais tratados como ficção e, por isso, transmutados ou transformados em ficção: poluídos, sequestrados, conquistados por ela, ou talvez só ganhos para a sua causa.

Apesar da puerilidade do romancista com que iniciei esta dissertação, e, mais que isso, apesar de sua ingenuidade radical e seu excesso de credulidade, apesar do absurdo de seu trabalho, de seus truques e suas ilusões, de suas enteléquias e suas bolhas de sabão, esse romancista que inventa é o único que está apto a contar cabalmente, ao contrário dos já mencionados cronistas, historiadores, biógrafos, autobiógrafos, memorialistas, diaristas, testemunhas e outros valentes da narração destinados a fracassar. De vez em quando, necessitamos saber algo inteiramente, para fixá-lo na memória sem perigo de retificação. Necessitamos que às vezes algo possa ser contado de cabo a rabo e irreversivelmente, sem limitações nem áreas de sombra, ou só com aquelas que o criador decidiu formarem parte de sua história. Sem possíveis correções, adendos, supressões, desmentidos ou emendas. E o fato é que só se pode contar assim, de forma cabal e com os seus incontroversos princípio e fim, algo que nunca aconteceu. O que não teve lugar nem existiu, o que foi inventado e imaginado, o que não depende de nenhuma verdade externa. Só a isso não podemos adicionar nem subtrair coisa alguma, só isso não é provisório nem parcial, e sim completo e definitivo. Pouco importa que tenham surgido escritores que se aproveitaram de Dom Quixote ou Sherlock Holmes (com Cervantes aconteceu até em vida) tentando prolongar suas aventuras e redesenhar suas personalidades. As invenções – "as criaturas do ar", como as chamou Fernando Savater – não aceitam isso, e ninguém considerará que fazem parte de suas histórias, das histórias de Dom Quixote e Holmes, Sancho Pança e o doutor Watson, o bacharel Sansón Carrasco e o professor Moriarty, os numerosos arremedos, ou continuações, ou sequelas ou usurpações da lavra de outros autores parasitários. É provável que, ao se iniciar tanto um romance quanto uma crônica, se saiba pouco sobre quando e como começar, como prosseguir e como e quando acabar. Mas, uma vez decidido isso, ninguém pode mover nem alterar nada. A história de Dom Quixote sempre começará onde começou, com as invariáveis palavras "numa aldeia da Mancha, de cujo nome não quero me lembrar"; e sempre terminará onde terminou, com o parágrafo "a quem advertirás, se por acaso chegares a conhecê-lo, diz-lhe que deixe repousar na sepultura os cansados e já podres ossos de Dom Quixote, e não queira levá-lo para Castela, a Velha, contra todas as prerrogativas da morte, fazendo-o sair do cemitério onde real e verdadeiramente jaz estendido de fora a fora, impossibilitado de empreender uma terceira jornada e nova saída",[5] e assim até a palavra "*vale*", quer dizer, "adeus".

E talvez seja por isso, agora que penso melhor no assunto, senhoras e senhores acadêmicos, que vocês estão dispostos a receber alguns romancistas no seio de sua insigne instituição e a fazer a generosa e desatinada mercê de me receberem hoje. Talvez seja apenas – e não é pouco, examinando a coisa com cuidado – porque, apesar de todas as dificuldades, passadas, presentes e futuras, certamente somos os únicos que podemos contar algo sem nos ater a nada e sem objeções nem restrições, ou sem que ninguém nunca nos corrija nem chame nossa atenção dizendo: "Não, isso não foi assim".

[5] Miguel de Cervantes. *Dom Quixote*, vol. 2. Trad. Ernani Ssó. São Paulo: Companhia das Letras, 2012, p. 635-636.

Javier Marías (1951) é um dos nomes centrais da literatura espanhola contemporânea. É autor de pelo menos um clássico, *Coração tão branco* (1992), e de outros romances, como *Amanhã, na batalha, pensa em mim* (1994), *Os enamoramentos* (2003) e, mais recentemente, *Berta Isla* (2017). Este ensaio é uma versão editada do discurso que proferiu ao ser recebido na Real Academia Espanhola, em abril de 2008.
Tradução de **Ari Roitman** e **Paulina Wacht**

Andrei Roiter (1960) nasceu em Moscou e, desde os anos 1990, vive entre Nova York e Amsterdã. Em seus trabalhos mais recentes, como os aqui reunidos, tem abandonado os elementos figurativos e a narrativa em favor de formas quase abstratas.

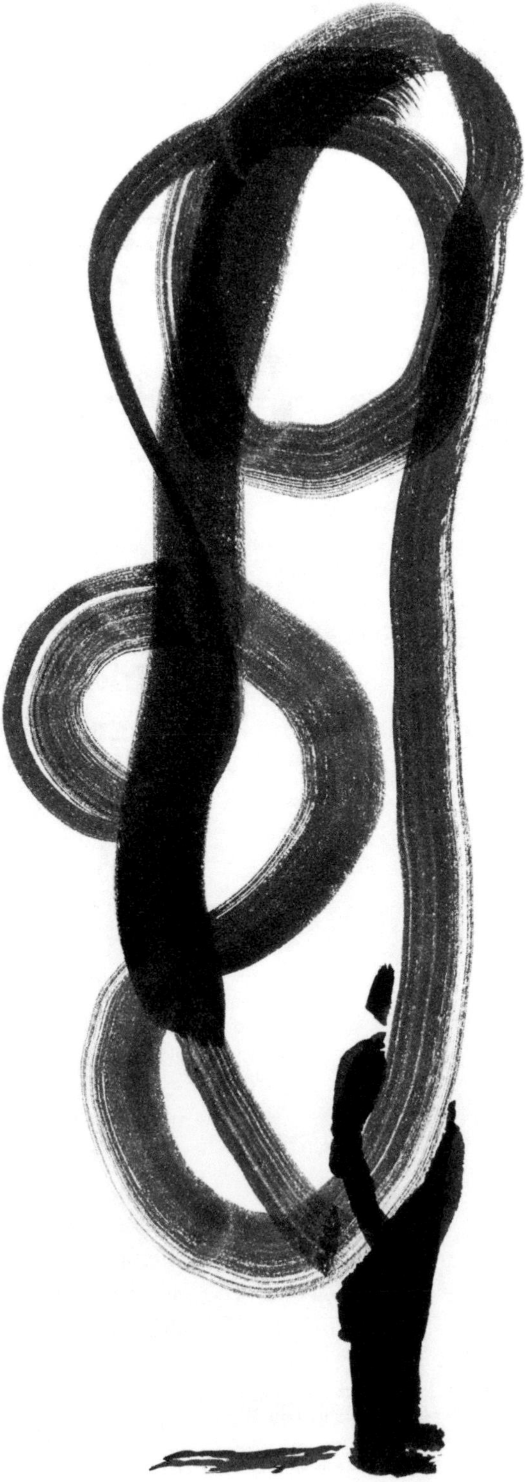

País esgotado ou o estorvo do futuro

Tiago Ferro

Em seu primeiro romance, Chico Buarque antecipa a degradação social e política de um Brasil sem esperança

Vêm aí dias piores.
O tempo adiado até nova ordem
surge no horizonte

INGEBORG BACHMANN, *O tempo adiado e outros poemas*

O que nós, brasileiros, representamos hoje, neste momento da história conhecido como pós-pós-Guerra Fria? A pergunta não se fixa aqui na ideia de identidade, mas de sentido histórico. O interesse desse tipo de investigação está em procurar as linhas de força da dialética local-global que apontam para o futuro.

 Arrisco dizer que a melhor intuição para essa questão está cifrada na forma de um livro publicado no distante ano de 1991: *Estorvo*, de Chico Buarque.

Vanderlei Lopes
Obras da série *Tentativa e erro*, 2013
© Vanderlei Lopes
Fotos: Everton Ballardin

Narrado em primeira pessoa, o romance de estreia de Chico tem na cena inicial a chave que organiza o tecido narrativo: um desconhecido bate à porta da quitinete do narrador, que o vê através do olho mágico. A visão distorcida pela lente estabelece um paralelismo com o julgamento daquele que observa e também com a realidade: o pânico e a desorientação decorrentes disparam a narrativa.

O livro acompanha com velocidade crescente as andanças do narrador, que, ao passar repetidamente pelos mesmos locais (um sítio da família e a mansão do cunhado), parece entrar num vórtice que termina por engoli-lo. A ideia de fuga é importante, mesmo que o suposto perseguidor seja abandonado nas páginas iniciais, uma vez que justifica a falta de propósito e sentido nas ações futuras do protagonista. Quem foge não se importa tanto para onde está indo. O deslocamento vertiginoso arrasta consigo o tempo, que se torna atomizado, sem com isso escorregar para o fluxo de consciência ou o onírico. Eis aqui a maestria do escritor: manter o romance dentro dos parâmetros de verossimilhança realista enquanto atravessa livremente tempo e espaço – essa travessia difícil se revelará um espelho da sociedade brasileira que surgia com a redemocratização.

O narrador, sempre em movimento, vai se constituindo precariamente a partir de encontros com figuras de seu passado: irmã, cunhado rico, ex-mulher, caseiro do sítio. É a partir do olhar do outro que vamos aos poucos compondo esse personagem desprezado, ou no mínimo ignorado, por todos. Incapaz de influenciar diretamente os outros, ele parece uma daquelas bolas prateadas dos antigos fliperamas: jogada de lá para cá, reflete em seu espelho esférico, distorcido e enlouquecido a realidade que passa por ela e a ela se mistura.

Esse embaralhamento geral coincide com os contornos que a sociedade brasileira começava a ganhar no período em questão. Envolvido "por acaso" numa trama de banditismo, tráfico de drogas e violência, que une milionários isolados em condomínios superprotegidos e traficantes invasores de terras, tendo como fio conector a polícia corrupta, o narrador não reconhece mais o mundo em que vive. O que poderia ser entendido como delírio do protagonista é a intuição forte do romance para o Brasil que nascia – ou que chegava a seu resultado histórico mais bem-acabado. Ao resenhar o livro no ano de seu lançamento, Roberto Schwarz deixa no ar a pergunta que o passar do tempo tratou de responder com um inequívoco "sim": "Estaríamos nos tornando uma sociedade sem classes, sob o signo da delinquência?".

—

Em "Literatura e subdesenvolvimento", ensaio de 1970, Antonio Candido pesquisa a dialética entre realidade local e influências globais na literatura regionalista brasileira e as antecipações de sensibilidades histórico-sociais operadas por essa produção. O crítico retoma duas grandes noções que funcionam como fio condutor da argumentação: a de "país novo", marcado por uma ideia amena de atraso, "que atribuía a si mesmo grandes possibilidades de progresso futuro"; e a de "país subdesenvolvido", a partir da qual se destaca "a pobreza atual, a atrofia; o que falta, não o que sobra", ou seja, a percepção catastrófica desse atraso.

Para Candido, a "consciência do subdesenvolvimento", elaborada entre a década de 1930 e o pós-guerra, dá ao romance, principalmente no regionalismo, "uma força desmistificadora que precede a tomada de consciência dos economistas e políticos". Fica claro portanto o papel central atribuído à literatura nesse processo de desmascaramento ideológico da realidade, que teria como função oferecer as condições iniciais para mudanças efetivas e emancipadoras da sociedade. Encobridor da realidade em sua fase inicial pitoresca, até 1930, o regionalismo passava a escancarar um país obscenamente desigual e atrasado. Dessa nova realidade nas páginas da ficção, nascia nosso melhor ensaísmo crítico e as subsequentes investigações acadêmicas, sendo o próprio Candido um produto dessas duas matrizes.

Num ensaio repleto de conexões surpreendentes e momentos de rara sensibilidade para a história das mentalidades, chama atenção um deslize: em momento algum o crítico aborda o que era mascarado pelo regionalismo pitoresco de país novo no século 19: a aberração escravocrata em pleno século moderno – a literatura pode portanto desmascarar ideologias, mas também produzi-las e reforçá-las. Em "Literatura e subdesenvolvimento", o movimento histórico que acompanha as mudanças na sensibilidade é pouco especificado, e o texto caminha para uma relativa autonomização do literário. Candido estabelece dessa forma um pacto com a literatura que encobre sua acidentada e contraditória relação com o desenvolvimento histórico-materialista.

A hipótese do país novo, que leva consigo um futuro brilhante, ganha impulso com a Semana de 1922,[1] ao unir as pontas da melhor cultura importada da Europa com nossas próprias elaborações simbólicas, forjando assim certo projeto de nação que saltaria sem dificuldades sobre as etapas do amadurecimento de uma sociedade burguesa, com seus inevitáveis recalques. Vai informar e formar o Tropicalismo e também o célebre ensaio "Dialética da malandragem". Nesse texto,

[1] Sobre o debate ideológico durante o século 19 e seus desdobramentos culturais posteriores, cf. Tales Ab'Sáber, *O soldado antropofágico – Escravidão e não pensamento no Brasil*. São Paulo: n-1, 2020 [no prelo].

também publicado em 1970, Candido compactua com seu achado ideológico: uma forma "nossa" de sociabilidade – a malandragem, ou dialética da ordem e da desordem – é eleita por ele como possível vantagem futura para o país. Haveria algo de especial no Brasil, nesse país novo, e a cultura captava essa verdade profunda. Mesmo que a história virasse as costas para ela, era apenas uma questão de tempo até o feliz encontro. Justiça seja feita, Candido via o que chamou de "dialética da malandragem" como vantagem para o Brasil quando uma forma de sociedade mais aberta surgisse da superação do capitalismo, algo que de fato nunca ocorreu.

Ainda em "Literatura e subdesenvolvimento", Candido sugere rapidamente uma terceira noção de país, mencionando certa "consciência dilacerada do subdesenvolvimento". A ideia fica no ar, pouco justificada historicamente, sem nome, muito mais conveniente como forma de situar Guimarães Rosa no jogo entre regionalismo e influências externas. Fato é que, na década de 1970, o subdesenvolvimento ainda animava o projeto desenvolvimentista – e seguiria vivo no anacrônico governo Dilma Rousseff. Nosso sentimento de atraso funcionava como motor da mudança.

Na sequência de "país novo" e "país subdesenvolvido", ideias que armam as duas principais linhas de força do debate intelectual brasileiro no século 20, proponho uma terceira noção, a de "país esgotado". Intuída novamente antes pela literatura do que pela economia ou pelas ciências sociais, surge pela primeira vez cifrada na forma do romance *Estorvo*. Lembrando, é claro, que essas noções seguem se misturando no tempo, arrastando todo tipo de anacronismo, ambiguidade e relíquia histórica – há ufanistas e desenvolvimentistas pintando por aí sem parar.

—

Antes de explorar esse país esgotado, cabe investigar de onde vem e como é construído o sentimento de história em Chico Buarque, que experimenta um momento de crise e resolução em sua estreia como romancista.

Um dos principais elementos de tensão e de elaboração da obra de Chico desde o seu surgimento como compositor é o povo – na verdade o "povo", já que se trata da ideia e projeção externa de sentido para esse enigma do país mestiço. A relação problemática de Chico com o "povo" revela sua intuição crítica ao projeto culturalista herdado da noção de país novo.

O Chico muito jovem e aparentemente inocente da marchinha "A banda" (1966) já dava sinais de ser dono de uma sensibilidade afiada e afinada com nossa melhor crítica materialista. Ao justificar o porquê da composição – "Aquilo tudo estava ficando cansativo, a moda das canções de protesto me incomodava. Era bonitinho ser contra o governo. Parecia a burguesia brincando

[2] Chico Buarque apud Fernando de Barros e Silva, *Folha explica Chico Buarque*. São Paulo: Publifolha, 2004, p. 38.

e dava a impressão de ser um pouco oportunista"[2] –, vai ao encontro do cerne de "Cultura e política, 1964-1969", de Roberto Schwarz. A hipótese central do famoso ensaio de 1970 é que, entre o golpe de 1964 e o AI-5, a cultura no Brasil, apesar do governo de direita, foi predominantemente de esquerda. Mas esta girou em falso dentro de circuitos burgueses fechados, perdendo qualquer impulso revolucionário porque separada das "classes subalternas" – para manter a terminologia do debate da época sobre a categoria "hegemonia". Apesar da derrota acachapante do "lado de fora" – caberia investigar o que significa de fato esse lado de fora para a burguesia "progressista" de ontem e de hoje –, a esquerda saía vitoriosa das apresentações do melhor teatro, da melhor música e do melhor cinema. Chico reage a esse estado de coisas na medida em que "A banda" oferece uma visão corrosiva das utopias da década de 1960. Anuncia a impossibilidade de qualquer mudança duradoura que não seja no interior da cultura com sua duração efêmera – tudo dá certo enquanto a banda passa, enquanto a música toca, mas a cultura não muda a sociedade como imaginavam nossos modernistas de 1922, os tropicalistas e, em alguns momentos de sua trajetória, Antonio Candido. Caetano Veloso nota isso muito tempo depois e, não sem ressentimento, afirma que o Brasil ainda precisa merecer a bossa nova. A cultura teria, portanto, ganhado a corrida. E quebrado a cara... Chico e Schwarz enxergaram o desastre.

Embalado pelo samba, o "povo", em Chico, parece preso a uma história circular. Há empatia, mas não ilusões. Em algumas de suas mais célebres canções, o travo está presente. Em "Cotidiano" (1971), com sua rotina infernal lembrando o trabalho mecânico, repetitivo e fragmentado de uma linha de montagem fordista, homens são transformados em coisas e alienados de si mesmos. Na ainda mais dramática "Construção", do mesmo ano, a própria estrutura da canção, não contente em massacrar o trabalhador com sua poética sofisticada – "Agonizou no meio do passeio público/ Morreu na contramão, atrapalhando o tráfego" –, destrói também a coerência de sua narrativa, e com ela a possibilidade de torná-la exemplar para transformações futuras: "Agonizou no meio do passeio náufrago". Nesse movimento, Chico capta a estratégia dos porões da ditadura: o assassinato, seguido do ocultamento de cadáver e da divulgação de mentiras biográficas sobre aqueles que eram considerados inimigos da nação. Não basta matar,

é preciso inviabilizar essas histórias para que deixem de pulsar no futuro. O mesmo aconteceria com o trabalhador pobre a partir da década de 1980, vítima de violências reais e simbólicas operadas pela guerra contra o tráfico. Violência legitimada por amplos setores da sociedade que ganham voz na canção-título do álbum de 2017, *Caravanas*. Para horror e incredulidade do narrador, "a gente ordeira e virtuosa", quando encontra negros suburbanos "das quebradas da Maré" a caminho da praia, exige sem meias palavras: "Tem que bater, tem que matar".

Vale ainda olhar com atenção para "Bye bye Brasil" (1980), canção-colagem que vai na contramão das esperanças que surgiam dos sinais de esgotamento da ditadura civil-militar. "Bye bye, Brasil/ A última ficha caiu", canta Chico. A última ficha do orelhão que dispara um intervalo de tempo determinado e final para essa voz que conta a vida para o seu amor, mas também o "cair na real definitivamente". As doenças, os empregos temporários e a aflição de dar notícias apressadamente vão misturados com todo tipo de bugiganga de consumo importado, revelando sua inutilidade ao serem deslocadas dos circuitos burgueses de consumo: "O chefe dos parintintins/ Vidrou na minha calça Lee". Há ainda a fina ironia no manejo de expressões em inglês: "Eu penso em você *night and day*/ Explica que tá tudo ok". Se a Coca-Cola e a guitarra elétrica entravam sem ironia no repertório tropicalista, Chico percebe que o que é bom para os Estados Unidos pode não ser tão bom assim para o Brasil, apesar de inevitável. Uma outra passagem importante e antecipadora da música é "O sol nunca mais vai se pôr". Ou seja, a realidade não muda mais. Não há dia seguinte. O inferno do eterno presente.

O momento das Diretas Já, quando as alas progressistas e democráticas do país pareciam retomar o papel de protagonistas da história, tampouco sinaliza um futuro promissor em "Pelas tabelas" (1984). Chico antevê o problema: o que está em jogo na era Reagan-Thatcher é a escolha entre individualismo egoísta-hedonista (que será amplamente confirmado) e algum tipo de projeto social de bem-estar coletivo (que desde aquele momento começa a ser rejeitado para, neste primeiro quarto do século 21, ir parar na lata de lixo da história). Lembrando a canção, o narrador, ao procurar uma mulher, ignora o significado político das manifestações que tomam as ruas: "Quando vi todo mundo na rua de blusa amarela/ Pensei que era ela puxando o cordão/ Oito horas e danço de blusa amarela/ Minha cabeça talvez faça as pazes assim/ Quando ouvi a cidade de noite batendo panelas/ Pensei que era ela voltando pra/ Minha cabeça de noite batendo panelas".

E, por fim, o auge da crise do sentimento de história do artista, "Morro Dois Irmãos", a faixa principal do álbum de 1989. Canção enigmática. Vemos um Rio de Janeiro deserto, geografia encantada, com tempos geológicos que apagam marcas humanas e histórias de antigas ou novas civilizações: "Penso ouvir a pulsação atravessada/ Do que foi e que será noutra existência/ É assim, como se a rocha dilatada/ Fosse uma concentração de tempos". As características do país que nossos críticos e artistas tentavam captar desaparecem nessa longuíssima duração da rocha. Chico elege o morro carioca que não traz a carga cultural da palavra: samba, funk, vida pulsante e vibrante, mas também violência e falta de garantias básicas oferecidas pelo Estado. No morro Dois Irmãos não há o "povo". Canção muda a perfurar a insignificância de nossos projetos individuais e coletivos. Do seu silêncio explode a violência em *Estorvo*. Arriscaria dizer que Chico precisou da forma romance para armar o Brasil que chegaria com o neoliberalismo e que tensionava sua obra de compositor e visão de mundo, de maneira a emperrar novos álbuns.

Em seu primeiro romance, o "povo" como elemento problematizador da relação entre cultura e história é definitivamente abandonado. O malandro vira o criminoso; o subúrbio, a periferia; a cachaça, o tráfico de drogas; a briga, o crime organizado etc.[3] Daí em diante a realidade vem sem aparas. O mergulho é sem volta e sem rede de proteção.

Duas canções pós-*Estorvo* são exemplares da virada. Em "Carioca" (1998), um *flâneur* passeia pelo Rio relatando de forma fragmentada a movimentação da cidade. O dia começa com o vendedor de rua anunciando: "Gostosa/ Quentinha/ Tapioca". Após a beleza natural do poente que "Quase arromba a retina/ De quem vê", vem o trecho com a insinuação da prostituição infantil:[4] "De noite/ Meninas/ Peitinhos de pitomba/ Vendendo por Copacabana/ As suas bugigangas", que em sua última entrada é emendado com "Gostosa/ Quentinha", dessa vez sem "Tapioca", relacionando então os dois adjetivos ao corpo das meninas.

Há também "Ode aos ratos", da peça *Cambaio*, de 2001. Aqui não há ironia em propor uma ode aos ratos. Após descrever suas ações: "Vão aos magotes/ A dar com um pau/ Levando terror/ Do *parking* ao *living*/ Do *shopping center* ao léu/ Do cano de esgoto/ Pro topo do arranha-céu", o narrador se identifica profundamente com esse ser indesejado pela sociedade: "Saqueador da metrópole/ Tenaz roedor/ De toda esperança/ Estuporador da ilusão/ Ó meu semelhante/ Filho de Deus/ Meu irmão". Vale reparar novamente no uso de expressões em inglês, identificando o corte de classe operado na sociedade brasileira inserida nos circuitos globais de consumo: os pobres estão no cano do esgoto, os ricos e a classe média no *parking*, no

3. Para uma interessante reflexão sobre o "povo" na obra de Chico Buarque, cf. Marcelo Coelho, "Crítica do livro *Estorvo*", *Folha de S.Paulo*, 03.08.1991.

4. Cf. Walter Garcia, "De 'A preta do acarajé' (Dorival Caymmi) a 'Carioca' (Chico Buarque): canção popular e modernização capitalista no Brasil", *Música Popular em Revista*. Campinas: ano 1, v. 1, jul.-dez. 2012, pp. 30-57.

living e no *shopping center*, sonhando com Miami, ignorando qualquer ideia ou ideal de "povo", num movimento de desidentificação radical com o próprio país.

Desde "A banda", Chico sempre mostrou uma enorme desconfiança em relação às utopias culturais paridas em 1922 e atualizadas nas décadas de 1950 e 1960, com seu prometido salto civilizatório. A partir de *Estorvo*, ele rompe definitivamente com esse projeto, e nos coloca diante do país esgotado.

—

É importante lembrar que *Estorvo* foi lançado quando a Guerra Fria chegava ao fim e se falava em "paz perpétua". A esquerda brasileira perdera com a eleição de Fernando Collor de Mello em 1989, mas o mundo celebrava um futuro livre e brilhante. Fernando Henrique Cardoso, que desqualificara como "jurássicos" seus colegas marxistas do Cebrap e enxergara algo como um "novo Renascimento" na globalização, ele, nosso melhor termômetro do ridículo de importar ideias prontas, o José de Alencar e não o Nabuco do século 20, dá o tom do período e da década. E pavimenta o caminho ideológico para que o PT siga na mesma trilha nos anos 2000, o que causaria a futura tragédia do povo (de novo e agora sem aspas) ao identificar, coberto de razão, o Partido dos Trabalhadores com o *establishment* – rejeitando assim o candidato Fernando Haddad nas eleições à Presidência de 2018.

O mundo pós-Muro não teria mais divisões, e os oprimidos por regimes totalitários seriam finalmente libertados. Mais adiante, a Era Digital prometia realizar o sonho iluminista. Isso segundo o historiador Robert Darnton, que considerava a digitalização da biblioteca de Harvard, coordenada por ele mesmo, o ponto alto desse processo, que levaria enfim todo o conhecimento e a razão aos quatro cantos do mundo.

Marca ideológica do período é o livro *O fim da história e o último homem*, do cientista político norte-americano Francis Fukuyama. Para ele, a democracia liberal havia triunfado definitivamente e as batalhas entre Ocidente e Oriente não mais existiriam. No lugar das antigas lutas ideológicas mundiais, repletas de ousadia e risco, "o fim da história será uma época muito triste", onde imperaria a "interminável busca de soluções para problemas técnicos".

Enquanto isso, uma outra história era pensada. Aqui da periferia, Chico Buarque encontrava nossa violenta e caótica miséria no futuro mundo globalizado pelo neoliberalismo, e assim, nesse mesmo movimento, revelava o caráter ideológico das promessas iluministas que emprestavam verniz civilizatório ao Consenso de Washington.

Em *Estorvo* o país não tem mais idade nem grau de desenvolvimento. E sem isso esgotam-se as possibilidades de mudança, as chances de um país mais justo e integrado, ou desenvolvido. Surge um país aberração, que não chegou a envelhecer depois de ter sido jovem, já que não passou pelas etapas previstas do desenvolvimento burguês nem muito menos se desenvolveu como ditava a marcha do capitalismo. Se o tempo na periferia é contraditório e não se mede no passo a passo do centro, é Chico quem melhor capta esse desajuste logo na entrada do país na era global. Essa esquisitice temporal brasileira está objetivada na figura do velho caseiro do sítio invadido da família do protagonista do romance: "Sem aviso o velho dá um pulo de sapo e vai parar no centro da cozinha, apontando para mim. Usa o calção amarrado com barbante abaixo da cintura, e suas pernas cinzentas ainda são musculosas, as canelas finas; é como se fosse de uma raça mista que não envelhece por igual."

Muitas outras obras viriam após *Estorvo*, para jogar diferentes luzes no malogrado projeto de atualização moderna do país via consumo globalizado – atualização que remete ao centro do citado "Literatura e subdesenvolvimento" e sua preocupação com o manejo apropriado de influências externas para tratar de realidades locais. Penso no humor corrosivo que tenta dar conta da totalidade do processo em *O livro dos mandarins* (2009), de Ricardo Lísias, em que um executivo do mercado financeiro, fã de Fernando Henrique Cardoso, sonha com uma transferência para a China e acaba em um país africano envolvido num esquema mafioso de tráfico de mulheres. Um pouco como no romance de Chico, o protagonista vai se envolvendo com o crime sem se dar conta do que está acontecendo; ele também não reconhece o mundo ao seu redor, mas, diferentemente do que acontece em *Estorvo*, não se trata aqui do passado familiar, mas do futuro idealizado.

Também é importante *Cidade de Deus* (1997), de Paulo Lins. Romance que lida com a passagem do tempo e a escalada da violência em uma realidade sociologicamente controlada. Apenas intuímos o quanto ela é reflexo de mudanças globais, de um motor existente, mas ausente da trama. Ora, aqui novamente há uma operação que se aproxima do livro de estreia de Chico: os garotos recrutados pelo tráfico são incapazes de entender ou identificar as molas sociais que impulsionam suas vidas.

Mais próximo de *Estorvo* na estética está o filme *Cronicamente inviável* (2000), de Sérgio Bianchi, que sempre deixa a dúvida se buscou uma solução propositadamente tosca, ou se é simplesmente mal-acabado. Não importa. Na película, alguns elementos fundamentais do "país novo" aparecem retratados de maneira rebaixada. Tudo é feio. O Carnaval e as praias, o homem que em vez de procurar um banheiro urina na rua, o intelectual envolvido com o crime e também a classe média que se esquiva de pagar direitos trabalhistas e brinda "a Nova York". O país deu errado de cima a baixo, não poupando nem a natureza. Esse país feio do filme de Bianchi dialoga diretamente com a feiura em *Estorvo*, seja na monstruosa casa de arquitetura moderna do cunhado rico do protagonista, que briga com uma árvore "cuja copa emergia no alto da pirâmide frustrada", ou no já mencionado sítio, onde um garoto com o nariz escorrendo e vestindo uma camiseta com a inscrição "só Jesus salva", sentado no quarto escuro sobre um "colchonete listrado que era da espreguiçadeira da piscina", joga videogame com a boca aberta onde se veem apenas três dentes, enquanto na tela há "uma figura semelhante a um intestino, em cujos tubos correm animaizinhos verdes".

Toda essa produção artística, diga-se, surgiu muito antes de o esgoto miliciano transbordar das altas esferas do poder do Estado.

Estorvo confirma a lógica de funcionamento do governo Bolsonaro – o signo da delinquência miliciana atravessando o Estado –, que enterra de fato e de forma surpreendente o projeto modernista herdeiro da noção de país novo. A dialética da malandragem chega ao poder muito bem exemplificada em seu funcionamento nas famílias de Jair e de Michelle Bolsonaro.[5] A avó da primeira-dama traficou drogas e, nas ruas, tinha o apelido carinhoso de "Tia". Ao ser presa, foram encontrados com ela, além das drogas, dois relógios e 16 vales--transporte. Estamos obviamente mais próximos da imagem do malandro do que da do criminoso. A mãe, por sua vez, foi indiciada por falsidade ideológica: se esquivou, dizendo que quem fez a segunda certidão de nascimento foi o próprio pai, assassinado em 2015. O "se virar" entre a ordem e a desordem, "necessário" para a reprodução da vida em situação precária, parece estar no dia a dia que se atribui à família de Michelle.

Já o presidente, ao misturar descaradamente público e privado para favorecer e defender seus filhos homens, nos remete às justificativas que o pai adotivo de Leonardo dava reiteradamente quando o filho, ainda criança, se via acusado de algum tipo de contravenção em *Memórias de um sargento de milícias*, o romance de Manuel Antônio de Almeida no qual Antonio Candido identificou a dinâmica social que chamaria de "dialética da malandragem". No caso do presidente, soma--se o traço da desfaçatez às declarações constrangedoras de proteção aos filhos. Alguns exemplos: "Já adverti o garoto", disse Bolsonaro sobre as declarações de Eduardo Bolsonaro a respeito da facilidade com que se poderia fechar o Supremo Tribunal Federal; "se eu puder dar um filé-mignon pro meu filho, eu dou", explicou para justificar a indicação do mesmo Eduardo para ocupar a embaixada do Brasil em Washington sem nenhuma experiência na diplomacia e com duvidosos conhecimentos de política internacional.

5. Devo as reflexões sobre a família de Michelle Bolsonaro ao professor Paulo Arantes. Mas o uso que faço delas, bem como as conclusões geradas neste ensaio, são de minha inteira responsabilidade.

É portanto na afirmação, e não na negação, do que é "nosso" que o projeto culturalista encontra seu esgotamento. Quando finalmente nos reconhecemos, vem a facada – ou 12 facadas pelas costas. Movimento semelhante ao final de *Estorvo*, quando o narrador respira aliviado imaginando encontrar um conhecido: "Reconheço o sujeito magro de camisa quadriculada no ponto de ônibus que desce a serra. Avistá-lo ali, não sei por que, enche-me de um sentimento semelhante a uma gratidão. Sigo correndo ao seu encontro, de braços abertos, mas ele me interpreta mal; encolhe os ombros e puxa uma faca de dentro da calça. [...] Estou a um palmo daquele rosto comprido, sua boca escancarada, e já não tenho certeza de conhecê-lo. [...] Recebo a lâmina inteira na minha carne, e quase peço ao sujeito para deixá-la onde está; adivinho que à saída ela me magoará bem mais que quando entrou."

O narrador construído por Chico, delirante, sem lugar, sem rumo, não reconhece seu país nem a si próprio. Gira perdido no presente, sem futuro, num tempo esgotado, onde o sol parece nunca mais se pôr. Mas, se aparentemente chegamos a um fim de linha com a nova noção de país intuída pela literatura contemporânea, ainda há dialética nessa história. Ou o que explicaria o sentimento muito parecido com esperança que nos toma quando ouvimos as canções de Chico que identifiquei como portadoras de uma sensibilidade de desencanto histórico?

Tiago Ferro (1976) é escritor e editor. Criou a e-galáxia, editora de *e-books*, e a revista de ensaios *Peixe-Elétrico*. Mestre em história social pela Universidade de São Paulo, pesquisa a obra de Roberto Schwarz no programa de doutorado da mesma universidade. *O pai da menina morta* (Todavia, 2018), seu primeiro romance, venceu em 2019 os prêmios Jabuti e São Paulo de Literatura.

Paranaense radicado em São Paulo, o artista plástico **Vanderlei Lopes** (1973) é autor de obras que transitam entre desenho, fotografia, escultura e audiovisual.

#34
março 2020

IMS InstitutoMoreiraSalles

Walther Moreira Salles (1912-2001)
FUNDADOR

DIRETORIA EXECUTIVA
João Moreira Salles
PRESIDENTE
Gabriel Jorge Ferreira
VICE-PRESIDENTE
Mauro Agonilha
Raul Manuel Alves
DIRETORES EXECUTIVOS

serrote é uma publicação do Instituto Moreira Salles que sai três vezes por ano: março, julho e novembro.

COMISSÃO EDITORIAL **Daniel Trench, Eucanaã Ferraz, Flávio Pinheiro, Guilherme Freitas, Heloisa Espada, Paulo Roberto Pires e Samuel Titan Jr.**

EDITOR **Paulo Roberto Pires**
DIRETOR DE ARTE **Daniel Trench**
EDITOR-ASSISTENTE **Guilherme Freitas**
COORDENAÇÃO EDITORIAL **Flávio Cintra do Amaral**
ASSISTENTE DE ARTE **Cristina Gu**
PRODUÇÃO GRÁFICA **Acássia Correia**
PREPARAÇÃO E REVISÃO DE TEXTOS **Ana Paula Martini, Clara Baldrati, Flávio Cintra do Amaral, Huendel Viana, Juliana Miasso, Nina Schipper e Rafaela Biff Cera**
CHECAGEM **Luiza Miguez**
IMPRESSÃO E TRATAMENTO DE IMAGENS **Ipsis**

© Instituto Moreira Salles
Av. Paulista, 2439/6º andar
São Paulo SP Brasil 01311-936
tel. 11.3371.4455 fax 11.3371.4497
www.ims.com.br

As opiniões expressas nos artigos desta revista são de responsabilidade exclusiva dos autores. Os originais enviados sem solicitação da *serrote* não serão devolvidos.

ASSINATURAS 11.3971.4372 ou serrote@ims.com.br
www.revistaserrote.com.br

Capa a partir de: Regina Parra, *Sim, senhor*, 2016
Folha de rosto: Gego, *Dibujo sin papel 83/18*, 1983, Coleção Fundación Gego no Museum of Fine Arts, Houston © Fundación Gego

Nikole Hannah-Jones © 2019 The New York Times Company;
© Jason Stanley; © Rodrigo Nunes; *Collected Essays* © 1953-2003 Elizabeth Hardwick, seleção © 2017 NYREV, Inc., publicado com permissão de The Wylie Agency (UK) Limited; © Regina Parra; © Anne Carson 1995, publicado com permissão de New Directions Publishing Corp; © Maria Esther Maciel; Marguerite Yourcenar © Editions Gallimard, 1962, 1978; © Javier Marías; © Tiago Ferro

Agradecimentos: Andrei Roiter, Fundación Gego; galerias P420 e Blum & Poe; Irma Blank; Masp; Sheldon Museum of Art; The Museum of Fine Arts, Houston